Andreas Wagner

Schlachtfest

LEINPFAD
VERLAG

Die Handlung und alle Personen sind völlig frei erfunden;
Ähnlichkeiten wären rein zufällig.

© Leinpfad Verlag
Herbst 2012

Alle Rechte, auch diejenigen der Übersetzung, vorbehalten.
Kein Teil dieses Buches darf in irgendeiner Form (Druck, Fotokopie,
Mikrofilm oder ein anderes Verfahren) ohne die schriftliche Genehmigung des Leinpfad Verlages reproduziert oder unter Verwendung
elektronischer Systeme verarbeitet, vervielfältigt oder verbreitet werden.

Umschlag: kosa-design, Ingelheim
Layout: Leinpfad Verlag, Ingelheim
Druck: Beltz, Bad Langensalza

Leinpfad Verlag, Leinpfad 5, 55218 Ingelheim,
Tel. 06132/8369, Fax: 896951
E-Mail: info@leinpfadverlag.de
www.leinpfadverlag.com

ISBN 978-3-942291-41-5

1.

Die Halme gaben brechend unter dem Gewicht seiner Füße nach. Seine Schritte begleitete ein knackendes Geräusch, das im Klang variierte je nachdem, wie er die Füße aufsetzte. Hob er sie ordentlich in die Höhe und senkte sie dann gerade hinab, war das Splittern der ausgetrockneten Stoppeln ganz deutlich zu hören. Einen Moment hielten sie starr unter seinen Sohlen stand. Auf wankendem Untergrund fühlte er sich dann, das Gleichgewicht suchend für einen Augenblick. Gegen gut achtzig Kilo hatten sie aber keine Chance. Die letzten brachen, wenn er sein gesamtes Gewicht auf den jeweiligen Fuß verlagerte.

Anders klang es, wenn er schlurfend voranschritt. Die Füße kaum angehoben, drückte er sie durch die Halme vorwärts. Ein paar Schritte machte er zwischendurch auf diese Art, auch wenn ihm das Geräusch brechender und splitternder Halme lieber war. Er musste so viel mehr Kraft aufwenden, um die breiten Stahlkappen seiner ledernen Arbeitsschuhe durch die dichten Bündel zu schieben. Es klang eher nach einer harten Wurzelbürste und ihren Borsten, als nach den Resten langer Weizenähren, durch die er unterwegs war.

Jetzt hob er die Füße wieder ordentlich in die Höhe und lauschte dem Brechen und Splittern unter seinen harten Sohlen. Langsam zog er weiter, Schritt für Schritt, den Blick gesenkt auf den trockenen Boden vor sich. Da war wieder eins! Es deutete sich immer mit kleinen Verfärbungen im hellen Boden an. Kaum sichtbar waren sie, aber das Auge fing sie dennoch ein. Ein klein wenig nur war der helle ockerne Boden an diesen Stellen dunkler. Ein Hauch nur, der ihn feucht erscheinen ließ, obwohl es doch seit etlichen Wochen schon nicht mehr wirklich geregnet hatte. Dennoch hoben sich die schmalen Pfade vom Rest ab. Aus verschiedenen Richtungen liefen sie auf das Loch zu und führten das Auge und ihn zum Ziel.

Er ließ sich nach vorne auf die Knie sinken, stellte den kleinen weißen Eimer links neben sich ab und nahm mit dem alten Esslöffel, den er in der Rechten hielt, ein paar Körner aus diesem auf. Mit dem Zeigefinger der Linken machte er den Eingang des Mauselochs frei und ließ dann ein paar rote Kügelchen hineinrollen. Mit dem gekrümmten Zeigefinger schob er ein wenig lose Erde hinterher und verschloss damit die Öffnung. Unter einem gut hörbaren Seufzer schob er sich wieder in die Höhe. Dabei griff er nach dem Bügel des kleinen Eimerchens. Begleitet vom Brechen der Stoppeln unter seinen Füßen setzte er seinen Marsch über den abgeernteten Acker fort.

Die Trockenheit im Frühjahr war schuld an der Mäuseplage. Kein Tropfen Regen war im April und Mai gefallen. Die Mäuse hatten sich dadurch unbegrenzt vermehren können. Durch ein paar ordentliche Schauer im Frühjahr ersoff sonst ein Teil von ihnen. Die Brut in ihren Löchern kam nicht in voller Zahl durch. Ganz natürlich dezimiert durch ein paar Dutzend Liter Regen pro Quadratmeter. Die Trockenheit im Frühjahr hatte also doppelt Schaden angerichtet. Zuerst war das Getreide kaum gewachsen. Ein Teil der Halme war sogar ganz vertrocknet, weil die Wurzeln längst noch nicht in tiefere Erdschichten vorgedrungen waren. Im Mai hatte es hier auf dem Acker sogar nach einem Totalschaden ausgesehen, so licht standen die wenigen Halme dürr in die Höhe. Juni und Juli hätten ein Stück weit für Linderung gesorgt, wenn nicht die vielen Mäuse wieder einen Großteil davon zunichte gemacht hätten. Zu schwere Ähren auf dünnen Halmen, die den Rückstand aus dem trockenen Sommer nicht mehr aufzuholen vermocht hatten. Vieles lag bei der Ernte platt auf dem Boden. Das war fast ganz aufgefressen von den Mäusen. Man konnte jetzt noch erkennen, wo im Juli und August große Flächen eingeknickt darnieder gelegen hatten. An diesen Stellen konnte man das Gewirr der Mäusewege kaum übersehen. Unzählige Löcher, die er alle gewissenhaft mit den kleinen roten Giftkörnern bestückte, die der Plage den Garaus machen sollten. Der Wirkstoff verhinderte die Blutgerinnung. Nach einiger Zeit starben die Tiere an inneren Blutungen oder kleinsten Verletzungen. Das geschah zeitverzögert zum Verzehr der Körner und verhinderte, dass andere Artgenossen misstrauisch wurden. Auf diese Weise fraßen mehr Tiere an der gleichen Stelle, weil der Anblick verendeter Familienmitglieder sie nicht warnen konnte. Wenn es die Natur nicht regelte, dann musste er es eben tun. Er schnaufte vor sich hin. Ansonsten würden ihm die Viecher das frisch gesäte Korn schneller wieder auffressen, als er es in den Boden gebracht hatte.

Er hielt für einen Moment an. Den Eimer mit den Ködern in der linken und den Löffel in der rechten Hand, ließ er seinen Blick schweifen. Die Weite hier oben auf dem Hochplateau tat ihm gut. Es war schön hier zu stehen. In der Ferne war der Rheingraben zu erkennen. Wie ein dunkler Krater hob er sich von der hellen trockenen Erde ab. Es roch schon nach Herbst, obwohl die Temperaturen Anfang Oktober noch fast sommerlich anmuteten. Die kurzen Ärmel seines rot-blau karierten Hemdes täuschten nur notdürftig darüber hinweg, dass sich die Vegetationsphase ihrem diesjährigen Ende zuneigte. Es war mehr Zersetzung und Vergehen, als dass Neues emporwuchs. Das nächste Jahr würde besser werden. Er sog die warme Luft des späten Vormittags ganz tief in sich hinein. Sein massiver Brustkorb schwoll an.

Auf ein schlechtes Jahr folgte doch fast immer ein gutes. Vor allem hier auf einem seiner ertragreichsten Äcker. Der Boden hatte sich erholt in diesem Jahr. Die eigenen Kräfte geschont, um im nächsten Jahr umso reichlicher zu geben.

Er wollte eigentlich in diesem Moment weiterlaufen, mit neuem Schwung über die brechenden Halme hinweg, aber das Brummen eines Motors hielt ihn ab. Er kannte den alten grünen Lada-Geländewagen, der hinter ihm ein Stück weit sogar auf seinen Acker gefahren war. Das machte nur er und daran konnte man gut erkennen, dass er nicht hierher gehörte. Selbst während der Getreideernte im Hochsommer, wenn ein kleiner Funken nur genügte, um einen Großbrand im trockenen Stroh auf den Äckern zu entfachen, raste der mit dem alten Geländewagen über die gemähten Felder. Keiner von hier wäre so bescheuert. Der hatte sich hier ja auch nur hereingedrängt, keiner wollte ihn, aber er machte sich trotzdem breit.

Jesko Steinkamp war mittlerweile aus seinem Geländewagen herausgesprungen und kam auf ihn zu. Schnelle Schritte wie immer, gehetzt und vielbeschäftigt wollte er aussehen, egal wobei. Seine glatt zurückgekämmten dunkelbraunen Haare bewegten sich nur leicht. Reichlich Gel gab ihnen so viel Gewicht, dass sie in der gewünschten Position liegen blieben. Trotz der Wärme trug er seine grüne Wachsjacke über dem himmelblauen Hemd und hellbraune Cordhosen. Mit dem wackligen Jeep im Hintergrund sah er in dieser Verkleidung wie ein verarmter Landadeliger aus. Graf Jesko von und zu, Erbe eines stattlichen Rittergutes. Davon träumte der wahrscheinlich, wenn er sich morgens in seine Verkleidung zwängte. Er schnaufte verächtlich und spuckte einmal neben sich. Eine lachhafte Erscheinung auf ein paar Hektar Pachtland, zwischen Kohlköpfen, Brokkoli und buntem Salat.

„Was soll das mit dem Gift hier auf dem Acker?"

Der andere war jetzt nur noch ein paar Meter von ihm entfernt. Die geschwollenen Adern an dessen Hals konnte er mittlerweile deutlich erkennen. Das war also der Grund für seinen Auftritt.

„Mein Acker, mein Getreide und auch meine Mäuse, die ich vergifte!"

Er ging ihm einen Schritt entgegen und brachte sich breitbeinig mit aufgeblähtem Brustkorb in Position.

„Das ist doch idiotisch. Es gibt so viele Bussarde in diesem Jahr. Über den Herbst holen die noch die meisten Mäuse weg. Besonders jetzt, wo denen die Deckung fehlt auf den geräumten Äckern." Er stand nun direkt vor ihm. Stoßweise atmend, wegen der hundert Meter, die er über den Stoppelacker gerannt war. „Jetzt vergiften Sie erst die Mäuse und wahrscheinlich noch einen Teil der Bussarde mit, die die halbtoten Tiere fressen. Dann geht im Laufe des Winters der Rest der Bussarde ein, weil ihnen die Nahrungsreserven fehlen. Und im nächsten Jahr haben wir wieder die gleiche Mäuseplage. Hirnlos ist das!"

„Das ist mein Acker hier, also runter, bevor ich zuschlage."

Er spürte, wie es in seinem Brustkorb hämmerte. Beide Fäuste, die rechte mit dem Löffel und die linke mit dem Eimerchen, ballte er krampfhaft. „Wegen der paar verlausten Kohlköpfe und dem geschossenen Salat brauchst du hier nicht den Dicken zu machen. Das hier ist mein Acker und von dem verschwindest du jetzt augenblicklich. Und wenn du mit deinem rostigen Jeep noch einmal über eines meiner Grundstücke fährst, dann zeige ich dich an!"

Er machte drohend noch einen Schritt auf den anderen zu. Der Steinkamp wich ein Stück zurück. Mehr mit dem

Oberkörper, als ob er jetzt schon einen Schlag erwartet hätte. Seine Augen kniff er dabei zusammen. Er war gut zehn Jahre jünger, Mitte vierzig, dürr, aber mit kugeligem Bauch und ohne Muskeln. Hoch aufgeschossen, aber ein wenig krumm, immer nach vorne gebeugt. Haltung und Statur eines Menschen, der die meiste Zeit seines Lebens auf einem gepolsterten Bürostuhl verbracht hatte, um bei jedem Gang auf die Toilette, den Sitz der zurückgegelten Haare überprüfen zu können. Dieser Gedanke ließ ihn grinsen und auch die Genugtuung, die er wärmend spürte, weil der jetzt nicht mehr weiterwusste. Als Verlierer würde er seinen Acker verlassen. Das, was er hier machte, hatte alles seine Ordnung und er hielt sich genau an die Regeln. Die Giftkörner in die Löcher und alles schön zumachen, damit nicht andere Tiere zu Schaden kamen. Er wusste genau, dass der Steinkamp nur darauf wartete, dass er ihm eins überbraten konnte. So waren sie, diese Typen, die keine Ahnung von der Landwirtschaft hatten, aber doch den Mund mehr als voll nahmen. So lange bis sie sich daran einmal verschluckten. Von so einem brauchte er sich nicht erklären zu lassen, wie das alles zu funktionieren hatte.

„Worauf wartest du noch, runter hier, bevor ich mich vergesse!"

Er versuchte ihm drohend noch einen Schritt näher zu kommen. Der Steinkamp zeigte aber keinerlei Anzeichen, zurückweichen zu wollen. Seine Lippen hielt er einen kleinen Moment noch fester zusammengepresst, bevor es in knappen Worten aus ihm herausdrängte.

„Das kann ganz schnell gehen."

„Was?" Er fühlte jetzt das Blut heiß in seinen Kopf schießen. Was wollte der noch? „Was kann ganz schnell gehen?" Er brüllte ihn an.

„Es ist jetzt Herbst." Der Steinkamp sprach leise und ganz langsam. „Die Aussaat hier macht vielleicht schon ein ganz anderer." Seine Lippen verformten sich. Er glaubte ein Grinsen auf dem Gesicht seines Gegenübers zu sehen.

„Das hier ist mein Acker, schon lange!"

Er ließ den Eimer fallen und ballte seine linke Faust. Die Rechte mit dem alten Löffel hielt er drohend in die Höhe. „Wag nicht, mir den abzunehmen!" Er wollte noch etwas Drohendes hinterherschicken. Aber es fiel ihm nichts weiter ein. Er spürte in diesem Moment schon, dass er der Verlierer sein würde. Und der Steinkamp grinste wieder. Jetzt noch breiter, so selbstsicher und siegesgewiss. Die Hand mit dem Löffel zitterte vor seinen Augen. Er musste jämmerlich aussehen, wie er da stand. Krampfhaft drohend. Aber womit? Der ließ sich nicht einschüchtern. Der genoss es immer mehr, ihm zuzusehen, bei seinen hilflosen Bemühungen.

„Es war gar nicht so teuer, den Georg Fauster davon zu überzeugen, dass er mir neben seinen übrigen Flächen auch diese hier ab dem kommenden Jahr verpachten wird. Nur ein paar Scheine auf die Hand hat mich das gekostet." Steinkamps Lippen blieben offen, sodass er beim Grinsen seine weißen Zähne zeigte.

Das war zu viel. Der Zorn trieb ihn an und aus seinem Mund kam ein tiefes Knurren. Schnell tat er einen halben Schritt nach vorne, ließ den Löffel fallen und holte mit seiner geballten Rechten aus. Das sollte er ihm büßen, dieses miese Schwein! Windelweich würde er ihn schlagen, hier auf seinem Acker, ihm alle Knochen brechen. Ein spitzer Schmerz ließ ihn in der Bewegung aufheulen. Sein Oberkörper krümmte sich nach vorne, die Faust verfehlte ihr Ziel um ein gutes Stück. Der gezielte Tritt Steinkamps auf seine rechte Kniescheibe hatte ihn zusammensacken lassen.

Alles war so schnell gegangen, dass er die Bewegung seines Gegenübers erst sah, als dessen Bein schon wieder auf dem Weg zurück war. Er fiel nach vorne auf die Knie, dann zur Seite weg. Unter Schmerzen wälzte er sich auf den Rücken. Tränen schossen ihm in die Augen. Aus seinem Mund kamen gequälte Laute. Es war ganz sicher irgendetwas kaputt gegangen, dort unten in seinem Knie.

Er spürte die Wucht und den damit einhergehenden Druck auf seinem Brustkorb, als der Steinkamp auf ihn sprang. Seine Augen waren geblendet von der Sonne, die gleißend hoch am Himmel stand. Den Schlag, der ihn knapp oberhalb des linken Auges traf, hatte er nicht sehen können. Und selbst wenn, wäre ein Ausweichen kaum möglich gewesen. Er konnte jetzt das heiße Blut spüren, das ihm über die Schläfe und in das Auge strömte. Ein roter Schleier, der fast wohl tat, weil er ihn vor der schmerzenden Helligkeit schützte. Den zweiten Schlag in sein Gesicht erkannte er am Schatten, der ihm vorauseilte. Ein Reflex ließ seinen Kopf wegzucken. Den Schmerz konnte er trotzdem nicht verhindern. Die Faust traf ihn von links kommend auf der Wange und fuhr über seine Nase. Das knackende Geräusch und das herausschießende Blut verrieten ihm deutlich, dass mit diesem zweiten Hieb größerer Schaden entstanden war. Ein rauer Schrei, gar nicht wirklich laut, kam aus seinem weit aufgerissenen Mund. Der Schmerz schickte blitzende Sternchen vor seine Augen. Alles andere war Dunkelheit um ihn herum. Dumpfe, zarte Dunkelheit, die ihn einhüllte und ihm das Gefühl nahm, noch auf dem Rücken dazuliegen. Er schwebte frei in der Luft, spürte gar nichts mehr. Auch den Schmerz nicht, den seine gebrochene Nase verursachte, und das Knie. Vielleicht bewegte sich sein Körper noch immer, zuckte hin und her, wand sich unter dem Schmerz. Er bekam das aber nicht mehr mit.

Erst der Druck auf seinem Hals holte ihn zurück. Er versuchte zu spucken, um das viele Blut, das er als Ursache vermutete, loszuwerden. Den Hals frei bekommen, um wieder unbeschwert durchatmen zu können. Es gelang ihm nicht. Es waren dessen Hände, die er jetzt deutlich auf sich spüren konnte. Sie nahmen ihm die Luft, immer mehr. Sein eigenes gurgelndes Röcheln konnte er hören. Die Todesangst, die seinem Körper letzte Kräfte verlieh. Die aufgerissenen Augen Steinkamps erkannte er über sich. Sein Grinsen. Seine Entschlossenheit, nicht abzulassen. Ein schwaches Gurgeln kam noch aus ihm. Da war doch noch Leben, obwohl sein Widerstand schon längst gebrochen war. Er fühlte, wie es in diesem Moment heiß zwischen seinen Beinen lief, über die Oberschenkel. Jetzt war bald alles vorüber.

2.

Paul Kendzierski las den Brief schon zum zweiten Mal. Diesmal schüttelte er den Kopf sachte zu den einzelnen Sätzen. Es war kaum zu glauben, was hier mit den gleichmäßigen, leicht verwischten Buchstaben einer Schreibmaschine schwarz aufs Papier gebracht worden war. Das Schreiben war an den Verbandsbürgermeister Ludwig Otto Erbes gerichtet. Kendzierski hatte es daher zunächst nur kurz überflogen, mit der Absicht, es nach wenigen Blicken und seinem Kürzel in die Ablage zu befördern, in der es noch ein paar Wochen liegen konnte. Bis dahin hatte sich der Grund des Schreibens erledigt. Das Gerüst sollte bis dahin längst abgebaut sein.

Die ersten Sätze schon hatten ihn stutzig gemacht. *Nach mehreren erfolglosen Versuchen, in obiger Angelegenheit mit Ihrem Bezirkspolizisten in Kontakt zu treten, wende ich mich nun direkt an Sie. Ich hoffe inständig, dass ich zumindest von Ihnen eine Antwort auf mein Schreiben erhalten werde.* Kendzierskis Blick huschte an das Ende des Briefes. Die deutlich lesbare Unterschrift in geschwungenen, ausladenden Bögen. *Hieronimus Lübgenauer. Durchschlag an Herrn Bez.Pol. P. Kendzierski.* Daher kam also der leicht verschwommene Eindruck, den die Buchstaben auf dem Papier erweckten. Sauber mit der Schreibmaschine getippt, inklusive mehrerer Durchschläge. Das Original für Erbes, der erste Durchschlag für ihn und der zweite für die eigenen Unterlagen zu Hause. Die ganz alte Schule, Oberstudienrat im Ruhestand oder höherer Dienst innere Verwaltung. Der Name sagte ihm dennoch nichts. *Bereits mit Schreiben vom 14. September d. J. habe ich Herrn Bez.Pol. P. Kendzierski auf die unhaltbaren Zustände, die mit den Renovierungsarbeiten am Haus Wassergasse No. 37 einhergehen, hingewiesen. In gleichem Schreiben habe ich ihn gebeten, in dieser Sache aktiv zu werden und zeitnah für Abhilfe zu sorgen.* Das Gerüst, das der Nachbar für die Fassadenisolierung und den nachfolgenden neuen Verputz inklusive Anstrich errichtet hatte, ragte einen Meter und 47 Zentimeter über die Grundstücksgrenze hinaus und stand damit schon seit etlichen Wochen auf dem Bürgersteig, der zum Grund und Boden des Unterzeichners gehörte. Kendzierski hatte beim ersten groben Überfliegen des Schreibens genau an dieser Stelle das Blatt zur Seite legen wollen. Erstens konnte er sich nicht an ein Schreiben eines Hieronimus Lübgenauer erinnern und zweitens lief die Frist für das betreffende Gerüst, dessen Aufbauplan er sogar noch grob vor Augen hatte, Ende der kommenden Woche ab. Noch bevor den Unterzeichner also seine Antwort erreichen würde, hätte sich das Problem schon auf ganz natürliche Weise von alleine erledigt.

Er hatte trotzdem weitergelesen. Wohl nur aus dem Grund, weil er wissen wollte, womit der Rest der Seite gefüllt war. Die Beschwerde über sein angebliches Nicht-aktiv-Werden und das Gerüst hatten nur wenige Zeilen eingenommen. Dreiviertel des Schreibens blieben also noch, wofür auch immer. Kendzierski schüttelte wieder den Kopf. Unsicher, ob er laut lachen oder erschrocken dreinblicken sollte. Das Verhalten der Eigentümer Wassergasse No. 37 in besagtem Fall reihte sich ein in eine Kette nicht mehr zu tolerierender Verfehlungen der letzten Jahre. Angefangen hatte alles damit, dass seine Nachbarn und ihre Mieter nur außerordentlich selten die Straße fegten, wenn, dann lustlos und so, dass sie einen Teil des Kehrichts einfach weiter und damit auf seinen Teil des Bürgersteigs schoben. Eine Zeit lang habe er das hingenommen, um des lieben Friedens Willen, zwischen Nachbarn, Haus an Haus. Man wolle doch gut miteinander auskommen, gerade wenn man so nahe beieinander wohnte. Die Häuser in den alten Ortskernen klebten ja förmlich aneinander. Deswegen habe er eben alles zusammengekehrt, auch die Reste, die sie weiter zu ihm geschoben hatten. Er habe das so gemacht, dass er seinen eigenen Kehrtag vom Samstag auf den Dienstag vorverlegte, um dann zumindest den anfallenden Abfall in die Mülltonne des Nachbarn zu entsorgen, der sie bereits an diesem Tag herausstellte, obwohl doch erst am Mittwoch die Abholung anstand. Das war ja sein gutes Recht, schließlich musste er seine eigene Mülltonne, die er natürlich erst mittwochs, aber dafür schon um kurz nach sieben in der Frühe vors Haus stellte, nicht noch mit dem Kehricht des Nachbarn beschweren.

Dabei war ihm aufgefallen, dass sie in Wassergasse No. 37 anscheinend nicht nur das Kehren nicht sonderlich ernst nahmen. Alle drei Mülltonnen, Papier, Grüner Punkt sowie Restmüll, die er auch in den folgenden Wochen unauffälligen Routinekontrollen unterzog, wiesen eklatante Mängel im Hinblick auf Sortiergenauigkeit und Wiederverwertbarkeit der ihnen zugeführten Gegenstände auf. Zum Teil war er selbst eingeschritten und hatte Papier aus dem Grünen Punkt in die Papiertonne sowie einen eindeutig dem Restmüll zuzuordnenden Sack aus dem Grünen Punkt in das richtige Behältnis platziert. Dabei hatte er auch ein gutes Dutzend Glasflaschen, zumeist hochprozentige Alkoholika, heraussortiert und der örtlichen Glastonne zugeführt. Der im vergangenen Winter kaum und wenn dann nachlässig und freudlos vom Schnee geräumte Bürgersteig sowie das jetzige Baugerüst hätten das Maß endgültig voll gemacht. *Es ist an der Zeit einzuschreiten, Stärke zu zeigen. Wir können doch nicht alles durchgehen lassen. Irgendwann tanzen sie uns dann auf der Nase herum. Ich bin mir aber doch ganz sicher, dass ich in Ihnen, verehrter Herr Verbandsbürgermeister, einen Verbündeten gefunden habe, der mir in meinen Bemühungen nicht nur das notwendige Verständnis entgegenbringt, sondern diese auch tatkräftig zu unterstützen bereit ist.* Kendzierski konnte es jetzt nicht mehr zurückhalten. Es war ein kurzes Auflachen nur, das von einem entschiedenen Klopfen an seiner Bürotür jäh unterbrochen wurde. Hieronimus Lübgenauer persönlich? Bloß nicht! Viel eher noch Erbes. Die Entschlossenheit im Anklopfen sprach eindeutig für diese Variante. Der Chef. Sicher im dunklen Anzug, der über dem kugeligen Bauch spannte. Eine grelle Krawatte aus dem eigenen fast unerschöpflichen Fundus, fest zugeschnürt, sodass sich der Hemdkragen tief in den viel zu kurzen, aber fleischigen Hals drückte. Nervös wippend. Die mutig quer gelegte Locke, die die kahler werdende Stelle im Mittelbereich von Erbes' Kopf überdecken sollte, schwang im wippenden Takt luftig locker mit. Immer wieder auf die Zehenspitzen, um an Größe zu gewinnen. Für einen kleinen Moment nur. *Kendziäke, habbe Sie denn auch den Brief gelese? Da müsse Sie was mache, das kann so nicht weitergehen.* Dabei würde er mit dem Zeigefinger, weiter wippend, in der Luft herumfuchteln. *Warum habbe Sie denn da nicht gleich reagiert? Wir sind Dienstleister für unsere Bürger. Ihre Anliegen müssen wir ernst nehmen, es zumindest versuchen. Und schlichten, wenn es Probleme gibt, auch mal in einem Nachbarschaftsstreit. Sie müssen raus aus dem Büro und auf die Leute zugehen. Das erwarten die von uns. Bürgernahe Verwaltung!*

Es war ein Reflex. Kendzierski schüttelte den Kopf heftig hin und her. Das Klopfen erklang erneut, nur ein wenig zaghafter jetzt. Es konnte also nicht Erbes sein. Der wäre schon längst hereingekommen, auch ohne auf eine Antwort zu warten.

„Ja!"

Er legte den Brief zur Seite. Für sich hatte er noch keine endgültige Entscheidung getroffen, wie er damit weiterverfahren wollte. Abwarten und Aussitzen oder doch ausweichend antworten, in der Hoffnung, dass sich dieser Lübgenauer dadurch beruhigen ließ.

„Klara!"

Seine Kollegin hatte ihren Kopf vorsichtig durch den Spalt hereingeschoben.

„Du bist alleine?" Sie ließ ihren Blick durch das Zimmer schweifen. „Von außen hatte es sich so angehört, als ob du Besuch hättest. Stimmen."

Er deutete einen Blick unter den Schreibtisch an. „Kann

sich höchstens hier versteckt haben." Leise flüsternd fuhr er fort. „Müsste dann aber Erbes sein. Sonst passt da wohl keiner drunter."

Klara grinste und kam herein. Ihr Büro lag nur ein paar Türen weiter auf dem gleichen Flur. Sie war für die Bausachen in Nieder-Olm und den umliegenden sieben Landgemeinden zuständig und nach seinem Wechsel von Dortmund in die rheinhessische Provinz seine verständnisvolle erste Ansprechpartnerin gewesen. Die Simultanübersetzerin für die Eigenarten der weinhaltigen, überschaubaren Region, in der er seither seinen Dienst als Bezirkspolizist versah. Ein Jahr hatte es gedauert, bis sie sich eingestehen konnten, dass sie doch mehr als nur gute Freunde waren. Ein weiteres Jahr hatten sie ihre Beziehung geheim gehalten. Sie wollten damals nicht zum Traumpaar der Verbandsgemeindeverwaltung ausgerufen werden. Einen Kuss gab es daher nur hinter verschlossenen Türen. So, dass es sonst keiner mitbekam. Aber geahnt hatten es ohnehin schon alle, wahrscheinlich auch gewusst, als sie das Versteckspiel endlich beendeten. Nur Erbes redete weiterhin von *Ihrer, äh, Kollegin, Kendziäke*, wenn er in seiner Anwesenheit von Klara sprach. Kendzierski gefiel sich in dieser Rolle. Er als Erbes, hektisch wippend, um Größe zu gewinnen. Und immer das vorgeschobene unsicher lange äh. *Äh-Ihre-Kollegin, äh-Kendziäke*.

„Du denkst an unseren Termin nachher?"

Klaras Blick hatte jetzt etwas geschäftsmäßig Entschiedenes. Eine Frage, die keine Frage war. Mehr eine Klarstellung, ein Hinweis mit Fragezeichen, der aber keine wirkliche Entscheidungsmöglichkeit vorsah. Der Termin nachher: Er versuchte ausweichend zu lächeln und nickte zweimal, um Zeit zu gewinnen. Ganz langsam dämmerte ihm, was der heutige Tag noch an Kuriositäten für ihn bereithielt.

Er hatte es lange geschafft, immer wieder von diesem Thema sanft, aber nachdrücklich und auch teilweise ganz erfolgreich abzulenken. Bis vor einigen Wochen war es sogar einige Zeit ruhig geworden. Er glaubte, dass er dadurch noch einen ordentlichen Aufschub bekommen hatte. Klar würden sie einmal zusammenziehen. Das war der Lauf der Dinge, den er auch akzeptierte. Aber so eilig war es ihm damit auch wieder nicht. Er hatte sich sehr gut im bisherigen Zustand eingerichtet. Sie wohnten ja doch fast zusammen, aber in getrennten Wohnungen. Das hörte sich zwar reichlich bescheuert an, beschrieb den derzeitigen sehr erfolgreichen Zustand dennoch hinreichend treffend. Jeder hatte sein eigenes Reich und trotzdem waren sie oft zusammen. Klara in seiner kleinen Wohnung, auch für mehrere Tage und Nächte, dann wieder er bei ihr und auch beide mal für sich alleine. Die Tür hinter sich zugezogen. Stille, Einsamkeit, wenn auch nur das Gefühl von Einsamkeit. Die geordnete eigene kleine Welt. In der hatte er sich so gut eingerichtet, dass er mächtig Scheu davor hatte, das alles aufzugeben. Sein eigenes Reich. Mit dem Zusammenziehen verband er ein gefühltes zu ihr Ziehen. Idiotisch eigentlich, wo sie doch auch auszog und sie zusammen eine neue Wohnung suchten. Trotzdem hatte er das Gefühl, alles aufzugeben. Aus diesem Grund hatte er sich immer gewunden, wie ein glitschiger Aal, wenn das Thema gemeinsame Wohnung anstand. Gute Begründungen, keine Ausreden, wie er fand. Unmöglich ähnlich gute Wohnungen zu finden, gerade in der Größe, die sie zusammen brauchten. Der Markt abgegrast. Es wäre doch kopflos, nur deswegen einen Vertrag unter ungünstigen Bedingungen abzuschließen und sich wohnungs- und lagenmäßig zu verschlechtern. Zusammen wohnten sie doch eigentlich jetzt auch schon. Viel mehr wäre das auch in einer neuen

Wohnung nicht. Als das alles nicht mehr wirkte, hatte er sogar seine negativen Eigenschaften in den Ring geworfen. Die Launen, die Ruhe, die er ab und an brauchte, die streng riechenden Socken, sein Schnarchen. Es schien geholfen zu haben. Klara hatte nicht mehr davon angefangen. Ein stiller Triumph, den er nicht auskostete, aber dennoch seinem diplomatischen Geschick zuschrieb. Clever gelöst die Situation für ein, zwei Jahre, dann konnte man ja noch mal darüber reden. Er liebte sie ja schließlich auch.

Absolute Ruhe, bis letzte Woche. Ihr Lächeln, das er sonst so gerne hatte. Die dunklen, glatten langen Haare um ihr zartes Gesicht, das sie immer ein paar Jahre jünger wirken ließ, als sie wirklich war. Ihr Lächeln hatte einen Anflug von Überlegenheit gezeigt. Er wusste noch nicht warum und eigentlich hatte sich ihm dieser kleine unscheinbare Zug in ihrem Blick auch im Nachhinein erst wirklich vollends erschlossen. Sie wusste aber ganz sicher in diesem Moment schon, wohin sie wollte, mit ihm und dem Gespräch, das sie angefangen hatte. *Paul, mein Vermieter macht Probleme. Er braucht die Wohnung für seine Tochter, die im kommenden Winter mit der Ausbildung fertig ist.* Er hatte sie verständnisvoll in den Arm genommen und sich sofort mit fester Stimme bereit erklärt, mit dem Vermieter zu reden. Im schlimmsten Fall stünde er bereit für Wohnungssuche, Verpacken und Schleppen von Umzugskartons. Kendzierski war sich sicher, es genau so formuliert zu haben. Klara musste ihn ganz sicher absichtlich falsch verstanden haben! Das war ihm schon in dem Moment klar geworden, als sie ihm verklärt in die Augen sah. Zwei kleine Tränen kullerten über ihre Wangen. Die weggewischte Trauer über den Verlust oder die Freude darüber, dass er einer gemeinsamen Wohnung zugestimmt hatte. Die Tränen verboten ihm sofort heftigst zu widersprechen. Als sie sich am nächsten Morgen vor dem Büro trafen – Klara hatte darauf bestanden, alleine zu Hause in ihrer alten Wohnung zu schlafen – präsentierte sie ihm strahlend den ersten Besichtigungstermin. *Ich habe mir dafür extra die letzten beiden Stunden am Freitag freigenommen. Du hast ja bestimmt noch Überstunden von Fassenacht und kannst problemlos weg.*

„Um elf hole ich dich ab. Es sind nur drei Wohnungen. Ein Makler. Eine erste Bestandsaufnahme. Die Grundrisse sind gut." Sie lächelte ihn an. „Ich freue mich ja so!"

Kendzierski lächelte zurück, ernsthaft bemüht, dass das nicht gequält, sondern reichlich natürlich wirkte. Er hatte das wirklich vergessen. Oder vielleicht auch verdrängt. Oder beides. Egal.

3.

Georg Fauster hob den Eimer leicht an und schob ihn einen halben Meter weiter. Der hölzerne Griff klebte an seiner Hand, so viel Süße hatten die Trauben. Er richtete sich auf und blickte die Zeile hinunter. Genüsslich streckte er sich. Die Knochen eines Siebzigjährigen brauchten ab und an eine etwas entspanntere Haltung als das ständige Sich-nach-vorne-Beugen während der Traubenlese. Der Nebel im Tal war ganz verschwunden. Heute Morgen noch, als sie zusammen rausgefahren waren, hatte er wie eine dichte Suppe dort unten fest gehangen. Nur hier oben im Berg war die Sicht schon frei gewesen. Die Sonne hatte das bisschen Nebel schnell verzehrt, aufgelöst und das Tal geräumt. Jetzt hatte er freie Sicht auf die unteren Weinbergslagen, die in die Ebene ausliefen. Dann folgten noch ein paar Stoppeläcker bis an die Selzwiesen heran. Das Flüsschen durchschnitt das breite Tal. Auf dem anderen Ufer ging es genau so weiter wie diesseits. Erst ein paar Wiesen und dann die Äcker: Rüben, Getreide und Spargel. Nur die Weinberge fehlten. Die Rebstöcke brauchten die Sonne der Südseite, damit sie ordentliche Trauben brachten.

Ein kaum hörbares Stöhnen kam über seine Lippen, als er sich wieder leicht nach vorne beugte, um mit der linken Hand nach der nächsten Traube zu langen, die die Schere in seiner Rechten dann vom Stock schnitt. Für einen kurzen Moment hielt er die Traube in der Hand, drehte sie und legte sie dann in seinen Eimer. Es war mal eine, die gut aussah. Bei den meisten musste er einzelne Beerchen oder ganze Fäulnisnester herauskratzen. Bei den ganz extremen blieb nur ein Drittel der abgeschnittenen Traube für den Eimer übrig. Der Rest lag als Abfall auf dem Boden, wenn er mit ihr fertig war. Herausgekratzt mit der langen Spitze der Schere. Die staubenden faulen Beerchen, die sie nicht haben wollten. Er wusste, warum er viel lieber den Vollernter kommen ließ. Da war das schnell gemacht, das Stück. Aber der Herbert wollte es so. Schon seit ein paar Jahren nahm ihm der Kollege aus dem Nachbardorf die Trauben ab. Er selbst verkaufte alles direkt an eine Großkellerei, die den Vollernter und auch gleich den Fahrer mit dem Traubenwagen an den jeweiligen Weinberg schickten. Sie legten den Erntetermin selbst fest und teilten ihm hinterher die eingefahrene Menge mit. Anfang Dezember bekam er sein Geld dafür. Der Marktpreis, gemittelt über die letzten beiden Monate. Dafür, dass er kaum Arbeit mit der Weinlese hatte, war das ein ordentlicher Preis. Er musste ja nicht einmal mehr seine alte Kelter bemühen. Eine ganz saubere Angelegenheit so, wie es lief, daher hatte er sich auch nie über den Preis beschwert, den sie ihm zahlten.

Aber trotzdem hatte er zugestimmt, als ihm der Herbert vorschlug, die Trauben seines alten Grauen Burgunders zu übernehmen. Er war mit ihm Anfang der Sechziger zur Weinbauschule gegangen, danach hatten sie sich immer mal wieder getroffen. Der Herbert kelterte alles selbst, füllte ab und verkaufte seine Weine direkt. Einen Teil über zwei Händler im Norden, den Rest direkt an Einzelkunden, die er in mehreren Touren pro Jahr selbst mit seinem LKW belieferte. Zweimal schon hatte er ihm bei einer solchen Ausfahrt geholfen und jedes Mal war er froh gewesen, dass seine Arbeit mit den Trauben am Weinberg endete. Das andere war ihm doch zu mühsam vorgekommen. Und die ständige Freundlichkeit war auch nicht sein Ding.

Die Mehrarbeit hier in seinem Weinberg vergütete ihm der Herbert ordentlich. Ein deutlicher Aufschlag für jedes Kilo und noch ein Bonus, wenn hohe Oechslegrade erreicht wurden. Dafür nahm er die zusätzliche Handarbeit gerne in Kauf. Er entfernte im Frühjahr die überzähligen Triebe, ordnete die grüne Laubwand mehrmals, entfernte die Blätter vor den heranreifenden Trauben und schnitt erste faule Trauben heraus. Beim Grauen Burgunder war das notwendig. Das Stielgerüst der Sorte war im Grunde für die wachsenden Beeren zu eng. Wenn sie in die Reifephase übergingen, bestand daher ständig die Gefahr, dass sich die Beeren einer Traube gegenseitig zerquetschten, besonders dann, wenn es reichlich Regen im September gab. Trotz aller Handarbeit konnte man den Trauben dann beim Aufplatzen und Faulen zusehen. Er hätte den Weinberg einfach eine Woche eher geerntet. Das hätte einige Mühe erspart und 500 Liter mehr eingebracht.

Es war ja zum Glück nur für eine kleine Fläche. Und es war in diesem Jahr zum letzten Mal. Der Herbert hatte ihm zwar in den Ohren gelegen, zumindest diesen einen Weinberg nur für ihn noch ein paar Jahre weiterzumachen. *Siebzig ist doch kein Alter, Schorsch. Oder willst du jetzt nur noch auf Kreuzfahrtschiffen herumschippern? Hast doch eh fast alles schon gesehen.* Er war aber bei seinem Entschluss geblieben. Die meisten hörten noch früher auf. Er hatte keine Kinder, seine Frau war schon gut zwanzig Jahre tot. Deshalb hatte er bis siebzig gemacht. Aber nach diesem Herbst war Schluss, endgültig. Die gepachteten Äcker und Weinberge würde er zurückgeben und seine eigenen Flächen an den verpachten, der ihm das beste Angebot vorlegte. Käufer für einen Großteil der Maschinen hatte er schon in Aussicht. Das meiste war ohnehin alt wie er. Im Winter spätestens war die Scheune leer und er das alles los.

Er griff wieder nach dem Eimer und schob ihn einen halben Meter weiter. Noch ein Dutzend Stöcke, dann war er oben. Die anderen brauchten sicher noch ein gutes Stück länger. Alle viel jünger, aber diese Arbeit waren sie einfach nicht gewöhnt.

Das Geräusch eines Traktors kam näher. Die steile Straße hier hinauf hatte er hörbar zu tun. Georg Fauster streckte sich in die Höhe. Auf den Zehenspitzen konnte er über die Rebzeile hinwegspähen. Den Traktor erkannte er eigentlich schon am Klang. Der Blick über das Reblaub hinweg diente nur der Rückversicherung. Ein alter Fendt 108 S. Der gehörte dem August Meierbach. Er senkte sich wieder in die gebeugte Haltung zurück. Ein kurzes Nicken zum Gruß genügte, wenn er vorbeifuhr. Mit dem August Meierbach hatte er nie viel anfangen können. Der war zehn Jahre jünger als er, aber schon der alte Meierbach und sein Vater waren sich nicht grün gewesen. Irgendein alter Krach, über den er selbst nicht mehr wusste, als dass es ihn einmal gegeben haben musste. Die Abneigung hatte sich auf die beiden Söhne übertragen. Sie grüßten sich, aber mehr nicht.

Das pochende Lärmen des Motors war jetzt ganz nahe. Gleich musste er oben vorbeikommen. Georg Fauster hob den Kopf. Er hielt seine gebeugte Haltung bei und beließ seine Hände zwischen den Trauben im Reblaub. Er wollte wirklich nur kurz nicken und dann weiter beschäftigt wirken. So als ob ihn der vorbeifahrende Traktor bei der Arbeit überrascht hatte. Das metallische Quietschen verriet unzweideutig, dass der August oben angehalten hatte. Gegenüber besaß er auch ein paar Zeilen. Wahrscheinlich wollte er nach denen schauen. Es war ein Riesling. Der konnte lange noch nicht reif sein. Er hatte vorhin auch schon einmal von den Trauben probiert. Sie waren viel zu sauer und die Kerne hingen noch richtig fest am Fruchtfleisch. Zwei Wochen brauchte der mindestens noch, aber nur, wenn es in den kommenden Tagen wieder ähnlich warm werden würde.

„Schöne Trauben hast du wieder."

Fauster zuckte zusammen. Der Meierbach stand direkt hinter ihm in der nächsten Zeile.

„Ich war gerade eben drüben in meinem Riesling. Alles ist früher dran in diesem Jahr."

„Da hast du recht." Fauster nickte mehrmals schnell hintereinander. Er brauchte ein wenig Zeit, um sich aus der gebeugten Haltung in die Aufrechte zu bewegen. „Der heiße Mai hat's gebracht. Eine frühe Blüte und kein kalter Sommer."

„Was hat er, dein Grauer Burgunder?"

„Knapp neunzig Grad bringt er schon. Ich hätte ihn gerne noch länger hängen gelassen, aber sie haben Regen gemeldet für morgen."

„Das macht dann keinen Sinn mehr." Meierbach nickte verständnisvoll hinterher. Einen Moment schwiegen sie sich an. Fauster wartete darauf, dass der Meierbach sich verabschiedete. So viel hatten sie in den letzten dreißig Jahren nicht miteinander geredet.

„Ja, der fault dann schnell zusammen, wenn schon erste aufgeplatzte Beeren da sind. Da kommt man mit dem Rausschneiden der Fäulnisnester kaum noch hinterher."

Wieder schwiegen sie. Er wusste nicht, was er darauf noch erwidern sollte. Mehr als ein Ja oder Richtig hatte er nicht parat. Der Meierbach machte dennoch keine Anstalten abzuziehen. Was wollte der von ihm? Irgendetwas hatte ihn hierher getrieben. Der leicht gequälte Ausdruck in seinem Gesicht passte dazu.

„Wird gut tausend Liter geben auf dem halben Morgen." Meierbach versuchte das sterbende Gespräch am Leben zu erhalten.

„Nicht ganz." Der Fauster nickte.

„Nimmt der Herbert wieder die Trauben?"

„Wie immer."

„Sind ja auch schöne Trauben. Vollreif und zuckersüß." Wieder trat Stille ein. Ihre Blicke trafen sich durch das lichte Grün der Rebzeile. Der Meierbach versuchte zu lächeln. Eine Grimasse kam dabei heraus.

„Na dann." Fauster deutete eine Bewegung in Richtung seines halbvollen Traubeneimers an. „Wir wollen heute noch fertig werden." Etwas Besseres war ihm nicht eingefallen, um den Meierbach loszuwerden. Es war gerade erst elf vorüber. In zwei Stunden waren sie locker alle hier oben, auch wenn die anderen noch so langsam vorankamen.

„Es wird erzählt, dass du aufhören willst." Jetzt war es raus. Der Grund, warum der hier angehalten und sich zu ihm in die Reihe geschlichen hatte. Er spürte, dass der Meierbach ihn musterte. Die Reaktion auf seine Worte suchte er im Gesicht des Gegenübers abzulesen. Kann ich weiterreden und wenn ja, wie direkt?

Fauster entschied sich für ein Nicken. Das ließ ihm alle Möglichkeiten offen und zwang den Meierbach aus der Reserve zu kommen.

„Mein Enkel will weitermachen." Er schnaufte einmal. Es klang fast nach Erleichterung. „Im nächsten Jahr fängt er mit der Lehre beim Rothmann in Ingelheim an. Der macht viel Burgunder und wir haben kaum einen." Wieder hielt er inne und sah ihn direkt an.

„Der Rothmann ist ein guter Winzer. Da kann er ordentlich was lernen."

Ein klein wenig bereitete es ihm mittlerweile Freude, wie der Meierbach sich abmühte. Er wusste längst, was der von ihm wollte. Nur der Meierbach selbst schien sich nicht ganz sicher zu sein, ob das auch so angekommen war. Er bewegte sich ein wenig unsicher vom einen auf den anderen Fuß. Kurz sah er nach unten und dann wieder in sein Gesicht. Dabei reckte er sich in die Höhe. Haltung annehmend für die entscheidende Botschaft, die er auf den Weg schickte.

„Schorsch, wir zahlen Höchstpreise bei der Pacht für Weinberge und auch für die Äcker." Der Meierbach schnaufte angestrengt. „Die Äcker mache ich dann weiter und der Bub die Wingerte, wenn er ausgelernt hat."

„Schön zu hören."

Wieder wankte der Meierbach hin und her.

„Schorsch, egal was da mal war zwischen unseren Vätern. Auf mich und mein Wort kannst du dich verlassen. Wir haben so viele Weinberge, die aneinandergrenzen. Das würde gut passen. Wenigstens für einen Teil deiner Grundstücke, wenn du uns nicht alles geben willst."

Der Fauster nickte. Gerne hätte er jetzt breit gegrinst. Aber der angestrengte Ausdruck auf Meierbachs Gesicht hielt ihn davon ab. Zunächst noch. Wenn der weit genug weg war, würde er ein paar Mal laut schallend lachen.

4.

„Unsere erste Wohnung ist eine wahre Oase der Ruhe."
Nach diesem Satz bedeutungsvoll schweigend stieg Gereon Moinier vor Klara und Kendzierski die Treppen zum Wohnungseingang hinunter. Der Makler hatte sie vor dem Nieder-Olmer Mehrfamilienhaus in Empfang genommen. Nach einem kleinen Fußmarsch um den Block, bei dem er ihnen die Vorzüge der Lage zu vermitteln suchte, waren sie wieder hier angekommen, um nun die ausgewählte Wohnung in Augenschein zu nehmen. Es waren die ersten Sekunden, die der Makler wirklich schwieg. Er redete gehaucht leise, aber sehr betont, als ob er jedem einzelnen Wort seinen eigenen Klang mit auf den Weg zu geben suchte. Es passte gut zum Rest. Irgendwie gewählt, seine gesamte Erscheinung. Kendzierski hatte mit einem schmierigen Verkäufer gerechnet, zurückgegelte Haare, Siegelring und wurstige Finger. Gereon Moinier, der sich bei der französisch anmutenden Betonung der gehauchten Einzelsilben seines Namens besondere Mühe gegeben hatte, war das völlige Gegenteil davon. Groß und hager, Mitte fünfzig. Er steckte in Klamotten aus feinen Stoffen in Erdtönen. Sein dunkelbraunes Samt-Sakko war stark tailliert und unterstrich sei-

ne schlanke vornehme Erscheinung. Die Spitze eines goldenen Seidentuches lugte aus der Brusttasche. Lässig hatte er sich einen feinen Wollschal um den Hals geschlungen, der scheinbar die Aufgabe einer Krawatte übernehmen sollte. Die geraden Züge seines Gesichts wurden von den stark hervorstehenden Wangenknochen bestimmt. Sein Kopf war komplett kahl und wirkte wie auf Hochglanz poliert.

Die gehauchten Worte des Maklers hatten Kendzierski müde gemacht. Er spürte, wie ein mächtiges Gähnen sein Gesicht verzog und ihm Tränen in die Augen drückte. Zum Glück stand Klara vor ihm, ganz gespannt, was sich hinter der Tür verbarg. Moinier kramte noch immer nach dem passenden Schlüssel. Wenigstens schwieg er dabei.

„Das Haus ist 1979 errichtet worden und befindet sich bis auf den heutigen Tag im Besitz der Bauherren. Das Ehepaar bewohnt selbst die großzügige loftartige Maisonette-Wohnung im Dachgeschoss." Er drehte sich kurz zu ihnen um und öffnete die Augen weit, um den Bedeutungsgehalt der nachfolgenden gehauchten Worte zu unterstreichen. „Das gesamte Anwesen erfreut sich durch diesen Umstand natürlich einer ganz besonderen Pflege und Wertschätzung."

Er konnte Klara vor sich eifrig nicken sehen. Der Makler im Samt-Sakko hatte ziemlich schnell erkannt, dass sie die treibende Kraft ihrer heutigen Unternehmung war. Er bezog ihn zwar weiterhin in seine Monologe mit ein. Der Großteil seiner Aufmerksamkeit gehörte aber mittlerweile eindeutig ihr. Nur ab und an huschte noch einer seiner Blicke über Kendzierskis Gesicht. Der diente aber eher der Kontrolle, ob er schon eingeschlafen war.

Das metallische Schließgeräusch verriet, dass es ihm nun endlich gelungen sein musste, die Wohnungstür zu öffnen.

„Die Wohnung beginnt im Souterrain und öffnet sich

dann nach hinten durch die Hanglage des Gebäudes, in einer großzügig gestalteten, freundlich-lichten Terrassenfront. Aber sehen Sie doch selbst, gnädige Frau und – äh – gnädiger Herr." Die polierte Platte räusperte sich umständlich, nachdem sie die angedeutete Faust der Rechten an die gespitzten Lippen herangeführt hatte. „Sie gestatten doch, dass ich Ihnen vorausgehe und Licht mache." Er war schon losgelaufen, weiter hauchende Laute ausstoßend, die Kendzierski müde machten. Unsäglich müde. Das Ganze hatte die Wirkung einer Gute-Nacht-Geschichte auf ihn. Fast geflüstert, doch betont. Auf dem Sofa wäre er wahrscheinlich schon längst weggenickt.

Klaras Blick ließ ihn aufschrecken. Hatte er schon geschlafen? Quatsch, natürlich nicht! Sie hatte sich zu ihm umgedreht und sah ihn aus verklärten Kinderaugen an. Wie an Weihnachten unterm Christbaum. Oh, du fröhliche, oh, du selige! Beseelt von den bunten Lichtern und den großen Paketen, die man aus dem Augenwinkel schon vermessen hatte. Die Vorfreude auf reiche Beute. Ihren Kopf hielt sie dabei zusätzlich noch leicht schief und sah ihm tief in die Augen. Glück und ein wenig Dankbarkeit vielleicht für die dunkle Höhle, die vor ihnen beiden lag und in die sie ihn nun hineinführen durfte. Daher hatte sie auch nach seiner Hand gegriffen. Sie drückte sie einmal fest und zog ihn dann hinter sich her.

„Ach, Paul." Das war von ihr gekommen, auch wenn es sich ähnlich gehaucht angehört hatte, wie die vielen Worte der polierten Platte vor ihnen.

Flackernd hatte sich das Licht einer diffusen Stromsparbirne angekündigt. Wirkliche Helligkeit brachte sie nicht in den schmalen, langen Flur. Er blieb dunkel, obwohl es hier draußen am späten Vormittag sonnig hell war. Souterrain klang nicht nur nach unter der Erde. Bei den ersten Schritten, die ihn Klara entschlossen weiterzog, fühlte er sich wie beim Einstieg in ein still gelegtes Kupferbergwerk.

„Nach links und rechts gehen zunächst Küche und Gäste-WC, dann Büro und Schlafzimmer und zuletzt noch links das Kinderzimmer ab." Er räusperte sich wieder umständlich. Kendzierski blieb keine Zeit, über das nachzudenken, was der da eben von sich gegeben hatte. „Aber zuerst wollen wir uns den großzügig geschnittenen, offen lichten Wohnbereich ansehen. Achtzig Prozent des Tages verbringt der Mensch hier." Um seine stimmungsvolle Präsentation zu unterstreichen, hatte er während der letzten Worte die Lautstärke seiner gehauchten Silben deutlich angehoben und zusätzlich beide Arme wie zur Begrüßung von sich gestreckt. So als ob er den Wohnbereich, den er lange nicht gesehen hatte, herzlich umarmen wollte. Wie einen lieben alten Bekannten von 21,5 Quadratmetern.

Die Glänzeglatze trat mit weiterhin geöffneten Armen zur Seite und gab den Blick frei auf eine zweiflüglige Terrassentür hinter der eine grüne Böschung ein paar Meter nach oben führte. Kendzierskis Körpergröße reichte gerade nicht aus, um auf Höhe der Grasnarbe weiter in den hinter dem Haus gelegenen Garten sehen zu können. Klara ließ seine Hand los und tat ein paar Schritte in den leeren Raum. Er konnte erkennen, dass sich ihr Kopf und damit auch ihr Blick hin und her bewegten. Schwungvoll vollführte sie eine halbe Drehung um die eigene Achse und kam wieder ein Stück zurück. Sie lächelte ihn an.

„Paul, ein Traum, nicht wahr?"

Kendzierski spürte die Trockenheit in seinem Mund. Staubig fast fühlte sich das an, ausgedörrt, nach einem langen Fußmarsch unter sengender Sonne. Seine Zunge klebte am Gaumen fest. Sie brauchte Spucke, um sich lösen zu können. Er musste antworten, aber es wollte nicht gelingen. Klaras Augen, ihr Blick. Sie schien nicht mehr Herr ihrer Sinne zu sein. Paul, ein Traum. Die Glänzeglatze nickte eifrig dazu, mit ausgebreiteten Armen, offensiv diskret schweigend. Kendzierski setzte seinen Kopf vorsichtig in Bewegung, hin und her. Der Versuch einer einfachen und verständlichen Zeichensprache, mit der er Klara die Botschaft zu übermitteln versuchte, die ihm nicht über die trockenen Lippen kommen wollte. NEIN! BLOß NICHT!

„Neunzig Quadratmeter, 800 Euro kalt. Der Preis ist für Lage und Ausstattung ein echtes Schnäppchen. Der Garten steht Ihnen zur Mitbenutzung offen, wobei die Sitzecke im hinteren Gartenbereich zur Wohnung im Erdgeschoss gehört." Die Glänzeglatze schien sich bemüßigt zu fühlen, gerade jetzt einzuschreiten, um die Unterhaltung in die rechte Richtung zu lenken. Er löste sich aus der routinierten Präsentationshaltung, die er anscheinend mit weit geöffneten Armen noch gut etwas länger hätte durchstehen können, und griff nach Klaras linkem Arm.

„Gnädiger Herr werden doch nicht eifersüchtig werden, wenn wir beide uns einmal ganz kurz die neu eingebaute Küchenzeile besehen." Die polierte Platte hauchte einen kurzen verschämten Lacher heraus und zog Klara sanft, aber entschlossen mit sich.

„Die Schreiner sind erst in der vergangenen Woche fertig geworden. Die Platte aus norwegischem Granit war nicht rechtzeitig geliefert worden. Aber das Warten hat sich mehr als gelohnt. Sie werden bestätigt sehen, welch hohe Ansprüche der Eigentümer stellt. Das ist schon mehr als ein zarter Hauch Luxus." Wahrscheinlich breitete er jetzt wieder die

Arme aus. Kendzierski rieb sich die Augen und schluckte mehrmals. Er versuchte den Staub aus seinem Mund zu bekommen, in dem noch immer Dürre herrschte. Er mühte sich, dem mit einem röchelnden Husten beizukommen. Das klang nicht wirklich gesund. Er hatte das Gefühl, dass es hier komisch roch, trotz der gekippten Terrassentür. Der Fuchsbau unter der Erde. Modriger Muff. Er musste Klara aus der Küche holen. Sie befreien aus den Fängen der Glänzeglatze, bevor die sie vollständig eingelullt hatte. Der gehauchte Singsang seiner Stimme, der sie in schläfrige Willenlosigkeit fallen ließ. Wabernde wattig weiche Worte. Schaum. Kendzierski schüttelte sich. Eine Bewegung, die der Befreiung dienen sollte.

„Die Elektroeinbaugeräte namhafter Hersteller sind natürlich ebenfalls neu. Das brauche ich nicht extra hervorzuheben."

„Klara, nein!" Herausgehustet hatte er die beiden Worte. Heiseres Röcheln begleitete sie. Der Blick der Glänzeglatze traf ihn. Leicht beleidigt spitzte er die Lippen und reckte sich in die Höhe.

„Lassen Sie das alles auf sich wirken. Reden Sie darüber in aller Ruhe. Und wir machen uns dann zusammen auf den Weg zum nächsten Objekt, wenn Sie beide mir das Startzeichen dafür geben."

Gereon Moinier schob sich an Kendzierski vorbei, der in der Küchentür stand. Klaras Blick, der ihm folgte, hatte etwas Entschuldigendes, bis er an Kendzierski hängen blieb und schlagartig eine deutliche Strenge annahm.

5.

Vorsichtig wie immer legte er das Fernglas neben sich auf die Holzbank. Er musste sich die Augen reiben. Sie schmerzten nach so langer Zeit, die sie konzentriert durch die dicken Linsen hatten spähen müssen. Er rieb sie weiter und ließ kleine blitzende Sterne auf seiner Netzhaut aufleuchten. Es war unglaublich, was er da eben gesehen hatte. Einem anderen würde er das nicht abnehmen, zumindest nicht sofort und nicht ohne stichhaltigen Beweis. Er atmete tief durch und schloss die Augen. So bekamen sie die nötige Erholung. Wenn er in den frühen Morgenstunden hier oben auf seinem Hochsitz saß, machte er es ähnlich. Das erste zarte Dämmerlicht. Der Übergang von der Nacht in den Tag, der kostete die Augen viel Kraft. Ganz besonders dann, wenn sie mit so wenig Licht auskommen mussten, um kleine Bewegungen, huschende Schatten zu erkennen.

Der späte Vormittag war kein guter Zeitpunkt, um hier oben anzusitzen. Zwei Fasane und einen Feldhasen hatte er gesehen. Einen Bussard kreisend über sich, mehr nicht. Ganz normal eigentlich auf dem offenen Feld um diese Uhrzeit. Wegen des Wilds war er ja auch nicht hier hoch gekommen, auf die weite Ebene, die sie alle das Oberfeld nannten. Eine große Weite, die zur einen Seite durch das Selztal und zur anderen durch den Rheingraben begrenzt wurde. Fruchtbares Ackerland und bis auf ein paar Hektar Wald leergeräumt. Der diente dem Wild aber noch als Rückzugsmöglichkeit am Tag. In der Dämmerung trauten sie sich dann auch heraus aufs offene Feld und nur dann machte es eigentlich Sinn hier oben zu sitzen, das Gewehr im Anschlag.

Es sei denn, man war auf der Flucht wie er. Dann war der

rundum verkleidete Hochsitz mit seinen schmalen Schlitzen, durch die Fernglas und Gewehrlauf passten, kein schlechter Platz. Heute Morgen um zehn hatte er flüchten müssen. Vor seiner Frau und ihrer Schwester, die sich durch lautes Hupen mit ihrem offenen Sportwagen bei der Einfahrt in seinen großen gepflasterten Hof angekündigt hatte. Es war einer der bei ihm gefürchteten, spontanen Besuche seiner Schwägerin, die mit Getöse vorfuhr und ebenso laut redend einige Stunden lang zu grünem Tee und Salzgebäck blieb. So lange er in Sicht- und Rufweite war, ließ sie nicht davon ab, ihn immer wieder herbeizuzitieren. *Horst! Komm und setz dich doch ein bisschen zu uns! Auf eine Tasse Tee. So viel Zeit wird dir deine Lieblingsschwägerin doch noch wert sein!*

Um diese Fragen nicht schon wieder mit den längst überstrapazierten gleichen Notlügen beantworten zu müssen, hatte er es heute vorgezogen das Haus lautlos durch die Hintertür zu verlassen. Das Fernglas hatte er noch schnell vom Haken an der Garderobe genommen. Sein Fahrrad stand ohnehin in der Scheune bereit. Die Arbeiten, die er sich für den heutigen Tag vorgenommen hatte, waren auch am Nachmittag noch zu schaffen oder eben morgen. Mit den beiden Frauen als Zuschauer hätte er sich ohnehin nicht an den Ölwechsel bei seinem großen Schlepper gemacht. *Horst, die schmierigen Hände, die du da bekommst. Warum lässt du das nicht in der Werkstatt machen?* Morgen war noch genug Zeit dafür und auch für die anderen Reparaturen, die während der hektischen und verspäteten Getreideernte in diesem Jahr hatten warten müssen.

Das Fahrrad, mit dem er die gute Viertelstunde hiergefahren war, lag unten im hohen Gras. So gut getarnt, dass es nicht einmal den beiden Kollegen aufgefallen war, die mit ihren Traktoren ganz nahe an seinem Hochsitz auf dem Feldweg vorbeigefahren waren. Hier oben war er sicher und aus der Welt. Keiner konnte ihn sehen, sie ahnten nicht einmal, dass er hier oben saß, und doch bekam er alles mit. Deswegen mochte er diesen Platz hier oben auch an einem sonnigen Vormittag. Die Jagd hatte ihn zum stillen Beobachter gemacht. Zuerst der Tiere und mittlerweile mit zunehmender Freude auch der Menschen. Sie durften ihn nur nicht sehen, sonst verhielten sie sich nicht mehr so natürlich, wie sie es scheinbar unbeobachtet taten.

So, wie der Kahle Heinrich vorhin. Zuerst hatte er nur eine der vollreifen Pflaumen probiert. Die vielen Bäume entlang des betonierten Querweges gehörten dem Flinken Willi, mit dem er schon seit Jahren im Streit lag. Ihre Kinder, die Tochter vom Willi und der älteste Sohn vom Kahlen Heinrich, waren verlobt gewesen. Aber dann erwischte der Willi den Schwiegersohn in spe mit einer anderen bei der Fastnacht. Seither gingen die Väter bei jeder sich bietenden Gelegenheit lautstark aufeinander los. Während er die Pflaume kaute, hatte sich der Kahle Heinrich zweimal umgesehen. Jetzt war er auf seinem Schlepper und mit zwei ordentlichen Eimern zurückgekommen, die er danach in aller Seelenruhe vollpflückte. Sichtlich zufrieden pinkelte er zum Schluss noch auf die am Boden liegenden Früchte, weil er wusste, dass der Willi das Fallobst aufsammelte, um daraus einen recht ordentlichen Obstbrand für den Hausgebrauch brennen zu lassen.

Dieses Schauspiel hatte ihm auch über die Enttäuschung hinweggeholfen, dass die beiden Alten heute nicht auftauchten. Über deren immer gleiches Verhalten konnte er sich jedes mal wieder amüsieren. Mehrmals pro Woche fuhren sie zusammen in einem kleinen PKW mit Wiesbadener Kennzeichen den geraden Betonweg bis an den Waldrand heran. Dann stiegen beide aus. Von seinem Hochsitz waren sie keine 200 Meter entfernt. Durch das gute Fernglas hatte er sie bestens im Blick. In alle Richtungen sahen sie sich gründlich um, obwohl sich dorthin, nahe am Wald, sowieso kein Spaziergänger verirrte. Der Mann war bestimmt siebzig, sie ein wenig jünger, aber auch nicht viel. Danach fielen sie sich um den Hals und küssten sich. Immer. Die danach folgenden knapp zehn Minuten nutzte er, um seinen Blick über das restliche Oberfeld schweifen zu lassen. Ohne Fernglas, damit sich die Augen ein wenig erholen konnten. Die inniger werdenden Küsse am Waldrand bereiteten das vor, was später folgte. Die beiden Alten verschwanden in dem kleinen Wagen. Mit seinem guten Fernglas konnte er dann beobachten, wie sie sich die Kleider umständlich vom Leib zerrten und das kleine Auto danach in rhythmische Bewegungen versetzten. Eine halbe Stunde später waren sie mit ihrem fahrbaren geheimen Liebesnest wieder verschwunden.

Das alles war aber nichts im Vergleich zu dem, was er eben gerade gesehen hatte. Er schlug die Augen jetzt wieder auf und ertastete das Fernglas neben sich. Der Gerd Nachtmann, den sie alle nur den Halbarm-Gerd nannten, weil er fast das ganze Jahr über in kurzärmligen karierten Hemden herumlief, war schon den ganzen Morgen über seinen Stoppelacker geschlichen. Mit dem Eimer in der Hand und im Kampf mit seinen Mäusen. Sein schlechter Weizen, den er viel zu spät gesät hatte und der deswegen großflächig flach lag im Juli, hatte das hungrige Viehzeug anscheinend angezogen. Da half es kaum, jetzt auf seinen zwei Hektar alle Mäuse zu vergiften. Im nächsten Jahr waren sie doch wieder da, wenn sein Getreide genauso schlecht und schief dahing.

Den heranrasenden Geländewagen hatte er zuerst gar nicht

gehört. Er war anscheinend zu konzentriert damit beschäftigt gewesen die Zufahrtsstraße zum Oberfeld in den Blick zu bekommen. In der Hoffnung sein Liebespärchen könnte doch noch auftauchen. Der Lada war in hohem Tempo an seinem Hochsitz vorbeigerast. Nur einer hatte eine solche Kiste und auch nur der raste in einer solchen Geschwindigkeit über die löchrigen Betonwege. Der Steinkamp von den falschen Kohlköpfen. So nannten sie sich selbst. Eine Gruppe Alternativer um den Steinkamp, die vor drei Jahren zwei brachliegende Äcker von der Gemeinde gepachtet hatten, die sie seither mit allem bepflanzten, was man selbst essen konnte. Alle, die mithalfen, bekamen Möhren, Kohl, Salat und Radieschen. An sonnigen Samstagen waren manchmal mehr Männer, Frauen und Kinder auf dem Feld, als Zucchini gewachsen waren. Der größte Teil des Ertrages wanderte direkt auf dem Acker in kleine gelbe Boxen, die das Zeichen der Genossenschaft trugen: einen grinsenden gelben Kohlkopf. Mit zwei eigenen Transportern fuhren sie die Boxen aus. Die beiden Studenten bei ihnen gegenüber hatten auch ein solches Gemüse-Abonnement. Jeden Dienstag stand die gelbe Box vor ihrer Tür. Das Geschäft mit den Kisten lief anscheinend so gut, dass der Steinkamp jeden nach zusätzlichen Äckern befragte. Dabei hausierte er mittlerweile mit astronomischen Pachtzinsen, die ihn selbst und alle übrigen Bauern nervös werden ließen. Sie hatten damit den Grundstücksmarkt innerhalb kürzester Zeit vollkommen durcheinandergebracht. Bisher war jeder immer mal zum Zuge gekommen, wenn ein Kollege aufhörte, der keinen eigenen Hofnachfolger hatte. Alle, die weitermachten, brauchten das Land zum Überleben. Die vielen Geräte und Maschinen, die immer größer und teurer wurden. Fünfzig, hundert Hektar, das reichte heute kaum noch aus, um mit einem

Ackerbaubetrieb über die Runden zu kommen. Mit ein paar Weinbergen oder Spargel und Obst ging das vielleicht, aber ansonsten half nur das Wachstum und zu viele brauchten das. Das Hauen und Stechen hatte mit den Kohlköpfen angefangen. Weil nun alle glaubten, sie müssten noch schneller zugreifen, um nicht am Ende leer auszugehen.

Aber das hatte sich jetzt anscheinend erledigt. Er führte das Fernglas wieder an seine Augen. Der Halbarm-Gerd lag noch immer da. Er spürte den Herzschlag in seiner Brust. Der Steinkamp war ihm an die Gurgel gegangen und er wusste auch schon weshalb. Dazu brauchte man nur ein wenig logischen Verstand und die Ruhe hier oben. Der Georg Fauster, hieß es, wollte aufhören. Gut dreißig Hektar Ackerland und ein paar Weinberge hatte der noch immer bewirtschaftet. Einen kleinen Teil nur hatte er schon vor ein paar Jahren verpachtet, unter anderem an den Halbarm-Gerd. Der rechnete sich daher auch die größten Chancen aus, wieder zum Zuge zu kommen. Dreißig Hektar auf einmal waren schließlich kein Pappenstiel. Zumal in den nächsten fünf Jahren kein ähnlich großer Besitz auf den Pachtmarkt käme. Es war also die Chance für jeden und entsprechend nervös beäugten sich alle.

Er pfiff zweimal durch die Zähne, während er das reglose dunkle Bündel im Auge behielt. Da war ein Besuch seiner gesprächigen Schwägerin doch zum ersten Mal von Nutzen gewesen. Er lachte leise zuckend vor sich hin. Beide waren sie jetzt aus dem Spiel. Der Gerd und der Steinkamp. Heute Abend würde er mal beim Fauster vorbeischleichen. Es war nicht gut, der Erste, aber auch nicht ratsam, der Letzte zu sein. Der Erste wirkte gierig. Und das war er nicht. Als Letzter sah es so aus, dass man nicht wirklich Interesse hatte oder den Besitz und den Wert des anderen nicht so hoch schätzte, dass man ihn ernsthaft verdiente. Heute Abend war daher der richtige Zeitpunkt für ihn.

6.

„Paul, ich finde, du solltest dich ein wenig zusammenreißen." Sie sah kurz zu ihm hinüber und richtete dann ihren Blick wieder nach vorne auf die Fahrbahn. „Du merkst doch, wie viel Mühe er sich gibt." Klara seufzte und versuchte auf der Landstraße in Richtung Klein-Winternheim Gereon Moinier in seinem schwarz glänzenden Mercedes nicht davonziehen zu lassen. Der Wagen passte gut zum Makler, der ihnen auf dem Weg zur zweiten Wohnung vorausfuhr. Bei der Verabschiedung hatte er neben seinem Fahrzeug gestanden. Sein polierter Kopf konkurrierte dabei mit dem hochglänzenden Lack des Wagens. Kendzierski konnte sich nicht entscheiden, auf wem das strahlende Licht der Herbstsonne schöner funkelte. Letztendlich war er froh gewesen, den gehauchten Dauerredeton zumindest für ein paar Minuten loszuwerden. Auch wenn Klaras Gesichtsausdruck in der muffigen Erdhöhle, die sie eben gerade vorgeführt bekommen hatten, nichts Gutes erwarten ließ. Sie musste doch auch bemerkt haben, dass diese Wohnung ein überteuertes Loch war. Egal, welchen Granit sie in der Küche verlegt hatten. Und außerdem war die Wohnung viel zu groß. Wozu denn neben einem Büro auch noch ein Kinderzimmer? Kendzierski musste laut schlucken. Klara blickte für einen Moment zu ihm. Es war jetzt ganz sicher nicht der richtige Zeitpunkt, um mit ihr darüber zu reden.

„Bitte halte dich in der nächsten Wohnung ein wenig zurück. Die ist nach dem Grundriss ideal. Und sogar mit einem eigenen Garten. Ein Stück Wiese und Platz für Tomaten, Salat und Kräuter. Von so etwas habe ich schon immer geträumt."

Kendzierski hielt seinen Kopf starr geradeaus und nickte. Klara hatte noch nie von einem eigenen Garten gesprochen! Noch vor ein paar Monaten hatten sie Klaras Mutter versucht davon zu überzeugen, dass sie zumindest einen Teil ihres riesigen Nutzgartens in eine praktische Wiese verwandelte, weil sie seit dem Tod ihres Mannes kaum mit der Arbeit nachkam. Garten und Kinderzimmer. Kendzierski fühlte, dass sich in seinem Mund wieder die gleiche Trockenheit einzustellen schien, wie vorhin. Eine lähmende Dürre, die seine Zunge am Gaumen festkleben ließ und ihn der Sprache beraubte. Gleich heute Abend musste er mit ihr reden, wenn das hier alles überstanden war. Noch eine dritte Wohnung danach. Sein Magen meldete sich mit einem flauen Gefühl. Vielleicht war es heute Abend schon zu spät. Wir nehmen sie, auf der Stelle, sofort! Was sollte er dann machen? Sich mutig dazwischen werfen? Halt! Nicht! Lass uns eine Nacht darüber schlafen. Wenigstens.

„Der Schnitt war ideal. Die Raumaufteilung und das große Wohnzimmer. Gefallen hätte mir das schon. Aber insgesamt fand ich die Wohnung schon ein wenig dunkel. Und einen Garten will ich auf gar keinen Fall teilen. Das gibt doch Durcheinander. Da geht man sich auf die Nerven, gerade wenn es nur eine kleine Wiese ist. Zwei Grills direkt nebeneinander. Das brauche ich nicht."

Kendzierski nickte zustimmend. Sie lagen also doch gar nicht so weit auseinander mit ihrer Meinung. Er räusperte sich krächzend und reichlich umständlich. Klara sah ihn wieder kurz und fragend an.

„Vielleicht zu groß die Wohnung?" Heiser hatte das geklungen. „Ein Zimmer zu viel?"

Klara lächelte. Er erkannte das deutlich, obwohl sie konzentriert nach vorne auf die Straße blickte.

„Paul." In ihrer Stimme klang ein Höchstmaß an Verständnis mit. Sie hörte sich an, wie die Sprecherin einer Kindernachrichtensendung bei dem Versuch, Sechsjährigen den internationalen Geldmarkt zu erklären. Bunte Schaubilder mit Strichmännchen fehlten jetzt noch. *Das ist die Klara und das ist der Paul und das ist ihre neue Wohnung. Da gibt es ein Zimmer für die Klara, eins für den Paul und noch eins. Für wen ist das wohl?* Jetzt spürte er ganz deutlich, dass ihm heiß wurde. Kitzelnd bahnte sich unter seinen Armen der erste Schweißtropfen einen Weg. Er schnaufte, ohne dass er das wirklich beabsichtigt hatte.

„Paul." Noch mehr Verständnis jetzt in diesem einen Wort, das doch nur sein Name war. „Du hast selbst gesagt, dass du Platz für dich brauchst. Einen Raum, in den du dich zurückziehen kannst." Sie lächelte ihn kurz an. „Das ist für mich kein Problem. Jeder muss die Freiräume haben, die ihm wichtig sind. Dafür habe ich vollstes Verständnis. Und nur so gehen wir beiden uns auch nicht nach ein paar Wochen schon auf die Nerven."

Kendzierski spürte, dass bei Klaras Worten die Trockenheit langsam aus seinem Mund verschwand. Das karstige Wadi nahm die ersten beruhigend, kühlenden Tropfen der nahenden Regenzeit dankbar auf. Er hatte sich da in etwas hineingesteigert. Es war die Angst vor diesem Schritt, die in seinem Kopf für reichlich Durcheinander sorgte. Ihm ging das alles einfach zu schnell. Aber Klara schien das verstanden zu haben. Ein Zimmer, in das er sich zurückziehen konnte. Ein guter Kompromiss.

Sie waren mittlerweile in Klein-Winternheim angekommen. Der Makler bog von der Pariser Straße nach rechts ab, vorbei an der Kirche, dann nach links in eine noch kleinere Straße. „Und deswegen sollte die Wohnung schon vier Zimmer haben. Ich möchte ja nicht bald schon wieder umziehen müssen." Klaras Stimme und ihre rechte Hand auf seiner Wange. Sanft streichelte sie ihn. Sein Mund schnappte mehrmals auf und zu. Es sah so aus, als ob er nach Luft rang, aber eigentlich hatte er etwas sagen wollen. Nur heraus fanden die Worte mal wieder nicht.

„Da sind wir!"

Die Glänzeglatze stand schon vor ihrem Wagen bereit, um sie beide wieder Worte hauchend in Empfang zu nehmen. „Objekt Nummer zwei ist eine 96,5 Quadratmeter große Erdgeschosswohnung in einem aufwendig sanierten Hofanwesen. Das Haupthaus zur Straße bewohnt der Eigentümer selbst. Die ruhig in zweiter Reihe stehende Scheune beherbergt zwei gleichgroße, großzügig geschnittene Wohnungen." Der Makler schien die Taktik geändert zu haben. Die technischen Details nun zu Beginn. Dabei hatte er ihn ganz fest in den Blick genommen und Klara kaum Beachtung geschenkt. Die auf ihm ruhenden Augen Moiniers hatten Kendzierski gezwungen, mehrmals zustimmend zu nicken. Auf Klaras Gesicht stellte sich daraufhin vollständige Zufriedenheit ein.

Sie folgten der polierten Platte durch ein Torhaus über einen ordentlich gepflasterten Innenhof zu einem weiß verputzten Kasten, der nicht mehr an seine ursprüngliche Bestimmung als Scheune zu erinnern vermochte. Vor dem Eingang standen zwei runde Kübel, aus denen zwei exakt identische Koniferen spitz in die Höhe ragten.

„Über den mediterran gestalteten Innenhof gelangen Sie

zum einladenden Hauseingang." Dem Makler schienen die beiden Töpfe im selben Moment aufgefallen zu sein wie ihm. Sie liefen weiter über mediterranes Verbundpflaster in grauer Betonoptik. Die roten Geranien auf den Fensterbänken im ersten Stock fügten sich stimmungsvoll ins südeuropäische Gesamtbild ein. Kendzierski war gespannt, was als Nächstes folgte.

„Die Wohnung gilt quasi als Erstbezug. Sie wurde im vergangenen Jahr fertiggestellt. Die Vormieter haben nur ein halbes Jahr in dieser traumhaften Atmosphäre verbringen können. Sie mussten das Rhein-Main-Gebiet wegen eines Arbeitsplatzwechsels leider verlassen. Dass sie das sehr bedauert haben, werden Sie sicher selbst gleich ermessen können."

Der Makler hatte sich kurz zu ihnen umgedreht und vielsagend beide Augen weit aufgerissen. „Bitte schön!" Er drückte die Hauseingangstür auf und postierte sich selbst so, dass Kendzierski und Klara gut an ihm vorbeikamen. „Gehen Sie getrost voran. Acht Stufen im geräumigen Treppenhaus. Die Tür links erschließt Ihnen unsere Wohnperle im Grünen." Passend zu seinen letzten Worten fuhr die polierte Platte ihren rechten Arm stimmungsvoll aus, der ihnen den Weg über weiß gefliese Stufen zur einzigen Tür weit und breit andeuten sollte. Kendzierski spürte Klaras freudige Nervosität direkt neben sich. Zusammen nahmen sie die letzten Schritte zur grünen Wohnperle. Die griffigen Titel dachte sich die Glänzeglatze sicher selbst aus. Oase der Ruhe war ein Fuchsbau unter der Erde gewesen. Freier Blick auf die Grasnarbe. Was erwartete sie wohl in der grünen Perle? Oder war es die grüne Hölle? Ein enges Geflecht wild wuchernder Lianen. Aggressive Waldameisen und subtropische Luftfeuchte. Weiter kam er nicht, da Klara schon die Wohnungstür aufgeschoben hatte.

„Paul, das ist sie!"

Klara tastete nach seiner Hand und drückte sich an ihn. Ihr Blick blieb weiter nach vorne gerichtet. Langsam nahm sie ihn mit sich. Über weitere weiße Fliesen setzten sie zusammen Schritt für Schritt voran. Links und rechts von ihnen gingen Türen ab. Die übliche Einteilung: Küche, Bad oder Klo, Schlafzimmer, noch ein Zimmer und noch ein kleines. Dann weitete sich der Flur und knickte in einem leichten Rechtsbogen zum Wohnbereich hin ab. Kendzierskis Kopf hauchte ihm jetzt selbst die treffenden Worte ein, im gleichen Tonfall fast schon wie der Makler. *Aufwendig saniert, mediterran, mit Liebe zum Detail ohne übermäßig verspielt daherzukommen.*

„Sie wissen, worauf es ankommt!" Die Glänzeglatze war ihnen gefolgt. „28,5 Quadratmeter. Wie Sie sicher bemerkt haben, steht die Scheune frei. Der lichtdurchflutete Wohnbereich wartet daher mit großzügigen Glaselementen nach vorne und nach rechts auf." Den letzten Halbsatz hatte er mit effektvollen Unterbrechungen herausgebracht.

„Wie Sie, gnädige Frau, sicherlich dem Aufmaß entnommen haben werden, bietet diese Wohnung wieder reichlich Möglichkeiten für alle Ihre Zukunftspläne."

Der Makler konzentrierte sich jetzt voll auf Klara. In seinem Blick glaubte Kendzierski leicht verschwörerische Züge ausmachen zu können. War das hier ein abgekartetes Spiel zwischen der Glänzeglatze und Klara? Weiter kam er nicht. Die nächsten irren Attribute waren schon im Sturzflug auf ihn unterwegs. Wattebällchen gleich, mit denen der Makler ihn weich und flauschig einzuhüllen versuchte. Zumindest seine Müdigkeit war jetzt weg. Er würde sich so leicht nicht um den Finger wickeln lassen. Nicht von diesen gehauchten Worten, die mittlerweile nach einer unglücklich verlaufenen

Kreuzung aus Peter Hintze und Udo Lindenberg klangen.

„Sie werden sich vorstellen können, dass es für diesen Geheimtipp, unsere Wohnperle im Grünen, reichlich Interessenten gibt. Der Eigentümer, der besonderen Wert auf den persönlichen Kontakt legt, hat daher selbst eine Vorauswahl getroffen, zu der Sie gehören. Er stößt später zu uns, um Sie beide persönlich kennenzulernen." Der Makler räusperte sich leise, die angedeutete Faust vor den Lippen. „Er wird Sie mögen." Dabei sah die polierte Platte nur Klara an und würdigte ihn keines weiteren Blickes. Sie schickte ihr süßestes Lächeln zurück. Vielleicht war es Dankbarkeit, die er darin erkennen konnte. Oder Klaras Versuch, die Wirkung ihres Lächelns einem ersten Härtetest zu unterziehen. Was bei der Glänzeglatze funktionierte, musste auch bei einem sie kritisch beäugenden Vermieter gut ankommen. Kendzierski spürte die Gänsehaut auf seinem Rücken. Diese ganze Tour hier lief so gar nicht nach seinen Vorstellungen ab. Er hatte damit gerechnet, dass sie sich die Wohnungen ansahen. Kritisch und vor allem so sachlich vor dem Hintergrund, dass sie sich beide keinesfalls mit diesem Umzug verschlechtern wollten. Und insgeheim hatte er für sich gehofft, dass nichts Brauchbares darunter war. Ein Dutzend Wohnungen wie die Oase der Ruhe unter der Erde, in die ihn keine zehn Pferde und auch nicht Klara noch einmal hineinbringen würden. Diesen muffigen Fuchsbau hätte er ihr sicher bei einigen Gläsern Wein ausreden können. Mit etwas Abstand und ruhigem Blick zurück, wäre das bestimmt kein großes Problem gewesen. Wenn sich erst einmal die alles überlagernde Euphorie des Zusammenziehenwollens gelegt hatte. Aber das hier, Kendzierski musste tief und schnaufend ausatmen, zwang ihn fast augenblicklich zur kampflosen Aufgabe. Unter wirklichen Schmerzen, tief in seinem Magen, musste er sich in diesem Moment eingestehen, dass die Wohnung schön war. Schnell schickte sein Kopf ein Veto hinterher und die Augen auf die Suche nach offensichtlichen Mängeln. Durch die geöffnete Glastür hinaus auf die hölzerne Terrasse, von da die paar Treppenstufen hinunter, die er nicht sehen konnte, auf die Wiese. Ein ordentlicher Garten. Nicht zu groß, als dass er sich zur wirklichen Last entwickeln konnte. Und ganz hinten, kurz vor dem Zaun, eine offene Fläche, bei der es sich um den Nutzgarten handelte. Eigene Tomaten, Salat und Kräuter von dort direkt auf den Teller. Sie beide beim Abendessen in dieser Stille. Die Wärme, die in seinen Magen einfuhr, vertrieb den Schmerz, wenn denn da überhaupt noch einer übrig gewesen war. Sein Kopf schuf die Bilder dazu. Klara lächelnd zwischen ihren Pflanzungen. Er selbst, ebenso lächelnd, mit dem Rasenmäher bei ihr. Er fühlte sich, als ob er versehentlich in die Werbung einer Bausparkasse geraten war. Da lief dann aber meistens noch ein kleines Kind quer und noch eins. Jetzt war der Schmerz in der Magengegend wieder da. Hatten Frauen eigentlich auch Angst vorm Kinderkriegen?

Weiter kam er nicht mit seinen wirren Gedanken. Seine Augen waren wieder zurück aus dem Garten. Sie hetzten durch den gefliesten Wohnraum. Zu viel Weiß! War das ein Ansatzpunkt? Er sah in Klaras Augen und gab sich umgehend selbst die Antwort: ganz sicher nicht! Da mussten schon belastbarere Argumente kommen. Schimmel, der Autobahnzubringer durch den Vorgarten, die Ziegenzucht des Nachbarn, der Güllewagen, der wöchentlich hinter dem Haus seine Runden drehte. Durch die geöffnete Terrassentür drang gerade jetzt und sehr passend das Zwitschern von Vögeln herein. Ansonsten herrschte absolute Stille, wie bestellt für ihren Besuch. Da musste der Makler dahinterstecken.

Dem traute er alles zu. Zusammen mit dem Vermieter hatten sie wahrscheinlich die gesamte Nachbarschaft auf Linie gebracht. *Heute zwischen elf und zwölf kommen sie. Keinen Laut wollen wir hören. Keinen Staubsauger, keinen Rasenmäher, bloß nicht den Laubpuster, nichts.* Wahrscheinlich hatten sie Flugblätter im ganzen Dorf verteilt, nur um diese Wohnung hier loszubekommen.

„Ah!" Der freudige Ausruf war von der Glänzeglatze gekommen. Von wem auch sonst! Wahrscheinlich war ihm gerade in den Sinn gekommen, dass im Badezimmer der Klodeckel aus tibetanischem Basalt gehauen war. *Ein Hauch von Luxus, den ich nicht noch extra hervorheben muss.* Eine ganz perfide Strategie war das! Und jetzt in diesem Moment sah er so klar. Alles durchschaubar. Der hatte ihnen das Fuchsloch natürlich zuerst gezeigt, um vor diesem Alptraum die Wohnung hier noch schillernder erscheinen zu lassen. Und sogar er war drauf und dran, darauf hineinzufallen. Eine hinterhältige Taktik!

„Das ist aber eine Freude!"

Wieder der Makler. Gehaucht, erfreut. Hinter Kendzierski zwar, aber wie er da stand, konnte er sich auch ohne Probleme gut vorstellen. Die Arme weit ausgebreitet, um irgendein sinnloses Detail golden schimmern zu lassen. Die Griffe der Hängeschränke in der Küche, die aus masurischem Bernstein gefertigt waren.

„Ich darf vorstellen: Herr Hieronimus Lübgenauer. Der Eigentümer dieser bezaubernden Wohnung!" Jetzt fehlte nur noch der Tusch aus einem halben Dutzend Fanfaren. Ihre königliche Majestät höchst persönlich. Weiter kam Kendzierski nicht. Sein Herz raste urplötzlich. Hieronimus Lübgenauer? Sein Kopf war von der vielen Watte, in die ihn die Glänzeglatze gehüllt hatte, vollkommen benebelt. Seine galoppierenden Gedanken schossen dort oben umher. Ein Ziel fanden sie nicht. Wer war Hieronimus Lübgenauer? MIST! Er spürte pochende Schläge in seiner Brust und die Hitze, die ihm in den Kopf schoss. Langsam drehte sich Kendzierski um.

Klein, rund, fleischig stand er vor ihm. Sein Blick wanderte einmal musternd an ihm hinunter und auf demselben Weg wieder hinauf. Immer noch musternd, aber mit einem Anflug von Freundlichkeit rieb er sich die rechte Hand an seiner blauen Arbeitshose ab und hielt sie dann Kendzierski entgegen.

„Lübgenauer!"

Kendzierski musste schlucken. Vor dem Haus hatte kein Gerüst mehr gestanden, aber der konnte sich ganz sicher noch an alle seine unbeantworteten Schreiben der letzten Wochen erinnern. *Durchschlag an Herrn Bez.Pol. P. Kendzierski.* Langsam streckte er ihm seine Rechte entgegen.

„Äh, Paul." Er schüttelte die fleischig schwere Hand Lübgenauers und lächelte gequält dazu.

„Das ist die unkomplizierte Direktheit, die Herr Lübgenauer so mag!" Gehauchte überbordende Freude kam aus dem Mund der Glänzeglatze, die sich mutig dazwischenwarf, um die Situation zu retten. Einen kleinen, aber gut hörbaren Lacher schob er noch hinterher, um dann gehaucht fortzufahren. „Ich habe dem Ehepaar Degreif Ihr Musterbeispiel für die gelungene Verbindung von alter Bausubstanz und modernstem Wohnkomfort ausführlich erläutert." Er rieb sich umständlich die großen Hände. „Jetzt ist es an Ihnen, sich kennenzulernen. Sie entschuldigen mich einstweilen. Ich habe noch ein paar eilige Telefonate zu führen." Mit einer angedeuteten Verbeugung in Klaras Richtung verabschiedete sich der Makler.

Betretene Stille. Lübgenauer zuckte mit den Schultern. Die kurz geschorenen Haare, die auf seinem Kopf kreisrund um eine große kahle Mitte angeordnet standen, leuchteten rötlich im hellen Licht der weiß gefliesten Wohnung.

„Ihre Wohnung gefällt uns ausgesprochen gut, Herr Lübgenauer." Klara lächelte ihn freundlich, aber nicht zu offensiv an. Lübgenauer nickte zufrieden. Er konnte nicht weit über sechzig sein. Die kräftigen Unter- und Oberarme, die aus den kurzen Ärmeln des schwarzen T-Shirts herausragten, sahen zupackend aus. Wahrscheinlich hatte er die ganze Scheune in Eigenarbeit renoviert. Die vielen weißen Fliesen überall. Draußen im Treppenhaus schon, dann im Flur und weiter in allen anderen Räumen. Dazu weiße Raufasertapete. Alles weiß. Im Bad gingen die gleichen weißen Fliesen bis an die Decke hinauf, an der dann wieder beruhigende Raufasertapete klebte. Praktisches Weiß, keine grüne, eine komplett weiße Wohnperle.

Lübgenauer kam einen Schritt näher an sie heran. Er drehte sich einmal schnell zur Kontrolle nach hinten, um sicherzugehen, dass der Makler wirklich verschwunden war.

„Er hat die Wohnung nur noch zwei Wochen. Aber ich entscheide, wer reinkommt. Wenn Sie mir heute die Hand drauf geben, dass Sie die Wohnung danach nehmen, können wir uns die Maklergebühr sparen." Er hatte das ganz leise geflüstert. „Zweieinhalb Kaltmieten für ein paar Hausbesuche ist sowieso viel zu viel. Aber meine Frau wollte einen Makler, weil wir mit den letzten Mietern solche Probleme hatten. Nicht mal ein halbes Jahr waren die hier und dann schon wieder weg."

Klara nickte verständnisvoll. Kendzierski konnte die Freude spüren, die sie mit äußerster Anstrengung nur zurückzuhalten vermochte. Wenn ihm nicht bald etwas ganz

Gescheites einfiel, dann lief diese erste Wohnungsbesichtigung vollkommen aus dem Ruder. Sie beide, Klara und er, als Mieter des freundlichen Herrn Lübgenauer. Sicher inspizierte der auch die Mülltonnen seiner eigenen Mieter, wenn er das schon bei seinen Nachbarn tat. Kopfüber, mit dem fleischig, kurzen Oberkörper ein gutes Stück weit in die gelbe Tonne eingetaucht. Bei der täglichen routinemäßigen Überprüfung der Sortiergenauigkeit seiner Mieter. *Ach, der Herr Bezirkspolizist. Was hat er denn gestern gegessen und getrunken? Ein Fläschchen Riesling und auch noch einen Spätburgunder. Französischen Weichkäse dazu und ein paar gesalzene Nüsschen. Na, deswegen haben die beiden so laut gelacht gestern Abend.* Hilfe! Kendzierski schüttelte für sich den Kopf. Klaras strafender Blick traf ihn sofort.

„Herr Lübgenauer, Sie glauben gar nicht, wie sehr wir uns über diese Wohnung freuen würden!" Sie bedachte ihren Vermieter in spe mit einem zuckersüßen Lächeln.

Das nervöse Schütteln wollte gar nicht aufhören. Kendzierskis Kopf bewegte sich weiter in hektischen kurzen Bewegungen hin und her. Er schmatzte mehrmals deutlich hörbar vor sich hin.

„Bedenkzeit, ein bisschen, bitte." Heiser und gehetzt stotternd waren die Worte unbeholfen aus seinem Mund gefallen. Gerade noch im richtigen Moment. Er hatte Klaras rechte Hand in Gedanken schon nach vorne schnellen sehen, wo sie sich mit der großen, fleischigen Pranke Lübgenauers vereinigte. Dem war er gerade noch zuvorgekommen. Durchdringend spürte er Klaras Blick auf sich. Sie würde das alles verstehen. Spätestens dann, wenn er ihr den Brief gezeigt hatte. „Nur eine Nacht!" Fast flehend hatte das geklungen. Lübgenauer nickte. Im Unterschied zu Klara zeigte sein Blick Verständnis. Er nickte noch einmal.

„Gut. Die nächsten will er ohnehin erst am Montag anschleppen. Geben Sie mir morgen Abend Bescheid, wenn Sie die Wohnung wollen."

7.

Leise hängte er sein Fernglas an den Haken zurück. Er hatte den leblosen Halbarm-Gerd noch eine Zeit lang aus dem sicheren Schutz seines Hochsitzes beobachtet. Erst als der Norbert Güllesheimer mit seinem protzigen neuen Fendt durch war, hatte er sich geduckt die hölzerne Leiter hinunter zu seinem Fahrrad geschlichen. Der Güllesheimer war nicht aus dem Dorf. Einer der vielen Bauern aus den Mainzer Vororten, die auch noch nach den Äckern hier oben gierten. Ihre eigenen verloren sie durch die sich immer weiter ausdehnende Stadt. Wie ein Geschwür wuchs die und trieb die Bauern vor sich her, hier hinaus zu ihnen. Jedes neue Gewerbegebiet schuf mindestens einen frischen Konkurrenten um die weniger werdenden unversiegelten Flächen am Stadtrand. Einen mutigen und kampfeslustigen noch dazu, der durch den Verkauf seiner Grundstücke über eine prall gefüllte Kriegskasse verfügte. So einer war auch der Güllesheimer und daher kam der neue Traktor, mit dem er demonstrativ immer mal wieder quer fuhr. Am Nieder-Olmer Bahnhof, wo während der Ernte alle Bauern der Umgebung mit ihren schwer beladenen Anhängern anstanden, um ihr Getreide abzuliefern, war im Juli sogar erzählt worden, dass der Güllesheimer sich am Bau der Biogasanlage beteiligen wolle. Die war schon lange angekündigt und sollte neben dem bestehenden Kompostwerk am anderen

Rand des Hochplateaus errichtet werden. Wenn das stimmte, dann würde der noch vehementer in den Kampf um die Äcker hier einsteigen. Es wusste ja jeder längst, dass man mit der Produktion von Getreide gegen den Mais für die Stromgewinnung kaum ankam. Aber wahrscheinlich war das nur eines der vielen kuriosen Gerüchte, die sich von der Laderampe im Erntestress ihren Weg bahnten. Im Scherz dahingesagt nahm einer sie doch für die pure Wahrheit und sorgte für eine schnelle Verbreitung.

Er hielt sich da lieber an die Fakten. Und Fakt war, dass der Güllesheimer mit seinem neuen Traktor am Acker vom Halbarm-Gerd vorbeimusste. Der würde ihn also finden und damit war klar, dass sich die Neuigkeit noch heute im Dorf verbreiten würde. Der Steinkamp hat den Gerd Nachtmann erwürgt. Die vielen Äcker vom Georg Fauster, dann die vom Gerd, dessen Töchter den Betrieb nicht übernehmen wollten, und vielleicht noch die Stücke der Genossenschaft, die mit einem Chef im Gefängnis kaum überlebensfähig war. Er rieb sich die Hände und schritt triumphierend den breiten Hausflur entlang. Durch die geschlossene Küchentür konnte er die sich überschlagende laute Stimme seiner Schwägerin hören. Er musste durchdacht agieren, dann konnte dieser Tag, der so bescheiden angefangen hatte, zu seinem großen Glückstag werden. Einer, an den er sich auch in zwanzig Jahren noch würde mit wohliger Wärme im Bauch erinnern können. Mit stolz geschwellter Brust schob er die Küchentür auf. Er würde das Ganze von nun an noch ein wenig beschleunigen. Und seine Frau sollte ruhig auch ihren Beitrag dazu leisten. Sie schickte er gleich in die Nachbarschaft, damit die freudige Neuigkeit zügig in Umlauf kam.

8.

Er war sich nicht sicher, was ihn zurückholte. Die Bewegung, in die sein Körper gebracht wurde. Die dumpfe Stimme, die so unendlich entfernt klang oder die brennende Flüssigkeit, die über ihn rann. Sie brachte die Schmerzen mit, die ihn heftig zucken ließen. Kurze Stöße, die seinen Oberkörper durchfuhren. Der Schmerz erzeugte aber Freude. Oder ein Gefühl, das ihr ähnelte. Die Rückkehr nach langer Abwesenheit. *Herzlich willkommen zu Hause! Back home!* Wieder im eigenen Körper, aus dem er sich doch schon heraus gefühlt hatte.

Langsam bewegte er seine Lippen. Der Dämmerzustand hielt noch an.

Dieser brennende Schmerz. Wieder loderte er in ihm auf. Dieselbe Stelle wie eben schon einmal. Er konnte jetzt aber eindeutig lokalisieren, dass der Schmerz auf seinem Gesicht beheimatet war. Er rann in feinen Linien an ihm hinunter. Auf beiden Seiten über die Wangen und auch nach vorne. Seine Lippen bewegten sich ihm entgegen und gaben ein gurgelndes Geräusch frei. Zur Strafe traf sie die brennende Flüssigkeit mit großer Wucht direkt. Und auch in seinen Mund schoss sie. In seinem Rachen sträubte sich etwas. Unter brüllendem Schmerz trieb er das alles wuchtig wieder da hinaus, von wo es seinen Weg hineingefunden hatte. Wie ein Blitz fuhr ihm Licht in die Augen, das die Dunkelheit durch eine gleißend helle Blindheit ersetzte. Er bewegte sich zuckend. Seine Arme spürte er und die Hände sogar. Er trieb sie an, in die Richtung, aus der der Schmerz über ihn geschickt wurde. Gleich beim ersten Mal spürte er einen weichen und doch festen Widerstand. Bei den folgenden Versuchen fanden seine Fäuste nur ausgedehnte Leere.

Die Worte kamen ihm zu Hilfe. Klarer fanden sie jetzt in sein Ohr hinein und mit ihnen zeichneten sich auch zarte Konturen im Weiß vor seinen Augen ab. Farblos waren sie, kaum erkennbare Striche mit einem dünnen Stift auf glänzendes Papier im Sonnenlicht gezeichnet.

„Gerd, beruhige dich!"

Er hielt inne. Seine Arme fielen kraftlos herab. Er atmete leise schnaufend vor sich hin.

„Es ist alles in Ordnung, Gerd. Ich bin es, der Norbert Güllesheimer. Du kennst mich doch."

Jetzt erkannte er deutlich einen Menschen, der sich ihm vorsichtig näherte.

„Hättest mir fast einen Schneidezahn herausgehauen. Dabei wollte ich dir nur das Blut aus den Augen waschen." Er hielt ihm die Wasserflasche entgegen, blieb aber dennoch in sicherem Abstand. „Ich habe nichts anderes als Sprudel dabei. Das brennt ganz schön."

Er versuchte sich mit den Händen so abzustemmen, dass er irgendwie in die Höhe kam. Den feinen, staubigen Boden konnte er unter sich fühlen und auch die spitzen Stoppeln. Mit ihnen fand ein ordentliches Stück verlorener Erinnerung heim in seinen Kopf. Dort drinnen erklang das Knacken und Brechen der dürren Halme. Die Kraft reichte nicht aus, um seinen Körper auch nur einen Zentimeter anzuheben.

„Soll ich dir aufhelfen, Gerd?" Die Schritte kamen näher. Er blinzelte in die Richtung, aus der die Worte gekommen waren. „Du musst mir aber versprechen, dass du mich nicht gleich wieder verhauen wirst, wenn ich herankomme."

Er nickte kurz. Sein Kopf strafte ihn dafür mit einem üblen Schmerz ab. Eine spitze Nadel, die ihm in den Schädel getrieben wurde. Eine kräftige, ruckartige Bewegung brachte seinen Oberkörper in die Senkrechte. Für einen Moment drohte er, wieder das Bewusstsein zu verlieren. Blutrot leuchtete es vor seinen Augen auf, in den Ohren rauschte es donnernd.

„Wer hat dich bloß so böse zugerichtet?"

„Der Steinkamp." Er sah ihn wieder über sich. Für einen Moment nur, und spürte noch einmal den Druck auf seinem Hals. Mehrmals hustete er ihn hinaus und sog dann hektisch Luft in sich hinein. Schnelle tiefe Züge, als ob jeder Einzelne schon wieder der Letzte sein konnte.

„Beruhige dich, Gerd. Es ist alles in Ordnung. Hast jetzt 'ne dicke Nase, aber das wird schon wieder."

„Er wollte mich umbringen." Mühsam brachte er die Worte heraus. Jedes einzelne schmerzte bei seinem langen Weg aus der Kehle bis nach vorne in den Mund.

„Du musst die Polizei holen, solange die Druckstellen an deinem Hals noch zu sehen sind. In ein paar Tagen ist es dafür zu spät."

„Hast du noch einen Schluck Wasser?"

„Natürlich." Er hielt ihm die geöffnete Flasche hin. „Warte ich helfe dir." Vorsichtig führte er ihm die Wasserflasche an die ausgetrockneten Lippen heran. Es lief mehr wieder heraus, als in seinen Mund hinein. „Soll ich die Polizei gleich anrufen? Dann sehen sie auch, wo es passiert ist."

Er schüttelte den Kopf.

„Das darfst du ihm nicht durchgehen lassen! Dafür bekommt ihr ihn dran. Der hat versucht dich umzubringen!"

Wieder bewegte er seinen Kopf hin und her. Vorsichtshalber hielt er die Augen dabei geschlossen. Vielleicht konnte das einen weiteren spitzen Stich dort oben in seinem Kopf verhindern. Mühsam schlug er seine Augenlider auf.

„Den Steinkamp hole ich mir selber." Er schnaufte ein paar Mal durch den Mund. Dann führte er seine zitternde

Rechte hinauf an den Kopf. Mit den Fingerspitzen vorsichtig tastend arbeitete er sich voran. Das Nasenbein war dick wie eine kleine Kartoffel. Hart und krustig klebte Blut überall. Sein linkes Auge war böse zugeschwollen. Mühsam kniff er sein rechtes Auge zu. Er sah trotzdem noch etwas, wenn auch verschwommen. Es würde wieder werden, kein ernsthafter Schaden. Ein paar Tage brauchten die Schwellungen. Solange konnte er kleine Kinder erschrecken. Gerne hätte er jetzt gelacht. Aber er hatte Angst vor den Schmerzen, die das mit sich bringen würde. Er lebte noch. Das hatte er nicht zu hoffen gewagt.

Es würde ein böses Erwachen geben für den Steinkamp. Er spuckte Blut aus. Und für den Georg Fauster, den würde er sich zuerst und höchstpersönlich vornehmen.

9.

Vorsichtig drückte er sein Hoftörchen einen schmalen Spalt weit auf. Zuerst lauschte er einen Moment konzentriert. Dabei hielt er die Luft sogar an, um wirklich auch das leiseste Geräusch einzufangen. Sein Gehör war noch recht gut, obwohl er ja siebzig war. Viel besser als bei den meisten Kollegen. Von denen hatten etliche schon seit Jahren Knöpfe im Ohr oder dahinter, an denen sie nervös herumfingerten, wenn wieder mal die Technik versagte.

Batterie alle, schrie er dann immer, während er eine klammheimliche Freude empfand. Die Antwort war meistens ein Kopfschütteln.

Nein, heute morgen beim Frühstück gewechselt. Funktioniert mal wieder nicht richtig, das Mistding.

Es hatte also doch seinen Sinn gehabt, das Gehör zu schützen. Ausgelacht hatten sie ihn, weil er sich jahrzehntelang kleine, gelbe Stöpsel in die Ohren stopfte, wenn er den ganzen Tag auf dem Traktor saß. Früher war das noch viel notwendiger gewesen als heute. Damals gab es ja noch keine schallgedämpften Kabinen, in denen man dann das Radio voll aufdrehen konnte. Damit machten sich jetzt die Jungen die Ohren kaputt. Denen würde es dann genauso ergehen, wie ihren halbtauben Vätern. Alle selber schuld!

Es war still draußen. Das emsige Treiben hatte fast so schnell wieder aufgehört, wie es vor einer halben Stunde begonnen hatte. Jetzt ging es unten im Dorf weiter. Sie hatten ja auch noch einiges zu tun, bis alles stand. Heute war Freitag und morgen fing das Schlachtfest an. Als er vorhin mit seinem Traubenwagen vom Weinberg zurückgefahren war, hatte außer dem Toilettenwagen und zwei großen Stromkästen noch nicht viel gestanden. Da blieb noch reichlich Arbeit für den Abend und die Nacht. Morgen ab 16 Uhr strömten die Massen herbei. Drei Metzger standen dann auf der langen Hauptstraße mit ihren großen Wurstkesseln verteilt. Dazwischen reihten sich Tische, Bänke und Weinstände der Ortsvereine. Ein deftiges Dorffest, für das ein Jahr lang ein gutes Dutzend Schweine rund gefüttert wurden. Jedes Jahr wurden es ein, zwei mehr und auch immer mehr Menschen, die kamen, um das alles zu vertilgen. Um die besten Stücke gab es manchmal sogar Rangeleien. In mitgebrachten Töpfen nahmen viele noch etwas mit nach Hause. Frische Leberwürste, Blutwürste, Kesselfleisch, Innereien und was man sonst noch von einem solchen Tier essen konnte.

Er hielt es da eher mit den Bratwürsten und deswegen war er jetzt auch unterwegs. Aus dem Gekochten hatte er sich noch nie etwas gemacht. Er brauchte es gebraten. Das ging einfacher und es war deutlich zu sehen, wann etwas fertig war. Nicht zu viel Hitze und von allen Seiten schön braun und knusprig, dann war es auch durch. Alles, was er kochte, war hingegen reine Glückssache, auch nach gut zwanzig Jahren, die er schon alleine für seine täglichen Mahlzeiten sorgen musste. Noch immer waren seine Kartoffeln entweder hart und mehlig oder vollkommen matschig verkocht. Daher machte er sich gar nicht mehr die Mühe, auf den richtigen Moment zu warten. Er kochte sie eine gute Stunde und machte sie dann klein zu praktischem Matsch. Der passte zu allem anderen, sobald es durch eine Pfanne gegangen war.

Georg Fauster schob sich durch den Türspalt vorsichtig nach draußen. Vor seinem Hoftor blieb er einen Moment stehen und sah sich um. Freitag 18 Uhr, das Tagwerk war getan. Was sollte also daran verdächtig aussehen, sich in Arbeitsklamotten und mit alten Hausschuhen an den Füßen für einen Moment auf die Straße zu stellen? Die Trauben hatte er dem Herbert vorbeigebracht. Ein paar Weinberge hingen noch. Aber die holte der Vollernter in der kommenden Woche. Es war der letzte Weinberg, an den er selbst Hand angelegt hatte. Aus und vorbei. Sein Ruhestand. Ein gutes Gefühl. Noch besser wurde es, wenn er an die ausgedehnte Karibikkreuzfahrt dachte, die er sich zur Belohnung und zum Abschied selbst geschenkt hatte. Ende November ging es los. Mit Verlängerungswochen bis kurz vor Weihnachten. Der Lohn für 55 Jahre schuften. Den hatte er sich mehr als verdient. Jetzt waren die anderen dran. Bis dahin hatte er alles geregelt. Der Meierbach vorhin im Weinberg war der Beweis, dass es alles genau so funktionieren würde, wie er es sich vorgestellt hatte. Alle sollten sie antanzen bei ihm, die Interesse hatten, und dann ihr Angebot abgeben. Für die Weinberge und für das Ackerland. Das höchste

Gebot erhielt den Zuschlag, egal wer es war. Zahlen logen nicht. So würden es die anderen doch auch machen. Vor allem die, die jetzt so ganz umgänglich waren und ihn einzuwickeln versuchten. So wie der Meierbach. Oder der Gerd. Vor allem der. Er wusste doch, was sonst für gute Äcker geboten wurde, und der Gerd Nachtmann wollte ihn mit weniger abfinden, als er den meisten anderen Verpächtern bezahlte. Und das nur, weil er schon einen Acker von ihm hatte. Das war seine Begründung gewesen letzte Woche, als er damit anfing. Als Erster. *Ich habe doch schon den anderen von dir. Dann bleibt alles beisammen. Bekommst die gleiche Pacht wie für den. Das ist ein Top-Angebot, zumal ja auch etliche kleine Stücke dabei sind, die sich kaum lohnen. Aber weil ich dich noch nie hängen gelassen habe ...* Dazu hatte er ihm auf die Schulter geklopft und seine rechte Hand schon mal vorsichtshalber in Position gebracht. Er hätte gleich einschlagen können. Und alles wäre geklärt gewesen. Unter Männern per Handschlag, kurz und knapp über den Tisch gezogen. Es wurde ihm auch jetzt wieder heiß, als er daran denken musste. Der Pachtpreis von vor zehn Jahren, als er froh war, den Acker und ein paar ganz alte Weinberge loszuwerden. Das Alter hatte seinen Tribut gefordert und er war ihnen nachgelaufen, damit er die Grundstücke überhaupt losbekam. Das war jetzt anders. Schon bevor der Steinkamp mit seinen Genossen hier aufgetaucht war. Das Land wurde immer knapper vor der Stadt. *Volk ohne Raum.* Das wäre der Spruch seines Vaters dazu gewesen. *Deswegen haben wir im Osten gekämpft, Junge.* Seine wirren braunen Parolen.

Sollte der Halbarm-Gerd doch ordentlich bieten, dann bekam er, was er wollte. Es war jetzt nicht die Zeit der Almosen. Die hatte er auch nicht bekommen früher. Ihn hatten sie auch alle ordentlich zahlen lassen. Und wenn der Preis stimmte, dann konnte die Äcker auch der Steinkamp mit seinen Genossen übernehmen. Von dem würde er sich die Jahrespacht aber im Voraus zahlen lassen. Man wusste ja nie, wie lange die wirklich durchhalten würden. Er gähnte zufrieden vor sich hin und schob die Hände in seine alte grüne Latzhose. Selbst die Taschen klebten vom süßen Saft der Trauben. Er war gespannt, was der Herbert daraus machte.

Die Luft war rein. Er nickte einmal, um sich die eigene Einschätzung der Situation zu bestätigen. Dann setzte er sich langsam in Bewegung. Dem Stromkabel folgend lief er die paar Meter zu dem brummenden Ungetüm, das sie ihm wieder auf dem Feuerwehrplatz direkt an seine Hausmauer gestellt hatten. So nahm es am wenigsten Platz weg. Am Samstag und Sonntag wurde jedes Eckchen für die vielen Autos gebraucht, in denen die Massen aus Mainz und Umgebung hier heraus zu ihnen kamen.

Noch einmal blieb er stehen und sah sich umständlich nach allen Seiten um. Dann schlich er an der Seite des Kühlwagens noch ein Stück weiter. Jetzt musste es so aussehen, als ob er die korrekte Funktion überprüfte. Das hatte er ihnen versprochen, damit die Lebensmittel dort drinnen auch schön kalt blieben. Zwei Grad konnte er auf der verkratzten Anzeige ablesen. Kälter als sonst, aber besser als zu warm. In seinen ausgelatschten Pantoffeln schlurfend ging er wieder ein paar Schritte zurück. Die zweiflügelige Tür des Wagens befand sich in Richtung seines Hoftores. Es war das gleiche alte Zahlenschloss wie immer, das daran befestigt war. Schon seit es das Fest gab, war es kaputt. Es war nur zusammengesteckt. Er stand jetzt direkt davor. Ein letzter Blick noch zur Sicherheit. Dann zog er das Vorhängeschloss auf und öffnete die Tür. Angenehm kalt kam ihm die Luft entgegen. Schnell verschwand er im Wagen und zog die Tür wieder hinter sich zu. Aus seiner rechten Hosentasche holte er die kleine Taschenlampe hervor. Eigentlich brauchte er die gar nicht, weil alles am selben Platz lag. Gleich vorne rechts bis unter die Decke befanden sich auch in diesem Jahr die Bratwürste. Immer 25 Stück. Eingeschweißt zu flachen, harten Platten. Daran schlossen sich die roten Boxen an, in denen sich alles andere befand, was sich von einem Schwein irgendwie essen ließ: schwartiges Fleisch, Haxen, Innereien, Füße, Blut- und Leberwürste. Das war aber alles nichts für ihn. Höchstens noch das Sauerkraut oder die geschälten und vorgeschnittenen Kartoffeln für den Brei zur Schlachtplatte. Aber das bekam er auch selbst hin. Schnell steckte er die Taschenlampe zurück und griff sich zwei harte, dünne Bratwurstplatten. Schließlich wollte er ja auch für den verbrauchten Strom nie etwas haben, den sie seit Jahren bei ihm holten. Er vergütete sich das lieber selbst in Naturalien. Es musste ja keiner mitbekommen und da drinnen lag ohnehin so viel, dass es gar nicht auffiel.

Die Kühlwagentür schob er nur einen winzigen Spalt auf, um hinausspähen zu können. Ruhe. Er drückte sie weiter auf. In diesem Moment bog jemand von der Straße ab in Richtung Feuerwehrplatz. Schnell zog er die Tür wieder zu. Er zählte ruhig atmend still für sich von zehn rückwärts, dann schob er die Tür wieder ein wenig auf. Nur so weit, dass es für einen vorsichtigen Blick gerade reichte. Ansonsten wäre nämlich das Gebläse der Kühlung deutlich zu hören. Es war der Glotzer und der stand vor seinem Hoftor. Wieder zog er die Tür leise zu. Das Herz schlug fest in seiner Brust, trotzdem war es kalt hier drinnen. Der würde ja nicht ewig vor der Tür warten, wenn ihm keiner aufmachte. Was der Horst Schupp wollte, konnte er sich auch mit halb eingefrorenem Schädel vorstellen. Der

Glotzer, wie sie ihn alle nannten, hatte die Jagd auf dem Oberfeld gepachtet. Im Dunkeln schoss er Rehe und im Hellen versuchte er kurze Röcke aufzuspüren. Gut versteckt in dem Bretterverschlag auf seinem Hochsitz, von dem doch jeder wusste, dass er darin lauerte, wenn auch nur eine der schmalen Klappen offen stand. Der Schnellste war der Glotzer noch nie gewesen, deswegen stand er ja auch jetzt erst vor seiner Tür. *Hab gehört, dass du aufhören willst nach dem Herbst. Die Äcker würden mich interessieren. Lass uns drinnen in Ruhe drüber reden.* Der würde auch einen guten Judas abgeben. Ehrlich waren sie alle nicht mit ihm und deswegen kamen sie ja auch alle in Frage. Jeder bereit, ihn zu verkaufen, und jeder daher ein Judas für sich: der Glotzer, der Meierbach und auch der Nachtmann. Und vielleicht sogar der Steinkamp. Da war er sich aber nicht mehr ganz so sicher. Und außerdem konnten sie nicht alle den Judas geben. Zumal er dafür eigentlich ganz fest den nichtsnutzigen Mann seiner Nichte eingeplant hatte. Daher war der Steinkamp raus aus dem Rennen. Der zum Paulus gewandelte Saulus? Der war beim letzten Abendmahl nicht vorgesehen, kein Apostel Jesu, aber so genau musste man es ja auch nicht nehmen. Auf welch wirre Gedanken ihn die Kälte hier drinnen brachte.

Er schnaufte hörbar aus und schob die Tür wieder einen Spalt weit auf. Der Glotzer war weg. Noch einmal würde er jetzt von zehn rückwärts zählen und sich dann endlich aus dem Staub machen. Die Würste unter seinem rechten Arm hatten ihm fast die Hand eingefroren. Zum Ausgleich würde er sich gleich zwei in die Pfanne werfen.

10.

Als er die Augen aufschlug, merkte er schlagartig, dass er fror. Es war eisig kalt, dunkle Nacht und seine Bettdecke lag nicht über ihm. Der Schlaf hielt ihn noch so gefangen, dass er wieder eintauchte in die monotone Stille, ohne sich weiter zu regen. Deswegen wusste er auch nicht zu sagen, ob er noch einmal fest eingeschlafen war und wieder erwachte oder ob es ein durchgängiger Dämmerzustand gewesen war. Es konnten also nur ein paar dustere Minuten oder mehrere Stunden vergangen sein, als er wieder zu sich kam. Dunkle Nacht umgab ihn aber noch immer. Er schloss daher die Augen erneut. Sein Schlaf war schon seit vielen Jahren ein unruhiger. Er kannte die endlos erscheinenden Dämmerzustände nur zu gut, die einem das trügerische Gefühl gaben, die Nacht käme voran. Dabei waren doch nur ein paar Minuten vergangen und alles stand fast still. Der Preis des Alters: unruhige Nächte und der Druck auf der Blase. Beides hatte ihn diesmal herausgeholt und die Kälte. Er lag noch immer ohne Decke da. Wie vorhin auch schon. Jetzt zitterte er aber. Wo hatte er die bloß wieder hingestrampelt? Er schlief schlecht, still und starr lag er ganze Nächte wach, aber dennoch strampelte er dazwischen anscheinend immer wieder so ausgiebig, dass er oft genug die Kontrolle über seine Bettdecke verlor. Trotzdem machte sein Körper jetzt keine Anstalten, sich zu bewegen. Er lag weiter reglos auf dem Rücken und fror vor sich hin. Noch unfähig, geordnete Bewegungen zustande zu bringen. Er blinzelte ein paarmal. Das klappte zumindest schon wieder und bestätigte ihm noch einmal, dass es mit verschlossenen Augen ebenso dunkel war, wie mit weit geöffneten. Stockfinstere Nacht um ihn herum. Er drückte seine Augen gegen einen sanften Widerstand erneut zu und zwang sich, gleichmäßig tief ein- und auszuatmen. So würde er schon wieder zurück in den Schlaf finden.

Die Kälte hielt ihn davon ab. Seine Zähne klapperten gedämpft. Hören konnte er es gar nicht so sehr, aber er spürte das wiederkehrenden Stakkato der Schläge in seinem Mund. Obwohl er sich jetzt erwacht wähnte, reagierte sein Körper nicht weiter. Die Arme nicht und auch nicht die Beine. Er wusste, wo sie sich befanden. Sie waren ihm doch nicht in der Nacht abhandengekommen. Nutzlos lagen sie da, allesamt, und ließen ihn die eigene Hilflosigkeit grausam spüren. Was sollte das? Nur ein Traum, ein hinterhältiger, der ihn dem Schlaf entrissen hatte und sich jetzt einen Spaß daraus machte, wie er dalag? Kein Traum, er war wach. Er hörte es und konnte es auch riechen.

Das Klappern der Zähne hatte sich mittlerweile auf seinen gesamten Körper übertragen. Er schüttelte sich heftig und ließ die Kälte zum Schmerz werden. Obwohl er sich in hektischer Bewegung befand, produzierte die doch keine Wärme. Nutzloses Zittern war es, das ihn quälte. Er hatte keine Ahnung, wo er war. Seine Erinnerung war ausgelöscht. Tränen liefen ihm über die eisigen Wangen. Die Angst, die in ihm raste, trieb sie heraus.

11.

Sie musste ihre dunkelblaue Stofftasche etwas vom Körper abgespreizt tragen. Sie lief auf dem schmalen Bürgersteig mit eiligen Schritten an der Hauswand entlang. In der linken Hand hielt sie die Tasche. Rechts wäre es eigentlich besser gewesen, weil sie im rechten Arm mehr Kraft besaß. Aber dann wäre sie wahrscheinlich immer wieder mit dem Beutel gegen die Wand gestoßen. Oder sie hätte auf der Straße laufen müssen, die an der Stelle, wo sie wohnte, zwar breiter als der Bürgersteig, aber gerade ausreichend für ein Fahrzeug war. Das hätte sie bei jedem nahenden Geräusch wieder zur Flucht auf den Gehweg gezwungen. So war es also besser, auch wenn sie sicherlich ziemlich dämlich daherkam. Den linken Arm ein Stück weit vom Körper weg, nur damit man das Scheppern der leeren Töpfe darin nicht hören konnte. Was war an zwei Kochtöpfen und den dazugehörigen Deckeln schon verdächtig, das es einen solchen Umstand rechtfertigte? In den Henkelkorb, den sie sonst für alle ihre Erledigungen nutzte, hätten beide Töpfe bequem nebeneinander gepasst. Aber sie hatte ja unbedingt den viel zu engen Stoffbeutel nehmen müssen, in dem die Töpfe nur übereinander gestapelt ausreichend Platz fanden. Bei jeder unüberlegten Bewegung klapperte diese Konstruktion an ihrer linken Hand. Aber dafür konnte man nicht sehen, was sie bei sich hatte. Und darauf kam es ja schließlich an. Die Erstbeste, die sie an diesem Samstag um kurz nach neun auf der Straße traf, hätte sie ganz sicher schon angesprochen. *Wo willst du denn mit den Töpfen hin, um diese Uhrzeit? Die Kessel stehen doch gerade erst und sind noch kalt. Hast du Angst, dass du nichts mehr bekommst? Oder willst du dir die besten Stücke schon vorher sichern?*

Darauf hatte sie keine Lust und deswegen war sie so unterwegs auf dem Weg die Hauptstraße entlang zur Lisbeth. Sie war heute Nachmittag zum sechzehnten Geburtstag ihres Enkels in Wörrstadt eingeladen. Und morgen war ihr hier schon ab dem Mittagessen viel zu viel Betrieb. Deshalb hatte ihr die Lisbeth versprochen, dass sie sich um eine Schlachtplatte mit Kesselfleisch sowie Leber- und Blutwürsten kümmerte. Vor Lisbeths Haus stand einer der drei Metzger mit seinem Kessel. Dem konnte sie die Töpfe, noch bevor es heute richtig losging, zuschieben. Der zweite Topf war für ihren Sonderwunsch, um den sie sie gleich noch bitten würde: zwei Schweinebäckchen extra. Die liebte sie ganz besonders, wenn sie im großen Kessel mitgegart worden waren. Ganz zartes Fleisch, das sie sich für den Sonntag aufheben wollte. Mit etwas Meerrettich schmeckte das nämlich auch kalt ganz hervorragend. Sie spürte, dass ihr augenblicklich das Wasser im Mund zusammenlief. Sie leckte sich die Lippen. Dabei war sie so in Gedanken, dass sie fast mit der Gertrud zusammengestoßen wäre, die aus dem Hof der Bäckerei auf den engen Bürgersteig getreten war.

In die Gertrud passte sie gut und gerne zweimal, vielleicht auch dreimal hinein. Sie war mehr als einen Kopf größer und besaß eine beachtliche Leibesfülle. Daher war es gut, dass sie beide noch rechtzeitig zum Stehen gekommen waren. Bei einem ungebremsten Aufprall hätte sie ganz sicher mehr Schaden genommen. Alleine die beiden Töpfe in ihrem blauen Stoffbeutel waren ordentlich und lautstark durcheinandergewirbelt worden.

„Du bist aber immer schnell unterwegs, Lore. Der Tag hat doch gerade erst angefangen."

Die Gertrud stand, den Henkelkorb vor der Brust, so auf dem Bürgersteig, dass sie nicht an ihr vorbeikam, ohne den Gehweg zu verlassen. Da gerade ein Traktor von vorne kam, wagte sie es nicht, sich schnell noch an ihr vorbeizuschieben. *Muss weiter. Schönes Fest dir und deinem Günther.* Gertruds leicht triumphierender Blick, der sich in diesem Moment auf ihren Stoffbeutel zubewegte, ließ nichts Gutes erwarten.

„Hat er noch kleine Brote? Ich muss gleich auch noch rein."

Etwas Besseres war ihr zur Ablenkung nicht eingefallen. Aber es zeigte die erhoffte Wirkung. Die Gertrud sah ihr jetzt wieder ins Gesicht und nicht mehr auf die schlecht getarnten Töpfe, deren Griffe sich durch den dünnen Stoff deutlich abzeichneten.

„Das Schlachtfest wollen sie vielleicht absagen." Die Gertrud hatte sich näher an sie herangeschoben, während sie sprach. „Sie treffen sich gleich vorne im Rathaus."

„Warum?" Sie hatte zuerst kurz überlegt, ob die ihr einen Schrecken einjagen wollte, wo sie doch sicher ahnte, was sie mit den Töpfen in ihrem Beutel vorhatte. Der entschlossene Ausdruck in Gertruds massigem Gesicht hatte sie aber von diesem Gedanken abgebracht. Ihr schwerer Kopf vollführte noch immer nickende Bewegungen, die jetzt ihre Richtung änderten und zum Kopfschütteln wurden.

„Du weißt das noch gar nicht?" Jetzt war wieder der Triumph in ihrem Gesicht zu erkennen. Wahrscheinlich war sie eben genauso von der Verkäuferin im Bäckerladen angesehen worden, die ihr die Nachricht brühwarm unter die Nase gerieben hatte. Sicher war es so, wie bei den meisten Neuigkeiten auch, die sie mit einem solchen Blick flüsternd zugetragen bekam: Sie waren schon seit 7 Uhr im Umlauf oder stammten vom gestrigen Abend. Seither hatten sie sich wie ein bunter Luftballon immer mehr ausgedehnt, bis sie mit einem lauten Knall platzten und nichts mehr übrig blieb als ein schlapper Fetzen Gummi. Trotzdem versuchte sie sich ein glaubhaftes Erstaunen auf ihr Gesicht zu zwingen. Es war besser, sich die vermeintliche Neuigkeit anzuhören, als sich für die eigenen Töpfe im Beutel rechtfertigen zu müssen. Und außerdem hatte noch nie jemand ein Schlachtfest abgesagt. Nicht ein einziges Mal in den gut zwanzig Jahren, die es das schon gab.

„Wegen dem Gerd Nachtmann!" Sie versuchte jetzt eine Spur Erschrockenheit zu zeigen, die sich mit einem Anflug von Mitgefühl in ihrer Stimme mischte. „Der Halbarm-Gerd." Sie nickte noch mal hinterher und hielt dann für einen Moment inne, um die Spannung weiter in die Höhe zu treiben.

„Warum?" Das Getue der Dicken ging ihr auf die Nerven, aber sie hatte für sich entschieden, mitzuspielen. Außerdem musste sie sich eingestehen, dass es sie jetzt auch interessierte, was mit dem Gerd passiert war, dass einige auf die Idee kamen, es könnte das Schlachtfest abgesagt werden.

„Weil der Gerd doch tot ist!"

„Was? Unmöglich! Gestern Morgen habe ich den doch noch gesehen. Auf seinem Traktor ist der rausgefahren".

„Wenn ich es dir sage. Der Güllesheimer hat ihn tot gefunden." Gertrud nickte und hielt wieder eine Pause ein, die ihr sichtlich schwerfiel. Sie schien sich zu sammeln für ein ganz besonderes Detail. Noch einen halben Schritt kam sie dazu näher. Jetzt konnte sie deren weichen Körper an sich spüren. „Umgebracht haben sie den!" Diesen letzten Satz hatte sie ganz leise flüsternd gesprochen. Jetzt wollte sie das Entsetzen auf dem Gesicht der anderen genießen.

Lore tat ihr den Gefallen, wenn auch ungern. Sie schüttelte mehrmals heftig den Kopf, mit weit aufgerissenen Augen. Der Gerd.

„Aber wer soll den denn umbringen?"

„Der Steinkamp war's!" Sie spuckte es mit reichlich Verachtung heraus und nickte vielsagend hinterher.

„Nein, das glaube ich nicht!" Die Lore schüttelte wieder den Kopf. Das war doch ein wenig zu viel. „Das kann ich nicht glauben. So ein sympathischer Mann. Der war letzte Woche noch bei uns. Weil wir doch zwei Äcker neben denen haben. Die gibt der Fauster zurück, jetzt im Herbst, wenn er aufhört. Den ganzen Abend hat er bei mir und dem Karl gesessen. Sogar gelacht hat er, der Karl. Obwohl er ja schon lang keinen mehr erkennt. Meistens nicht einmal mich. Und wir sind schon bald sechzig Jahre verheiratet."

„Wenn ich es dir sage. Der Steinkamp hat den Gerd umgebracht. Oben auf seinem Acker nicht weit vom Wald." Die Dicke schluckte einmal laut, um Zeit zu gewinnen. Ein kurzer Moment der Stille, der eine kleine Verlängerung durch den vorbeifahrenden Überlandbus erfuhr. Gegen diesen Lärm hätte sie anbrüllen müssen. Und das stand dieser Situation, in der es um den pietätvollen Umgang mit einem gewaltsam aus dem Leben gerissenen Mitglied der Dorfgemeinschaft ging, nicht gut. „Er hat ihn erwürgt!"

Lore konnte den kaffeehaltigen Atem der Dicken spüren, den sie ihrem geflüsterten Satz als klangvollen Seufzer hinterhergeschickt hatte.

Kopfschüttelnd standen sie sich ein paar lange Sekunden gegenüber. Den Kopf hielten beide leicht nach unten geneigt.

„Wann ist das passiert?" Lore hatte ihre Stimme als Erste wiedergefunden.

„Gestern um die Mittagszeit."

Sofort fing es in Lores Kopf an zu arbeiten. Sie hatte etwas gegen das Getratsche. Manche standen stundenlang auf der Straße herum, um sinnloses Zeug aufzubauschen und Gerüchte in die Welt zu setzen. Dafür hatte sie keine Zeit. Mit dem kranken Mann zu Hause, den sie höchstens mal für eine Stunde alleine lassen konnte. Nie ohne schlechtes Gewissen und die Angst, dass er irgendwelche Dummheiten anstellte, weil er sich im eigenen Hof verlaufen hatte. Sie hatte ihn schon laut schreiend und zusammengekauert in der hinteren Ecke am alten Stall gefunden. *Da war doch sonst immer noch ein Durchgang zurück ins Haus. Wer hat den denn zugemauert, ohne mich zu fragen?* Nie war da einer gewesen. Deswegen mochte sie ihre knappe Zeit hier draußen nicht mit unnützem Getratsche vergeuden. Aber hier lag die Sache anders. Der Jesko Steinkamp war so ein freundlicher junger Mann gewesen, mit Manieren sogar. Sie konnte sich schwer vorstellen, dass der auf den Gerd losgegangen war. Anders herum hätte sie sich das schon eher vorstellen können. Der Gerd war nicht nur immer halbärmlig unterwegs, sondern schnell auch mit rotem Kopf und geballten Fäusten. Dann ging man dem besser aus dem Weg. So wie seinem Vater auch schon. Der hat auch nicht lange gefragt, sondern erst mal zugehauen.

Und ohne, dass sie es sich eingestehen wollte, störte es sie, wie sich die dicke Gertrud mit dieser Neuigkeit so vor ihr aufspielte. Der Triumph in ihren Augen, obwohl die doch genau wusste, dass sie kaum eine Möglichkeit besaß, alles mitzubekommen. Das fachte ihren zarten Widerstand und ein trotziges Misstrauen tief in ihr an.

„Gestern um die Mittagszeit soll das passiert sein? Polizei hat man aber noch nicht gehört." Sie schüttelte ungläubig den Kopf. „Da müssen die doch mit ein paar Wagen unterwegs sein, durchs Dorf. Zum Gerd seiner Frau und den Töchtern. Das hätte man doch mitkriegen müssen. Ich war den ganzen Tag daheim. Die älteste Tochter vom Gerd wohnt ja gleich bei uns um die Ecke."

Die Gertrud sah sie aus fragenden Augen an. Lore legte nach. Die Genugtuung, dass die dicke Gertrud darauf keine Antwort wusste, gab ihr zusätzlich Auftrieb. Die plapperte ja doch nur das nach, was ihr die anderen vorgesagt hatten.

„Von wem hast du das?"

Die Dicke schnaubte und verzog die Mundwinkel. Sie rückte einen kleinen Schritt von ihr ab. Jetzt fehlte nur noch, dass sie die beiden fleischigen Arme, die aus ihrer ärmellosen blumigen Kittelschürze herausragten, in die Seite stemmte. Verteidigungshaltung. „Die Frau vom Glotzer, die Hilde. Die hat mir das erzählt."

Die Lore kniff die Augen zusammen und sah die andere prüfend an. Das war die Lücke, die sie gesucht hatte. Nach der hielt sie immer dann Ausschau, wenn eine Neuigkeit nicht von ihr selbst kam. Ein natürliches Misstrauen, mit dem sie bisher ganz gut gefahren war. „Und woher hat die das?"

„Na, von ihrem Mann. Der hat aus dem Hochsitz gesehen, wie der Güllesheimer den Gerd weggeschleppt hat." Gertruds Stimme nahm einen patzigen Tonfall an. Leicht genervt von den bohrenden Nachfragen.

„Und dann hat der Glotzer auch gesehen, wie der Steinkamp dem Gerd davor an die Gurgel ist. Erst das und dann den Güllesheimer. Und dann ist der von seinem Hochsitz hinunter und nach Hause, um es der Hilde zu erzählen." Sie hielt einen kleinen Moment inne und fixierte Gertrud. Die hatte sich jetzt darauf verlegt, nur noch böse dreinzuschauen. Eine Antwort wollte sie nicht mehr geben.

„Dann hat der Glotzer also zugesehen, wie der Steinkamp den umgebracht hat. Der hätte doch nur einen Warnschuss abgeben müssen." Die letzten Worte hatte sie ganz leise gezischt. Vielleicht ein wenig scharf und unüberlegt. Die Gertrud würde es der Hilde brühwarm weitererzählen. Aber das sollte sie ruhig machen. Die und ihren Mann hatte sie noch nie leiden gemocht. Trugen die Nase hoch, weil er die Jagd gepachtet hatte. Deswegen hielt sie auch nichts davon ab, noch einmal flüsternd nachzulegen. Sie streckte sich dazu auf den Fußspitzen in die Höhe, weil doch die Gertrud so viel größer war. „Unterlassene Hilfe ist das. Wenn du mich fragst, wird das auch für unseren Jägermeister ein Problem!"

Gertruds Blick bekam jetzt etwas Drohendes. *Die macht mir meine Neuigkeit nicht kaputt!* Sie schnaubte weiter. Es fehlte nur noch das nervöse Scharren mit dem rechten Huf. Der bis aufs Blut gereizte Stier, kurz vor der Attacke. Blind vor Wut. Passend dazu senkte sie ihren Kopf ein klein wenig. Die Hörner fehlten ihr und ein Stier war sie nun mal auch nicht. Aber auf die Lore wirkte sie dennoch in diesem Moment ein Stück weit bedrohlich. Sie setzte daher ihren rechten Fuß vorsichtshalber einen halben Schritt zurück.

„Das Schlachtfest findet statt." Die Irmtraud gehörte zu der spitzen hellen Stimme, die in ihre Ohren gedrungen war. Genau im rechten Moment. Beide sahen sie in die Richtung, aus der die Worte gekommen waren. „Ich war vorne im Rathaus bei der Besprechung der Vereine und der Metzger mit dem Bürgermeister. Wir können das nicht alles ausfallen lassen. Das wäre ungerecht, den Schweinen gegenüber. Dann wären die armen Tiere ja ganz umsonst geschlachtet worden." Sie hielt kurz inne, um ganz heran an die beiden zu kommen. „Und den Gerd macht das auch nicht wieder lebendig."

Lore nutzte die sich ihr bietende Möglichkeit zum geordneten Rückzug. Mit einem knappen Gruß eilte sie weiter. Die Töpfe klapperten gut hörbar in ihrem blauen Stoffbeutel.

12.

Er war absichtlich früher aufgestanden, hatte frische Brötchen eingekauft und den Frühstückstisch gedeckt. Er wusste doch, dass es Klara liebte, sich am Samstag an einen schön gedeckten Tisch zu setzen. Im Nachthemd, noch halb verschlafen den Geruch von frischem Kaffee und lauwarmen Brötchen einatmend. Sie würden in aller Ruhe und ausgiebig frühstücken. Weitere Pläne hatten sie für den heutigen Tag nicht. Klara verabschiedete sich danach bestimmt für ein paar Stunden, um ihrer Mutter einen Besuch abzustatten. Er wollte in dieser Zeit in seiner eigenen Wohnung ein wenig für Ordnung sorgen. Bad und Küche waren dran. Die lästigen Samstagspflichten. Aber bis dahin blieb noch reichlich Zeit für sie beide und das, was Kendzierski sich für das Frühstück vorgenommen hatte.

Gleichmäßig legte er dünne Schinkenscheiben, die er in Klaras Kühlschrank gefunden hatte, auf einem Teller aus. Gestern nach den Wohnungsbesichtigungen war sie nicht ansprechbar gewesen. Die dritte Wohnung, die ihnen die polierte Platte noch vorgeführt hatte, war kaum besser als der Fuchsbau gewesen. Nicht ganz so tief unter der Erde, aber dafür reichlich abgewohnt. Der Vermieter hatte auch nicht vor, umfangreichere Schönheitsreparaturen zu übernehmen. Selbst dem Makler waren da schon nach kürzester Zeit die hübschen Attribute ausgegangen, um das Raumwunder mit dem ganz besonderen Charme hochleben zu lassen. Der Titel Raumwunder stammte von der Glänzeglatze. Grab der Pharaonen wäre wahrscheinlich treffender gewesen. Von einer Grabkammer kam man in die nächste. Fast alle Zimmer hingen wie an einer Schnur aufgereiht hintereinander. Immer noch ein zusätzliches Zimmerchen und dann noch eins. Alle zitronig gestrichen. Auch Klara vermittelte den Eindruck, dass sie am Ende froh war, nicht als Mumie in einer der Kammern zurückgeblieben zu sein.

Zumindest bei dieser einen Wohnung waren sie sich einig gewesen. Kendzierski kontrollierte die Uhrzeit. Wann hatte er die Eier im kochenden Wasser versenkt? Vorsichtshalber legte er zwei weitere Eier in das sprudelnde Wasser. Eines davon riss augenblicklich der Länge nach auf und gab weiß stockende, dünne Fädchen frei. Vorsichtig ließ er auch noch das letzte Ei ins Wasser gleiten und notierte sich auf der neben dem Herd liegenden Zeitschrift die Uhrzeit. Vielleicht hätte er die neuen Eier markieren sollen? Sie lagen rechts im Topf, klapperten zwar munter vor sich hin, aber vermittelten nicht den Eindruck auf Wanderschaft gehen zu wollen.

Auf einem zweiten Teller legte er Käsescheiben aus. Die erste ließ sich noch ganz gut lösen, bei der zweiten schon scheiterte er. Sie klebte fest. Zwei Fetzen rissen ab. Er steckte sie in den Mund und löste bröckchenweise auch noch die restlichen Stücke ab. Es war besser, den gesamten Scheibenklumpen auf dem Teller zu platzieren. Den Platz drumherum würde er für Tomaten und grüne Gurkenscheiben nutzen.

Dann war er so weit. Klara hatte über alles schlafen können. Ausreichend Abstand zu den gestrigen Eindrücken. Jetzt musste sie aufnahmebereit sein für das, was er ihr über Hieronimus Lübgenauer zu sagen hatte. Und außerdem war es gerade bei einer Wohnung kaum angeraten, schon nach der ersten Besichtigungstour sofort Ja zu sagen. Und schon gar nicht unter Zeitdruck. Das war eine ganz üble Masche des Mülltonnenkontrolleurs. Sie haben 24 Stunden Bedenkzeit! Ein Ultimatum war das. Und er hatte nicht vor, sich von so einem erpressen zu lassen. Der würde wahrscheinlich seine und Klaras Sortiergenauigkeit inklusive der Ess- und Lebensgewohnheiten per Einschreiben an Erbes weiterleiten. Durchschlag an den Herrn Bez.Pol. P. Kendzierski. Er schüttelte den Kopf. Klara würde das alles verstehen. Da war er sich ganz sicher. Zufrieden besah er sich das Ergebnis seines Wirkens. Es war alles da. Die Eier fehlten jetzt noch. Er blickte auf die Uhr und zur Kontrolle noch einmal auf die Uhrzeit, die er notiert hatte.

Sein Blick blieb an den riesigen Blüten hängen, die die Titelseite schmückten. Erst jetzt erfasste auch sein Kopf, was da vor ihm lag. Er war zu sehr in Gedanken gewesen bei seinen geschäftigen Vorbereitungen für das taktische Frühstück, das er zur Aussprache mit Klara anberaumt hatte. Landleben. Kendzierski spürte das flaue Gefühl in seiner Magengegend. Es war der Hunger, ganz sicher, auch wenn es ihn mehr an den gestrigen Tag erinnerte. Die Zeitschrift war eindeutig neu und die Gesamtsituation anscheinend kaum noch für ihn kontrollierbar. Klara bereitete sich jetzt mental schon auf ihren Umzug aufs Dorf vor.

Herbstgestecke. Wolle selber spinnen. Kendzierski überflog die angekündigten Themen des Heftes weiter. Mini-Schweine als Haustiere, Mützen filzen, Kräuterspirale, Kindheit auf dem Lande. Die Eier! Schnell langte er nach dem Topf und goss das kochende Wasser in die Spüle ab. Den Topf ließ er dann mit kaltem Wasser ganz voll laufen. Welche waren jetzt welche? Er besah sich die fünf Eier. Zumindest das aufgeplatzte war deutlich zu erkennen. Es hatte einen kugelrunden, weißen Wulst, der formschön aus dem schmalen Riss herausgewachsen war.

„Wenn das in unserer gemeinsamen Wohnung auch so funktioniert, bin ich sehr zufrieden mit dir, Paul." Klara stand hinter ihm.

„Nur die Eier sind mir durcheinander geraten. Zwei sind hart und zwei sind weich. Aber leider ist es von außen nicht zu erkennen." Er lächelte entschuldigend und erhielt dafür einen alles verzeihenden Kuss.

„Was habe ich einen Hunger!" Klara rieb sich die Hände. „Vielen Dank für den schönen Frühstückstisch. Und sogar frische Brötchen." Sie lächelte ihn an.

„Willst du Kaffee oder Tee?"

„Sekt wäre mir lieber! Aber Kaffee tut es auch." Klara lachte und sah ihn herausfordernd an. „Paul, die Wohnung war wirklich ein Traum. Besser geht es kaum und das ohne langwieriges Suchen. Glück muss man haben." Mit beiden Händen hielt sie ihre große Tasse fest, die er mit Kaffee gefüllt hatte. „Ich wollte zwar nie aus Nieder-Olm weg und schon gar nicht in ein noch kleineres Nest, aber für die Wohnung würde ich alle meine Grundsätze über Bord werfen." Sie legte den Kopf schief. „Das Landleben hat auch seinen Reiz. Der schöne Garten, endlich eigenes Gemüse, bei dem man weiß, wo es herkommt. Die Ruhe." Sie sog genüsslich Luft ein. „Kannst du dir vorstellen, in ein noch kleineres Dorf zu ziehen als Nieder-Olm? Schließlich bist du der Großstadtmensch von uns beiden gewesen."

Kendzierski spürte, dass ihm heiß wurde. Jetzt musste es heraus. Zusammenziehen, ja schon, aber doch nicht so schnell. Und schon gar nicht zu diesem Mülltonnenkontrolleur!

„Ich finde wir sollten das nicht überstürzen und uns auch nicht drängen lassen." Er atmete hörbar durch. Noch nicht ganz das, was er hatte sagen wollen, aber zumindest ein Anfang, von dem er sich weiterhangeln konnte. Klara sollte ihn nicht falsch verstehen. Er wollte es ja schon irgendwann, vielleicht im nächsten Sommer oder Herbst. In ein oder zwei Jahren. Aber das weigerte sich seine Zunge herauszubringen. So direkt und ohne Umschweife.

„Aber eine solche Wohnung werden wir bestimmt nicht noch einmal finden. Das ist ein Glückstreffer. Es ist so schwer, hier in der Gegend passenden und einigermaßen bezahlbaren Wohnraum zu bekommen. Und es sah gestern so aus, als ob dir die Wohnung in Klein-Winternheim auch bestens gefallen hätte."

„Ja schon." Er stockte. Die Trockenheit. Er nahm schnell einen viel zu heißen Schluck Kaffee, in dem er die Milch vergessen hatte. „Ich kenne den Lübgenauer!"

Sie sah ihn aus großen Augen an.

„Nicht direkt natürlich. Wir sind uns noch nie begegnet, aber er hat mir schon mehrmals geschrieben." Er fand nicht den richtigen Zugang. Es klang alles viel zu umständlich. Um Zeit zu gewinnen, nippte er noch mal an seinem Kaffee, immer noch ohne Milch. Diesmal aber vorsichtiger. „Beschwerden über seine Nachbarn und deren Mieter. Der durchsucht ihre Mülltonnen und schaut nach, ob sie richtig getrennt haben!"

Klara lächelte weiter. Nur irgendwie noch breiter jetzt. Amüsiert von dem, was er da von sich gab. Es war doch kein Witz gewesen. Bitterer Ernst, ein Nachbar, der in Mülltonnen anderer herumschnüffelte.

„Das macht mein Vermieter hier auch."

Kendzierski spürte, dass sich sein Mund öffnete.

„Ja wirklich, schon immer. Der schleicht um die Mülltonnen, schaut, dass ihn keiner beobachtet, und stochert dann drin herum. Dazu murmelt er unverständliche Verwünschungen und sortiert quer." Sie lachte laut auf, weil ihr wohl eine noch witzigere Anekdote dazu eingefallen war. „Als die beiden Mädels noch oben unter dem Dach gewohnt haben. Das war vor deiner Zeit, Paul. Sie sind mit mir zur Schule gegangen. Wir haben ihn mehrmals gemeinsam von ihrem Balkon aus beobachtet. Freie Sicht auf die Mülltonnen hinter dem Haus. Zum Spaß haben wir ihm ein Schmuddelheft in der Gelben Tonne deponiert. Hat gar nicht lange gedauert und er hatte angebissen. Bei der Mülldurchsicht. Mit dem Heft in der Hand haben wir ihn dann zu dritt im Hausflur ganz zufällig abgefangen. *Was haben Sie denn dabei?* Mann, war der rot im Gesicht." Klara lachte ausgelassen. Er versuchte, zumindest ein Lächeln zustande zu bringen. Sein einziger Trumpf einfach so hinweggefegt. Er hatte fest mit ihrem Entsetzen gerechnet und ernsthafter Abscheu über ein solches Verhalten.

„Wenn uns sonst keine Gründe einfallen, ist es die perfekte Wohnung. Ausreichend groß, dafür gar nicht so teuer. Ich habe mir die halbe Nacht den Kopf zermartert, um ein paar negative Punkte zu finden. Aber viel ist da nicht zusammengekommen. Höchstens, dass wir dann mit dem Auto zur Arbeit müssen. Aber das machst du auch so fast jeden Tag." Einen zarten Vorwurf glaubte er in ihrer Stimme erkannt zu haben. „Da kannst du mich ja in Zukunft mitnehmen."

Jedes weitere Wort war sinnlos. Sein Plan war grandios gescheitert. Er hätte doch bis zum Nachmittag warten sollen. Klara war ja noch immer völlig benebelt von gestern. Kein klarer Blick möglich. Der Müllkontrolleur als freundlicher Vermieter. Die irrenden Gedanken in seinem Kopf schickten ihm verrückte Bilder dazu. Er und der Lübgenauer gemeinsam mit dem Oberkörper in die Tonne abgetaucht. Für ihn der Papiermüll, der Vermieter übernahm die Gelbe Tonne. In den Restmüll mussten sie dann zusammen. Beide in blauen Latzhosen. Das Kleingedruckte im Mietvertrag, den er selbst unterschrieben hatte. *Die wöchentliche Mülldurchsicht.*

Schnell goss er schwarzen Kaffee in sich hinein. Mittlerweile war er nur noch lauwarm.

„Lass uns nachher was Schönes unternehmen. Ich gehe für zwei Stündchen bei meiner Mutter vorbei und dann genießen wir den Nachmittag zusammen. In Essenheim ist heute Schlachtfest. Das wäre doch das richtige zur Einstimmung aufs Landleben." Es war wieder so viel Lächeln auf ihrem Gesicht. „Und heute Abend telefonieren wir mit dem Lübgenauer."

13.

Die Chaussee-Erna hatte sie gesehen, jetzt musste sie auch bei ihr stehen bleiben. Zumindest für einen Moment. Im Strom der Massen hatte sie sich sicher gefühlt und schnell vorbeihuschen wollen. Aber das hatte nicht funktioniert. Natürlich nicht, und es hätte ihr klar sein müssen. Aber sie wollte ja nicht noch eine halbe Stunde früher auf der Straße unterwegs sein. Sonst hieß es wieder, sie würde den Rachen nicht voll genug bekommen. Aber wenn sie gewusst hätte, dass die Erna im Fenster lehnte, dann hätte sie das doch gemacht. Dann könnte sie jetzt entspannt zu ihr schlendern, ein paar Sätze unter ihrem Fenster wechseln und dabei beobachten, wer alles unterwegs zum Schlachtfest war. Stattdessen spürte sie jetzt schon die Nervosität, die sich mit jeder Minute steigern würde, bevor sie sich von ihr wieder losgeeist hatte. Das konnte dauern. Da die Erna selbst kaum noch raus konnte, hielt sie jeden, der vorbeikam, gerne und lange fest. Ihre fleischigen Unterarme hatte sie bequem auf einem dicken Sofakissen abgestützt. Auf diese Weise harrte sie den ganzen Vormittag bei geöffnetem Fenster aus. Solange es einigermaßen warm war und nicht regnete. Dieser lange Spätsommer, der sich mild bis in den Oktober ausdehnte und scheinbar gar nicht enden wollte, kam ihr also mehr als gelegen. Und heute hatte sie direkt an der Hauptstraße, ein gutes Stück noch bevor die ersten Tische und Bänke standen, reichlich Ablenkung von ihren dicken Beinen, die das Wasser quälte. Sie wusste, wie schmerzhaft das war. Sie hatte abends auch oft genug dicke Beine, was natürlich an ihrem mächtigen Körper lag. Aber morgens schon Wasser in den Beinen zu haben, war weiß Gott kein Spaß.

„Na Erna, ganz schöner Betrieb."

„Ja, wo die doch erst ab vier Uhr anfangen." Sie nickten sich beide zu. Gertrud schob ihren kräftigen Körper, den sie schon für den heutigen Tag in ihr dunkles enges Festtagskleid gezwängt hatte, so unter das Fenster, dass sie die Straße gut im Blick behielt. Jetzt konnte sie wenigstens sehen, wer schon alles unterwegs war.

„Gut, dass sie das Schlachtfest nicht abgesagt haben." Erna in ihrer blau-grau gestreiften Kittelschürze lachte auf. „Was für ein Witz."

Gertrud, die sich mit dem linken Arm an die Fensterbank gelehnt hatte, spürte, wie ihre Festtagslaune augenblicklich verflog. Sie hatte dieses peinliche Thema weitgehend aus ihrem Kopf zu verdrängen geschafft. Bis jetzt. Noch vor ein paar Stunden war sie selbst mit dem Gerücht fleißig unterwegs gewesen, das ihr die Frau vom Glotzer brühwarm über die Straße gebracht hatte. Der Halbarm-Gerd tot, erwürgt vom Steinkamp. Von wegen. Es hatte ihn zwar noch keiner gesehen, er galt aber mittlerweile als auferstanden von den Toten. Ganz lebendig nur mit dickem Auge und gebrochener Nase. Dem Glotzer hatte auf seinem Hochsitz, während er den Läuferinnen hinterherstierte, wohl zu lange die Sonne auf den Kopf geschienen.

„Mit dem Horst Schupp, unserem Spanner, ist die Fantasie durchgegangen."

„Irgendwann hat er mal einen von uns erschossen, weil er ihn für einen Feldhasen hält. Dem nehmen sie besser den Jagdschein und die Gewehre ab, bevor noch etwas passiert. Auf der Lauer kann er ja weiterhin liegen. Das reicht ihm doch aus." Jetzt lachten sie beide kräftig. Gertrud fühlte die Festtagsfreude wieder zurückkommen. Was konnte sie auch dafür, wenn ihre Nachbarin einen solchen Mist erzählte. Aber das hatte sie jetzt davon. Die brauchte noch mal mit etwas zu kommen.

„Mal gucke, wer heute die besten Schnudscher im Kessel hat." Erna versuchte das Gespräch am Leben zu erhalten, damit sie Gertrud nicht gleich wieder alleine zurückließ.

„Ich hab mir beim Gehacktes-Heine schon zwei Nierchen zurücklegen lassen. Die sind immer so schnell weg. Die meisten haben ja gar kein Maß. Die lassen sich den Teller vollladen nur mit Nierchen und denken nicht einmal daran, dass auch andere noch etwas abhaben wollen." Jetzt hatte sie sich in Rage geredet. Aber es stimmte ja auch, was sie sagte. „Diesmal war ich schneller. Noch einmal passiert mir das nicht, dass ich am Kessel stehe und es ist nichts mehr da." Gertrud lachte einmal laut auf und blickte triumphierend in die Augen der anderen.

„Da guck, der Scheppe Hannes ist ja auch unterwegs. Schon Wochen habe ich den nicht mehr gesehen."

„Sogar der hat sein Kochtöpfchen dabei." Sie deutete mit dem Finger in die Richtung des alten schiefen Mannes, der eiligen Schrittes vorbeilief.

„Wenn jeder mit seinem Schüsselchen kommt, is bald

nichts mehr da. Dann geht das ganz schnell, auch wenn sie drei Kessel stehen haben." Erna suchte Zustimmung im Gesicht ihrer Gesprächspartnerin. Die besah sich, sichtlich unruhig werdend, die vorbeiströmenden Massen.

„Es hat doch noch immer für alle gereicht." Der kaum erfolgreiche Versuch, sich selbst zu beruhigen.

„Von wegen." Erna riss die Augen auf, während sie sprach. „Letztes Jahr, da war ich noch besser auf den Beinen und trotzdem habe ich nur noch ein paar Bäckchen gekriegt. Ganz trocken waren die schon. Stundenlang vor sich hin gekocht im Kessel ganz unten." Sie schob sich ein Stück weit nach vorne aus dem Fenster heraus, um Flüstern zu können. „Und mit meinen Zähnen bekomme ich das kaum klein. Ich hab mir die Bäckchen einpacken lassen und sie daheim durch den Fleischwolf drehen müssen. Und auch der hat seine liebe Mühe gehabt." Jetzt nickte sie. Immer noch weit aus dem Fenster gelehnt. Sie konnte doch drinnen, mit dem zweiten Teil ihres kurzen Körpers, kaum noch Kontakt zum Boden haben. Hoffentlich fiel sie nicht kopfüber hier auf die Straße. Dann kam sie selbst ganz bestimmt nicht mehr weg hier und noch rechtzeitig in die Schlange am ersten Kessel. Daher straffte sie sich kurz und schnaufte gut vernehmbar. Das Zeichen zum Aufbruch sollte das sein.

„Und wenn man sich dann anschaut, was auf den Tellern zurückkommt." Die Erna wollte sie noch immer nicht ziehen lassen. Sie schüttelte mitfühlend den Kopf.

„Die Augen sind meistens größer als der Appetit. Als ob die Schlachtplatte mit Kesselfleisch, Leber- und Blutwürstchen nicht schon groß genug wäre. Gibt ja auch noch Sauerkraut und Kartoffelbrei dazu." Gertrud holte einmal heftig schnaufend Luft und fuhr dann fort. „Die Gier, wenn sie am Kessel stehen. Das noch drauf und das noch. Nierchen,

Bäckchen, Haxe und Schnudscher, am besten noch eins, wo doch jeder weiß, dass die Sau nur eins hat." Sie schüttelte den Kopf und zischte dazu ganz leise im Takt. Erna nickte im Fenster zustimmend mit.

Ein Jugendlicher steuerte auf sie zu. Mit beiden Händen hielt er einen blumigen Kochtopf an den Kunststoffgriffen vor sich.

„Tante Erna, ich habe dein Mittagessen." Er grinste freundlich. „Wie bestellt, die Portion und noch zwei Bäckchen und drei Schnudscher extra." Er stellte ihr den Topf auf die Fensterbank.

„Ja, ja. Ist schon gut. Hier hast du dein Geld." Sie drückte ihm einen Schein in die Hand, den sie bereitgelegt haben musste. Schnell stellte sie den Topf hinter sich und damit außer Sichtweite. Ein gequältes Grinsen schickte sie in Gertruds Richtung. Ertappt!

„Es soll ja auch für zwei Tage reichen. Schließlich komme ich ja kaum noch vor die Tür mit dem vielen Wasser in den Beinen."

14.

Eigentlich hatten sie längst umdrehen wollen. Er selbst schon nach der ersten Runde. Und Klara beim zweiten Versuch, als ihnen die zwei Alten in ihrem silbergrauen Mercedes den einzigen freien Parkplatz weit und breit vor der Nase weggeschnappt hatten. Das war einer dieser Momente gewesen, in denen er gerne ausgestiegen wäre, um dem Mann mit Hut genüsslich grinsend einen Strafzettel unter den Scheibenwischer zu stecken. Auf ihrer Seite hatte sich direkt vor ihnen ein Wagen mühsam aus seiner Parklücke befreit. Ein Glücksfall, wo doch das ganze Dorf heillos verstopft war. Überall standen sie kreuz und quer und unzählige Fahrzeuge kreisten lauernd wie die Hyänen, um sich auf die einzelnen, frei werdenden Plätze zu stürzen. Das wäre ihrer gewesen, wenn nicht plötzlich der aus der Gegenrichtung herbeikommende Mercedes direkt auf sie zugehalten hätte. In hohem Tempo hatte der Fahrer den Wagen herumgerissen und schoss vorwärts in die für ihn viel zu kleine Lücke hinein. Sein Heck ragte weit in die Fahrbahn, während er mit den Vorderrädern auf dem Bürgersteig hielt. Mit sich zufrieden hatte sich ein alter Mann von mindestens achtzig aus der Fahrertür geschoben. Klara konnte Kendzierski nur mit letzter Mühe davor zurückhalten, auszusteigen und handgreiflich zu werden.

Jetzt waren sie schneller gewesen. Mit der gleichen Taktik. Während der vor ihnen fahrende monströse Geländewagen die Parklücke fahrschulmäßig angegangen war, indem er erst an ihr vorbeifuhr und dann den Blinker setzte, um langsam zurückzustoßen, hatte Klara ihren kleinen Skoda ganz bequem schon vorwärts hineingelenkt. Guerillataktik. Vom Feind lernen. Beide sahen sie sich jetzt an. Klaras Blick hatte etwas Herausforderndes. Kampfeslustig blickte sie drein. Er küsste sie auf den Mund und kontrollierte dann schnell, wie der andere reagierte.

„Sollen wir vorsichtshalber die Knöpfe runtermachen. Er kommt." Ihr Lächeln war weg. Tatsächlich stieg der Fahrer aus und kam ein paar Schritte auf sie zu. Sein Oberkörper wirkte massig durch die aufgeplusterte Daunensteppweste, die lilasilbern glänzte. Das Michelin-Männchen, dem man die Polsterung an Armen und Beinen geklaut hatte und jetzt auch noch den Parkplatz. Drohend streckte er seinen Mittelfinger in ihre Richtung und brüllte etwas dazu. Das ging aber im Hupkonzert der nachfolgenden Fahrzeuge unter. Schnell war er wieder verschwunden. Zum Abschied ließ er seine Reifen quietschen.

Hätte Klara ihm auch nur angedeutet, was hier los war, dann wäre er ganz sicher nicht mitgekommen. Menschenmassen bewegten sich durch die Seitenstraßen. Wie in einem Ameisenhaufen, den Hügel hinauf. Eine unbekannte Kraft steuerte sie alle in dieselbe Richtung.

„Ist das wirklich nur ein Schlachtfest?"

Kendzierski schüttelte den Kopf, während sie dem Strom folgten, wohin auch immer er sie führen würde. Die Lemminge auf dem Weg zum Abgrund.

„Mehrere Metzger machen das zusammen mit den Ortsvereinen. Es gibt verschiedene Essensausgaben, wo man einen Schlachtteller bekommt und etliche Weinstände gegen den Durst. So langsam bekomme ich auch Hunger."

Klara hakte sich bei ihm unter. So gelangten sie schon nach ein paar Minuten auf die Festmeile, auf der es nur noch langsam voranging. Dicht gedrängt schoben sich die Massen vorwärts. Jetzt gab es nur noch eine Richtung. Selbst wenn sie gewollt hätten, wäre es ihnen nicht gelungen, umzudrehen. Augen zu und durch.

„Da vorne ist der erste Kessel. Da können wir uns doch gleich was zu essen holen. Die ziehen die Schweine sogar selbst auf. Füttern sie über das Jahr für das Fest. Wahrscheinlich kommen deswegen so viele hierher. Es schmeckt einfach gut."

Kendzierski musste an die Zeitschrift vom Frühstück denken. Klaras persönlicher Vorbereitungskurs auf das Landleben. Die Mini-Schweine als Haustiere. Glücklich bis zum Schlachtfest.

„Wollen wir uns getrennt anstellen? Dann geht es schneller. Ich geh Wein holen. Dann kannst du dir beim Essen aussuchen, worauf du Appetit hast. Ich nehme einen Schlachtteller, ohne Zusatzteile. Wir treffen uns bei den Tischen rechts vom ersten Kessel." Noch bevor Kendzierski irgendetwas entgegnen konnte, war Klara schon in der Menge untergetaucht. Schrittchenweise ließ er sich weitertreiben. Immer der Nase nach, dem Geruch nach Sauerkraut und Bratwürstchen entgegen. Links von ihm war jetzt eine Schlange zu erkennen, die an einem kleinen Pavillon endete, aus dem es mächtig dampfte. Hier war er richtig und so lange würde das gar nicht dauern. Ein Dutzend hungriger Mäuler stand vor ihm. Es ging kontinuierlich voran. Die Frau vor ihm transportierte einen geflochtenen Henkelkorb mit sich. Immer wenn die Schlange stockte, stellte sie den neben sich auf den Boden. Dabei klapperten die Kochtöpfe, die in ihm gestapelt waren. Der Kochtopf schien zur Standardausstattung hier zu gehören. Jetzt erkannte er auch bei anderen vor ihm Körbe und Beutel, in denen sich Töpfe befanden. Nicht, dass die Schlachtplatte nur in mitgebrachte Behältnisse ausgegeben wurde. Er sah sich schon die Hände aufhaltend. Sauerkraut und Kartoffelbrei. Die getuschelten Wortfetzen, die an sein Ohr drangen, holten ihn aus den Gedanken. Egal, wohin er kam, irgendeiner erkannte ihn doch immer. Die Segnungen überschaubarer Dorfgemeinschaften. *Guck, de Verdelsbutze is ach doo. Werd rauskriege wolle, wer die Sau umgebracht hot.* Wie witzig!

Gleich war er dran. Den Metzger konnte er schon hantieren sehen. Ein mächtiger Kerl in weißer Kunststoffschürze, der schwungvoll ein riesiges Messer führte. Neben ihm stieg Dampf aus dem großen Edelstahlkessel empor. Wie am Fließband machte er die Teller fertig, die ihm eine ältere Frau auf seine weiße Arbeitsplatte schob. Jeder Teller war schon mit Sauerkraut und Kartoffelbrei vorbereitet. Er legte zwei kleine Würste dazu und drei Scheiben gekochtes Fleisch mit ordentlich Speck und Schwarte. Zwischen jedem fertiggestellten Teller, den eine zweite ältere Frau dann wegzog, um ihn an einen Wartenden weiterzureichen, rieb er sich mit einem karierten, roten Handtuch den Schweiß von der Stirn.

Kendzierski war jetzt schon klar, dass er hier keine Bratwurst bekommen würde. Die gab es am nächsten Stand. Und den schwitzenden Metzger mit dem riesigen Messer würde er ganz sicher nicht nach einer Bratwurst fragen können. *Zu meinem Kartoffelpüree bitte die Bratwurst vom Nachbarstand, gerne mittelbraun.* Keine gute Idee. Der Metzger starrte ihn fragend an. Eine Schlachtplatte war auch in Ordnung.

„Zweimal, bitte!"

Mit ein paar automatisierten Handgriffen hatte er eine Leber- und eine Blutwurst arrangiert. Dann schnitt er mit dem großen Messer dicke Scheiben vom Schweinebauch ab. Das dampfende lange Stück lag vor ihm auf der weißen Platte. Für ein Mini-Schwein eindeutig zu groß.

„Noch was dazu?" Er sah vom Fleisch auf und Kendzierski fragend an.

„Wie?" Vielleicht doch die Chance auf eine Bratwurst?

„Nierchen, Bäckchen, kleine Haxen." Der Metzger stach mit der langen Gabel nach etwas. „Oder ein Schnudsche. Es ist das letzte." Kendzierski konnte das dumpfe Murmeln hinter sich hören. *Dess letzte Schnuudsche schunn.* Als er sich wieder dem Metzger zuwenden wollte, sahen ihn zwei rosige Nasenlöcher an. Die Schweineschnauze direkt vor seinem eigenen Gesicht. Er zuckte zusammen und murmelte etwas vor sich hin, was irgendwie nach „Nein danke, es genügt so" klang. Schnell schob er sich weiter, zahlte und stand mit den beiden Tellern da. Hinter sich konnte er noch eine freudige Stimme vernehmen, die sich mehrmals herzlich für das letzte Schnudsche bedankte. Er musste noch ein ganzes Stück weiterschleichen, bevor er an einer der Tischgarnituren zwei Plätze fand. Schnaufend ließ er sich nieder. Zu viele Menschen, zu eng. Hoffentlich würde Klara ihn überhaupt wiederfinden. Zur Not per Handy. Er spürte in diesem Moment das Vibrieren in seiner Hosentasche. Es war hier so laut um ihn herum, dass er das Klingeln nicht hören konnte. *Paul, wo bist du?* Umständlich fingerte er das Gerät heraus. Es war nicht Klara, die auf dem Display aufblinkte. Irgendeine Nummer, die er nicht zuordnen konnte.

„Ja?"

Eine Stimme war zu hören, mehr nicht. Es war zu viel Lärm um ihn herum.

„Sie müssen lauter reden. Ich kann Sie so nicht verstehen."

„Besser?" Es rauschte donnernd in seinem Ohr, an das er sein Handy presste.

„Ja, wer ist da?"

„Karl Bach hier. Kendzierski, wir brauchen Sie dringend. Es ist etwas Schlimmes passiert. Können Sie hier hoch zu uns an den Feuerwehrplatz kommen?"

„Woher wissen Sie denn, dass ich in Essenheim bin?"

„Das erzähle ich Ihnen später. Kommen Sie schnell!"

Das Gespräch war schon wieder weg. Kendzierski stand auf und suchte mit hektisch irrendem Blick die Massen um sich herum ab. Wo war Klara? Es konnte doch nicht so lange dauern, zwei Gläser Wein zu besorgen.

„Fang an, sonst wird's kalt. Und kalt schmeckt das Sauerkraut nicht." Der alte Mann neben ihm auf der Bank blickte zu ihm auf. Irgendwie kam ihm der bekannt vor. Schräg hing er auf seinem Platz. Es gelang ihm aber trotzdem nicht, das Gesicht einzuordnen. Er versuchte verständnisvoll zu nicken.

„Ich warte noch auf jemanden. Vielen Dank." Hektisch schickte er seine Augen weiter auf die Suche.

„Das dauert. Hier kannst du verdursten und verhungern und es merkt keiner." Der schräge Alte schüttelte den Kopf. Wer weiß, wie lange der schon wartete und worauf.

„Klara!" Doch nur ihre Mailbox. Sie hörte das Klingeln nicht. Unendlich lange dauerte es, bis die Ansage durch war. „Klara, ich bin's. Wo bleibst du? Ich muss kurz weg. Unsere Teller stehen hier rechts neben dem Kessel. Am Tisch sitzt ein älterer Herr." Kendzierski sah kurz auf ihn hinunter. Er musste so laut brüllen, dass der jedes Wort verstand. Jetzt wusste er es wieder. „Das ist der Onkel Hans von der Hochzeit letzten Sommer. Der bei uns am Tisch gesessen hat. Ich bin schnell wieder zurück. Fang schon mal an, damit das Kraut nicht kalt wird. Oder ruf mich an. Ich muss los!" Er steckte das Handy weg und beugte sich hinunter zu ihm. „Könnten Sie einen Moment auf die beiden Teller aufpassen? Meine Freundin kommt gleich. Wir kennen uns doch von Simones Hochzeit letzten Sommer."

Der Alte riss die Augen auf. „Ja, stimmt." Er nickte heftig und nuschelte dabei irgendetwas vor sich hin. Mehr Erklärung war jetzt nicht möglich. Kendzierski schob sich in die Menge. Aus dem Augenwinkel konnte er noch erkennen, dass sich der schräg hängende Onkel Hans gerade das Leberwürstchen von seinem Teller griff.

15.

Carsten Kock hatte sich schon mehrmals nervös umgesehen. Aber es waren doch viel zu viele Menschen unterwegs, schon den ganzen Nachmittag über. Und außerdem, was hatte er damit zu tun? Nichts! Trotzdem drehte er sich jetzt noch einmal um. Ein paar Schritte ging er weiter und kontrollierte die Gesichter, die hinter ihm waren. Er erkannte keinen wieder. Alles Fremde, die zum großen Fressen gingen oder vollgestopft auf dem Heimweg waren. Mit schnellen Schritten eilte er weiter vorwärts. Wenn er aus dem Gedränge heraus war, konnte er auch ein Stück laufen, um schneller zu seinem Transporter zu kommen. Vorgestern hatte er ihn glücklicherweise außerhalb der abgesperrten Zone in einer Seitenstraße abgestellt. Nur so ein Geistesblitz war das gewesen. Eigentlich brauchte er den Wagen übers Wochenende nicht, da er sonst ja auch nur mit dem Fahrrad unterwegs war. Der Transporter hätte also normalerweise in dem großen Hof gestanden, der zu dem alten Gehöft gehörte, in dem sich ihre und noch drei weitere Wohngemeinschaften befanden, direkt an der Fressmeile.

Jetzt war er froh, dass er auf das Fahrzeug zurückgreifen konnte. Es war besser zu verschwinden, zumindest für ein paar Tage, so wie es der Jesko auch getan hatte. Man wusste nie, wozu die wirklich imstande waren. Noch schlichen sie nur um ihn herum. Wie ein Rudel Wölfe in immer enger werdenden Kreisen. Daher kam auch das Gefühl, belauert zu werden. Er meinte, die Augen auf sich spüren zu können, seit er unterwegs war. Auch wenn ihm sein Verstand sagte, dass das gar nicht stimmen konnte. Es waren einfach zu viele Menschen unterwegs und auf der Straße würden sie sich unter diesen Umständen kaum an ihn wagen. Vor so vielen

Zeugen. Er lief weiter und spuckte aus. Jetzt hatten sie doch erreicht, was sie wollten! Gestern Abend hatte es angefangen. Mit einem ersten Anruf. Seither klingelte es jede Stunde. Er konnte die Uhr danach stellen. Auch die Nacht vom Freitag auf den Samstag hindurch. Zu jeder vollen Stunde hatte sich das Telefon in der Gemeinschaftsküche gemeldet. Um vier hatte er endlich das Kabel gezogen. Eine Stunde später klingelte es dann auf seinem Handy. Zum ersten Mal war eine Stimme zu hören gewesen. Verzerrt und dumpf. Wahrscheinlich hatte der ein Handtuch um den Hörer gewickelt.

Auge um Auge, Zahn um Zahn. Wir kriegen dich! Mehr nicht. Dann war er wieder weg. Die Leitung unterbrochen, bevor er noch antworten konnte. Er hatte trotzdem gebrüllt, obwohl er wusste, dass es nichts bringen würde. Den Rest der Nacht hatten sie ihn aber in Ruhe gelassen. Erst vorhin hatte es wieder angefangen. *Sollen wir mal bei dir vorbeikommen? Wir haben noch ein paar Schläge gut und jetzt gerade Zeit.*

Deswegen war er auf dem Weg zu ihrem Transporter. Er musste weg für ein paar Tage, bis die sich wieder beruhigt hatten. Der Jesko war durchgedreht am Freitag. Das war ihm über den Kopf gewachsen, sein Spielchen mit den Bauern hier. Deswegen hatte er ihn gestern zur Rede stellen müssen. Es war ja schließlich sein Projekt gewesen, die Genossenschaft. Der Jesko hatte sich nur drangehängt. Aber er hätte trotzdem nicht zuschlagen dürfen, auch nicht aus Notwehr. Aggressiv waren die anderen. Und nur weil sie den Jesko nicht bekamen, stellten sie jetzt ihm nach. Er war ihr Ersatzopfer. Ihren Hass, den sie nicht loswurden, übertrugen sie einfach auf ihn. Wenn wir den einen nicht bekommen können, dann nehmen wir uns eben den anderen vor. Ist doch egal, Hauptsache einer kriegt Schläge.

Er bog nach links ab, um der großen Gruppe aus dem Weg zu gehen, die die Straße heraufkam. Er hatte ja gar keine Ahnung, wer sich alles mit denen solidarisierte und bereit war zur Jagd auf ihn. Ein unsichtbarer Feind, der ihm nachstellte, obwohl Hunderte Menschen um ihn herum waren. Eben hatte ihn noch einer angerempelt, mit herausforderndem Blick. Er atmete durch. In der Seitenstraße war es ruhiger. Nur ein paar einzelne Menschen. Er eilte mit großen Schritten weiter. Vorbei an einem knutschenden Pärchen. Sie war keine sechzehn. Am Ende der Straße musste er nach rechts, damit er zu seinem Transporter im Neubaugebiet kam. Dort herrschte wahrscheinlich das totale Verkehrschaos. Aber wenn er es so weit geschafft hatte, dann war auch das egal.

In diesem Moment sah er einen von ihnen am Ende der Straße. Schnell sprang er zur Seite. Der konnte ihn unmöglich gesehen haben. Wahrscheinlich war der gerade erst um die Ecke gekommen und auf dem Weg zum Abendessen. Blutwurst und Sauerkraut. Er riss den Kopf herum. Hinter ihm war keiner. Nur die knutschenden Teenies. Ein paar Meter zurück ging ein schmales Gässchen ab. Soweit er wusste, konnte er da auch lang. Er rannte los und bog nach links ab. Im Laufen drehte er sich zur Kontrolle noch einmal um. Es folgte ihm keiner.

Er schrie auf, als ihn der Schlag mitten ins Gesicht traf. Vor seinen Augen war es sofort schwarz. Blitzende Dunkelheit. Und ein Schmerz, der sich über den Nacken bis tief in den Rücken fortpflanzte. Er wankte, aber er fiel nicht.

„Wollte sich auch der Nächste aus dem Staub machen?"

Schützend streckte er beide Arme in die Richtung, aus der der Schlag gekommen war. Im gleichen Moment fuhr etwas Hartes auf seinen Rücken nieder. Ein stabiler Stock musste es gewesen sein. Unter dem Schmerz bäumte er sich auf. Ein Röcheln nur kam noch aus seinem Mund, zusammen mit einem ordentlichen Schwall Blut und Schleim. Er fiel nach rechts auf das blaue Kopfsteinpflaster. Obwohl er kaum noch bei sich war, rollte er sich doch zusammen und hielt die Hände schützend vor sein Gesicht.

„Da siehst du, wie schnell es gehen kann und was passiert, wenn man sich mit den Falschen anlegt!"

Ein Tritt traf ihn im Rücken. Im Vergleich zum Rest verursachte der aber kaum wahrnehmbare Schmerzen. Seine Hände waren nass vom Blut, das weiter aus seinem Mund und der Nase quoll. Eine einzige klebrige Masse. Der nächste Tritt saß besser. Er durchfuhr seinen ganzen Körper und ließ ihn stöhnen.

„Sollen wir die Sau auch gleich abkochen?"

Er hörte sie lachen.

„Ich habe noch eine Wanne daheim. Heißes Wasser ist schnell gemacht. Dann kriegen wir die Borsten gut runter."

Eine andere Stimme. Und wieder lachten sie.

„Es soll langsam knapp werden an den Kesseln. Da sind die Metzger froh, wenn sie Nachschub bekommen!"

Wieder eine andere Stimme. Die hatte er schon mal gehört. Es gelang ihm aber trotzdem nicht, ein Gesicht vor sein geistiges Auge zu projizieren. Ein weiterer Fußtritt traf ihn von vorne in den Magen, der ein Röcheln aus ihm herauszwang.

„Lasst uns abhauen. Es reicht."

Er konnte ihre Schritte noch hören, bevor es endgültig Nacht wurde um ihn.

16.

Kendzierski hatte unendlich lang für die paar hundert Meter gebraucht. Es gab kaum etwas Zähflüssigeres als eine Masse Menschen. Sie erschwerte durch ihre Enge nicht nur das Fortkommen, sondern hatte daran auch noch ihre Freude. Ein besonderer Spaßvogel hatte sich breitbeinig vor ihm postiert und war ihm dann nach rechts oder links gefolgt, je nachdem auf welcher Seite er an ihm vorbei wollte. Dabei hatte er herausfordernd gegrinst. *Hau ab!* Er musste ihn anbrüllen. Der Notfall rechtfertigte ein solches Vorgehen. Und ein Notfall musste es auf jeden Fall sein, wenn ihn der Bach anrief. Er war Winzer hier im Dorf und einer der ersten Eingeborenen, mit denen er nach seinem Umzug in die rheinhessische Provinz vor einigen Jahren näher in Kontakt gekommen war. Es war sein erster Fall gewesen, auch im Oktober. Der Winzer hatte seinen polnischen Erntehelfer tot im Gärtank gefunden. Danach hatte er dem Bach und seiner Frau immer mal wieder einen Besuch abgestattet. Er verstand es wie keiner, einem hoffnungslosen Laien die Augen für das Mysterium Wein zu öffnen.

Er konnte sich nicht erinnern, dass der Bach ihn mal angerufen hatte. Vielleicht damals vor so vielen Jahren, als er selbst für kurze Zeit ins Visier der Ermittlungen geraten war. Als er am letzten Kessel vorbei und durch die davor Wartenden hindurch war, ging es besser voran. Er rannte das letzte Stück die Straße hinauf. Den Bach konnte er jetzt schon erkennen. Sein Blick verriet Anspannung. Er kam ihm ein paar Schritte entgegen.

„Kendzierski!" Es klang nach einem Aufatmen, diese Begrüßung aus Bachs Mund. Kendzierski spürte jetzt das Vibrieren seines Handys in der Hosentasche. Bestimmt war das Klara, die mit zwei Gläsern Silvaner in der Hand auf der Suche nach ihm und ihrer Schlachtplatte war. Bach nahm ihm die Entscheidung ab, ob er rangehen sollte.

„Sie sind unsere Rettung. Torsten hat Sie vorhin gesehen. Deswegen bin ich überhaupt erst daraufgekommen, Sie anzurufen. Ihre Nummer hatte ich noch gespeichert."

Bach deutete auf die Person in der weißen Schürze neben sich. Das Gesicht kam ihm irgendwie bekannt vor. Heute schien der Tag der alten Bekannten zu sein. Der schräge Onkel Hans vorhin, dann Bach und jetzt der. Aber woher? Die glänzende, aufgeplusterte Jacke half ihm auf die Sprünge. Er versuchte zu lächeln, Torsten auch. Der mit dem Mittelfinger, dem sie den Parkplatz vor der Nase weggeschnappt hatten.

Bach kam näher an ihn heran, um flüstern zu können. „Torsten hat ihn gefunden, als er Nachschub holen wollte." Er atmete ihm rauschend ins Ohr. Kendzierski spürte, wie es seinen Magen umschlang und drückte. „Wir wollten nicht sofort die Kripo rufen." Er schnaufte wieder und blickte sich dabei um. Es hatte aber keiner der Vorbeieilenden Notiz von ihnen genommen. „Wenn die hier mit dem großen Aufgebot anrollen, mit Blaulicht und Einsatzwagen, dann gibt es das totale Chaos. Es sind so viele Menschen hier." Fragend sah der Winzer ihn an. „Deswegen haben wir Sie angerufen."

„Was ist denn überhaupt passiert?"

Bach rieb sich mit der Rechten über die Augen. Dann deutete er ihm mit einer knappen Bewegung an, zu folgen. Auch die lila glänzende Daunenweste trottete hinterher. Auf den großen Parkplatz, an dessen linkem Ende sich das Gerätehaus der Feuerwehr befand. So weit kamen sie aber nicht. Bis auf die mit einem Flatterband abgesperrte Feuerwehrzufahrt war der gesamte Platz voller Autos. Auf der Straße standen noch ein halbes Dutzend weiterer Fahrzeuge, deren genervte Halter darauf warteten, dass andere satt waren und endlich das Feld räumten.

„Im kommenden Jahr werden wir draußen einen Acker bereitstellen und einen Shuttleservice einrichten müssen. So kann das nicht weitergehen. Alle Gäste sind schon genervt, bevor sie den ersten Kessel erreichen." Bach hielt an und deutete mit der rechten Hand vor sich. „Hier."

Kendzierski sah sich um. Da war nichts. „Wo?"

„Im Kühlwagen liegt er."

Kendzierski spürte, dass sich der Druck auf seinen Magen erhöhte. Nach dem ordentlichen Frühstück mit Klara hatte sein Mittagessen aus einer gebogenen, trockenen Scheibe Brot vom Anfang der Woche bestanden, die er glücklicherweise zu Hause gefunden hatte. Zwei Scheiben Käse, eine auch reichlich eingetrocknete Scheibe Salami und ein paar Klekse Remoulade aus der Tube hatten zwar für eine kalorienmäßige Aufwertung seiner Zwischenmahlzeit gesorgt, aber wirklich viel war das trotzdem nicht gewesen. Der zarte Hauch Übelkeit, der in ihm aufstieg, musste also im Hunger seine Ursache haben und nicht in irgendeiner wirren Vorahnung, die sein Kopf produzierte. Trotzdem musste er hörbar schlucken. Die vielen Tatorte, die er in den letzten Jahren hatte sehen müssen. Sie hatten keine wirkliche Routine geschaffen. Es war immer anders, aber immer schlimm und jedes Mal kämpfte er mit der Übelkeit und einem latenten Brechreiz. Er atmete durch.

„Torsten, bleibst du draußen vor der Tür und passt auf, dass keiner reinkommt?" Bach machte sich am Kühlwagen vor ihnen zu schaffen.

„Ist der verschlossen gewesen?"

„Nein, nicht richtig. Das Vorhängeschloss ist nur zusammengesteckt. Zur Abschreckung. Aber eigentlich weiß das jeder. Bei dem Andrang, der hier herrscht, muss man schnell an den Nachschub kommen, sonst gibt es noch mehr Durcheinander und Wartezeiten an den Kesseln."

Bach zog den rechten Flügel der Kühlwagentür einen schmalen Spalt weit auf. Er ließ seinen Blick noch einmal zur Kontrolle schweifen. Es war ihnen aber niemand bis an den Wagen gefolgt. Die Massen bewegten sich ein Stück weit entfernt auf der Straße. Von denen ahnte keiner, was hier auf ihn wartete. Die hatten nur ihre Blutwürstchen, Bäckchen und Schnauzen im Sinn. Das gut hörbare dunkle Rumoren in seinem eigenen Magen holte ihn zurück. Der Bach war schon im Wagen verschwunden. Kendzierski spürte den kalten Schauer, der ihn in diesem Moment erfasste. Es war die Kälte, in die er jetzt musste. Sie langte schon eisig nach ihm. Noch einmal atmete er tief ein. Vielleicht war es ja notwendig, dort drinnen die Luft anzuhalten. Dann schob auch er sich hinterher.

„Ziehen Sie die Tür zu. Sonst kommt doch noch jemand hinterher."

Kendzierski tastete blind mit der Rechten hinter sich, um irgendetwas zu fassen zu bekommen, das es ihm ermöglichte, die Tür zuzuziehen. Seinen Blick schickte er vorsichtig suchend voran. Sein ganz persönlicher Umgang mit dem Tatort und dem Schrecken, der ihn jedes Mal erwartete. Nicht alles auf einmal. Kleine Schrittchen vorwärts, Zentimeter für Zentimeter. Zur Not ein paar Augenblicke inne halten. Durchatmen. Die kleinen Happen verdauen, um dann das nächste Stück in Angriff zu nehmen. Über einen hellen grauen Gummiboden kam sein Blick voran. Tastend. Seine Nase sträubte sich noch vehement dagegen, die Luft hier drinnen in sich aufzunehmen. Die Kälte schien sie aber zu beruhigen. Vorsichtig atmete er ein. Die Übelkeit kam mit Vehemenz. Es roch nach so viel rohem Fleisch und totem Schwein.

„Das Licht habe ich vorhin angemacht. Er lag im Dunkeln."

Kendzierski nickte nicht. Er hielt seinen Blick starr nach unten gerichtet. Aus den Augenwinkeln konnte er rote Boxen erkennen, die bis unter die Decke gestapelt standen. Links und rechts, sodass in der Mitte ein schmaler Gang durch den ganzen Kühlanhänger blieb. Bach hatte sich links vor die roten Boxen gestellt, damit der Blick für ihn frei war. Noch ein Stück weiter wanderte sein Blick auf beruhigend hellem Gummiboden. Dann stoppte er abrupt. Zwei Füße hoben sich weiß vor dem hellgrauen Untergrund ab. Gelblich schimmerte die Hornhaut der Fußballen, ebenso wie die weit überstehenden Nägel der beiden großen Fußzehen. Alte, gezeichnete Füße. Langsam tastete er sich weiter. Einzelne dunkle Haare im Übergang von den Füßen zu den Beinen. Es wurden auch auf dem nächsten Stück nicht mehr, bevor brauner Stoff begann. Er atmete leise in sich hinein. Durch den Mund, um seine Nase zu schonen. Die kalte Luft schmerzte in seinem Rachen. Eine zarte Eisschicht hatte sich auf dem dunkelbraunen Stoff der Schlafanzughose gebildet. Dünn wie der Reif auf einer Autoscheibe nach einer langen, aber gar nicht so kalten Winternacht.

Er schickte seinen Blick weiter, die Beine entlang.

„Der Wagen ist viel zu kalt." Bach flüsterte nur. „Es ist fast alles eingefroren, obwohl der doch auf zwei Grad eingestellt sein sollte. Draußen die Anzeige stand auf minus zwei, als der Torsten ihn gefunden hat. Hier lagert die letzte Reserve. Erst wenn die beiden Kühlwagen unten an der Festmeile leergeräumt sind, holen wir das Fleisch und die Würste von hier."

„Sie haben die Temperatur aber nicht zurückgestellt?"

„Nein, natürlich nicht. Ich habe auch zwei Jungs weggeschickt, die Bratwürste holen wollten. Die werden denen langsam knapp. Ich habe gesagt, sie sollen in zehn Minuten wiederkommen. Ich kann denen doch ein paar Pakete rausgeben, oder?"

„Auf gar keinen Fall. Das muss alles so bleiben, wie Sie es vorgefunden haben."

Seine Augen hatten jetzt den Übergang zum Rumpf erreicht. Das zur Schlafanzughose gehörende Oberteil, das in Weiß und dem gleichen Braunton kariert war, lag glatt auf ihm. Glatt wie die Hose auch. Ganz ordentlich. Die links und rechts neben dem Körper ruhenden weißen Hände zeigten, dass es sich nicht um einen ruhig Schlafenden handelte. Beide Hände waren verkrampft, aber nicht ganz zur Faust geschlossen. Kendzierski atmete wieder durch den Mund. Er hatte das Gefühl, dass ihm der Hals und sein Rachen langsam einfroren. Die Übelkeit hielt ihn weiter davon ab, durch die Nase einzuatmen. Der Geruch von totem Fleisch, der zwar nicht von dem Menschen vor ihm stammen konnte. Die Unterscheidung wollte seinem Kopf aber noch nicht gelingen. Über Bauch und Oberkörper schoben sich seine Augen voran. Bisher war doch alles gut gegangen. Die Übelkeit unter Kontrolle. Wieder vibrierte es in seiner Hosentasche. Das Geräusch war hier in der schmerzhaften Stille des gut gedämmten Kühlwagens deutlich zu hören. Ein entschlossenes, vorwurfsvolles Surren, das nur von Klara stammen konnte. Genervt und sicher schon reichlich zornig. *Paul, verdammt geh dran!* Ein drittes Mal, dann musste es vorbei sein, weil seine Mailbox sich meldete, über die Klara dann ihren Zorn ausgießen würde.

Mit einem runden, dunkelbraunen Bund endete der

Schlafanzug. Noch einmal versuchte Kendzierski einzuatmen. Seine Nase fügte sich jetzt. Es war keine gute Idee gewesen. Besser Frostschmerzen im Hals, als diesen Geruch. Er kam ihm jetzt viel intensiver vor. Eine Windung in seinem Kopf musste den Gestank verstärkt haben. Sicher auf Veranlassung der Nase. Die Haut am Hals war fast leuchtend weiß. Bläulich schimmerte der Frost hindurch. Tiefgefroren. Die Haut eines alten Mannes, an den Seiten faltig, über dem Kehlkopf straff gespannt. Deutlich zeichneten sich die Bartstoppeln als graue Punkte ab. Der Wuchs des Tages. Aus einem Grübchen direkt unterhalb des Kinns reckten sich ein paar längere graue Borsten. Lippen waren kaum zu erkennen. Die Partie über dem Mund wirkte eingefallen. Im Schlafanzug, das Gebiss schon herausgenommen. Die Augen lagen tief in ihren Höhlen. Starr den Blick an die Decke geheftet. Dünne, graue Haare standen vom Kopf ab.

„Das ist der Georg Fauster. Er wohnt hier gleich am Feuerwehrplatz. Draußen rechts. Vor seinem Hoftor haben wir uns eben getroffen." Der Bach seufzte. Er hielt den Kopf gesenkt. Kendzierski hatte seinen Blick endlich von dem Toten lösen können. Wie eine Ewigkeit war ihm diese Wanderung über die Leiche vorgekommen. Dabei waren es doch nur ein paar lange Sekunden gewesen, gedehnt bis an ihr Maximum. „Den Warmen-Schorsch nennen sie ihn alle. Weil der nach ein paar Gläsern Wein in der Kneipe mal behauptet haben soll, dass er noch eine warme Quelle auf einem seiner Äcker finden würde. Wie in Island. Dann könnte man Essenheim endlich zum Kurort ausrufen und sein Haus zum Kurhaus machen. Daher hat er seinen Spitznamen." Der Bach atmete schnaufend aus. „Jetzt ist er erfroren, der Warme-Schorsch. Grausame Ironie."

„Lassen Sie uns rausgehen. Mir ist kalt."

Der Bach nickte ihm zu.

Kendzierskis rechte Hand streifte den Turm neben ihm. Gestapelte flache Lagen bis unter die Decke und daneben noch einmal, aber nur bis auf die halbe Höhe. Fest eingeschweißte, lange, helle Würste, die zusammengedrängt als Bausteine dienten. Mit Raureif war die oberste Platte des halben Turms überzogen. Kendzierski tastete mit dem Zeigefinger der rechten Hand nach der weißen, weichen Schicht. Gegen den Widerstand, der sich in seinem Kopf sofort lautstark meldete. Bloß nichts anfassen! Die Spuren! Der Reif gab schmelzend nach unter dem Druck seines Fingers, die Wurst kaum.

„Wir haben den beiden Jungs schon ein paar Pakete mitgegeben." Bach seufzte und sah verlegen vor sich auf den Boden. „Sonst wären sie gar nicht abgezogen. Und das ganze Dorf wüsste jetzt schon, was passiert ist. Alle auf dem Weg hier hoch. Das Chaos, das wir nicht wollten. Es waren jeweils vier, fünf Platten. Das hat sie ruhig gestellt." Er verzog sein Gesicht zu einem gequälten Blick, der wohl eine Entschuldigung darstellen sollte. „Aber an denen war nichts. Ich habe selbst nachgesehen."

Kendzierski drehte sich um und drückte die Tür ein Stück weit auf. Er sprang hinaus in die Wärme, die sein Körper freudig begrüßte. Den Geruch nach rohem Fleisch nahm er mit. Zumindest signalisierte ihm seine Nase das. Trotzdem ließ die Übelkeit nach. Heraus aus der Enge, den roten Boxen, dem Tod. Er schüttelte sich. Bach folgte ihm nach und verschloss die Tür. Die glänzende Steppweste erwartete sie direkt am Ausstieg. Ein Stück weiter auf der Straße drängten sich die Menschen. Die Kripo würde wahrscheinlich gar nicht bis hierher durchkommen, wenn es sich herumsprach, was passiert war. Tausende Schaulustige. Das Grauen und den Nervenkitzel zum Schlachtfest. Wie passend das alles.

Sie mussten also versuchen, das so lange geheim zu halten, wie die Kripo hierraus brauchen würde. Ansonsten war das Chaos wirklich komplett.

Kendzierski wusste, dass er immer viel zu schnell mit seinen Urteilen war. Oft verrannte er sich dabei heillos. Aber konnte der da drinnen auch einfach so gestorben sein, ohne dass es gleich ein Mord sein musste? So ruhig, wie er dalag. Nur die Hände leicht verkrampft. Alles andere an ihm sah nach Schlaf aus. Eisigem Schlaf. Wenn er bei dem Versuch, sich ein paar Würstchen zu holen, zusammengebrochen wäre, dann läge er doch ganz sicher anders. Gestolpert, gefallen, quer. Im Fallen hätte er vielleicht versucht, sich zu halten und etwas mit sich gerissen. Aber es würde doch keiner auf die Idee kommen, im Schlafanzug und barfuß das Haus zu verlassen, um in einem Kühlwagen Würste zu holen. Das war ein vollkommen abwegiger Gedanke. Kendzierski merkte, dass er den Kopf schüttelte. Und die Tür hätte dann offen gestanden. Einen Spalt weit zumindest.

„War das Schloss eingehängt?"

Die glänzende Steppweste nickte.

„Ganz sicher?"

„Ja, wirklich. Ich habe mich im ersten Moment sogar geärgert, weil ich nicht nachgefragt habe, bevor ich hierher gelaufen bin. Schicken die mich los, ohne mir die Zahlenkombination zu sagen. Erst dann fiel mir wieder ein, dass ich ja gar keine brauche, um das hier aufzubekommen. Wie in jedem Jahr. Das Schloss hängt davor, aber ist nicht ganz zugedrückt. Und so war es auch vorhin. Ganz sicher." Er nickte zur Bestätigung noch ein paar Mal hinterher.

Mit offener Tür hätte der Anhänger wahrscheinlich kaum diese tiefen Temperaturen halten können. Minus zwei Grad statt plus zwei. Wie aufgebahrt im Tiefkühlhaus hatte der dagelegen. Kein Todeskampf eines Eingesperrten, den man noch lebendig da hineinverfrachtet hatte. Schreiend und kämpfend. Kendzierski sah sich um. Die nächsten Häuser standen zwanzig, dreißig Meter entfernt. Aber einen Kampf und den Lärm dazu hätte sicher irgendeiner mitbekommen. Auch wenn das alles in der Nacht passiert war. Das musste es ja, sonst würde der nicht im Schlafanzug dort drinnen liegen. Egal wie er es drehte. Es sah nach Mord aus. Und deswegen musste die Kripo her, egal welches Chaos dadurch entstehen würde.

„Vielleicht können wir den Wolf erreichen und ihm klarmachen, dass der ganz große Auftritt hier unangebracht ist. Die müssen ohne Blaulicht kommen." Er sah in Bachs Gesicht. „Und Sie müssen ihm erklären, wie die am besten ohne großes Aufsehen und ohne im Gedränge festzustecken bis hierher gelangen."

Kendzierski fingerte sein Handy aus der Hosentasche und versuchte mit zitternden Fingern die Nummer von Gerd Wolf zu finden. Den nicht mehr ganz jungen Kommissar der Mainzer Kripo kannte er von etlichen früheren Fällen recht gut. Zuerst war es eine tiefe gegenseitige Abneigung, die ihr Verhältnis bestimmt hatte. Wolf hatte es genervt, dass er sich in seine Zuständigkeiten einmischte und eigenmächtig Ermittlungen anstellte. Nicht nur einmal hatte Wolf ihn deswegen bei seinen Vorgesetzten angeschwärzt. Mittlerweile pflegten sie einen entspannteren Umgang miteinander. Der erfahrene Kripo-Beamte ließ ihn aber doch immer wieder gerne spüren, dass er nur der Verdelsbutze war, wie sie ihre Bezirkspolizisten hier leicht abfällig nannten.

Jetzt hatte er ihn gefunden. Sogar eine Handynummer. Das würde es natürlich um einiges leichter machen. Keine komplizierten Umwege über die Zentrale an einem Samstag.

Kendzierski hielt kurz inne und überlegte. Je nachdem, wo der Wolf war, konnte er schon in zehn bis fünfzehn Minuten hier sein. Von Mainz ging das schnell. Und vielleicht war er ja auch hier auf dem Schlachtfest, so wie er. Ein bisschen zu viel Zufall. Trotzdem hielt er sein Telefon der lila glänzenden Steppweste hin.

„Gerd Wolf heißt er. Das ist seine Handynummer. Sagen Sie ihm, was los ist und dass er auf jeden Fall versuchen soll, wenig Aufsehen zu machen." Er atmete durch. „Ob Wolf das gelingt, wage ich zwar zu bezweifeln, aber wir haben es zumindest versucht. Und sagen Sie ihm, dass ich schon hier bin. Dann wird er sich ganz besonders beeilen." Kendzierski musste kurz grinsen. Er hatte die Stimme schon in den Ohren. *Das ist mein Fall, Kendzierski! Haben wir uns da verstanden? Ich informiere Sie, wenn wir mehr wissen.*

„Kommen Sie mit mir? Ich will mich kurz in seinem Haus umsehen. Er wohnt doch gleich hier vorne, oder?" Kendzierski hatte sich Bach zugewandt. Der nickte und lief los. „Und passen Sie auf, dass keiner an den Kühlwagen drangeht!"

Das war wie ein scharfer Befehl, schon im Laufen ausgesprochen. Der Torsten stand sogar für einen Moment stramm und nickte, während er Kendzierskis Handy ans Ohr presste. Jetzt hatte er auch schon wie Wolf geklungen. Der Tatort musste daran schuld sein. Klare Anweisungen, militärische Befehle, gehorsames Nicken. Deswegen war der Wolf so geworden über die Jahrzehnte. Entschlossen zupackend, sofort Herr der Lage und mit scharfem Ton, wenn sich Widerstand zu regen schien.

Kendzierski eilte voraus. Die abgesperrte Feuerwehrzufahrt entlang bis zu dem niedrigen Backsteinhaus, das auf der Ecke zur dicht bevölkerten Straße stand. Zum Feuerwehrplatz hin war es durch eine gut drei Meter hohe Mauer abgetrennt. Ein Kunststofftor mit dunkelbraunen Leisten in Holzoptik führte auf einen Hof. Niedrigere Seitengebäude waren zu erkennen und eine Scheune. Alles mit den gleichen gelben Backsteinen aufgemauert. Die breiten Rahmen um die Fenster waren aus rotem Sandstein gehauen. Gerade und einfach ohne irgendwelche Verzierungen. Das Wohnhaus stand zur Straße hin.

„Der Eingang ist im Hof." Bach hetzte hinter ihm her. Kendzierski hatte das Türchen im Hoftor schon erreicht und drückte die Klinke nach unten. Zu. Das Türchen war abgeschlossen. Wie passte das denn zusammen? Der Täter hatte ordentlich wieder zugeschlossen, nachdem er sein Opfer im Kühlwagen abgelegt hatte.

„Hier." Bach hielt ihm die flache Hand vor sein Gesicht. Darauf lag ein Schlüssel. „Den hat er auf dem Pfosten unter dem Blumenkübel." Bach deutete auf den rechten der beiden Pfosten, an denen die Flügel des Hoftores angeschlagen waren. Ein runder Blumentopf, aus dem Geranien rot und weiß blühend herabhingen. „Sein Versteck, das wohl jeder im Dorf kannte, weil er ihn schon mal auf den Zehenspitzen da herumhantieren gesehen hat. Den Traktor mit knatterndem Motor dicht vor dem Tor." Kendzierski langte nach dem Schlüssel. „Wir räumen uns ja untereinander nicht die Bude aus oder tun uns etwas an." Der Winzer stockte. „Hoffentlich." Mit gedämpfter Stimme hatte er das hinterhergeschoben.

Als Kendzierski gerade den Schlüssel im Schloss bewegte, merkte er, dass sich aus dem Strom der Menschen zwei Personen herausschälten, die auf sie zukamen. Bach schien das auch aufgefallen zu sein. Er ging ihnen entgegen.

„Die wollen bestimmt etwas aus dem Kühlwagen holen. Ich versuche, sie los zu werden, und komme dann hinterher."

Kendzierski nickte und verschwand durch das Türchen. Den Schlüssel zog er ab und schob ihn in seine Hose. Wolf würde ihn anbrüllen, wenn er das erfuhr. Der Schlüssel. Wenn sich an dem Fingerabdrücke befunden hatten, dann waren die jetzt von seinen überdeckt und unbrauchbar. Er spürte die Hitze, die ihm in den Schädel schoss. *Reiß dich zusammen, Kendzierski, und denk nach, bevor du dich blind in die nächste Aktion hineinstürzt!* Er drückte die Tür hinter sich zu. Dunkelblaues Kopfsteinpflaster. Zwei lichte Oleander mit vereinzelten rosa Blüten. Es sah alles ordentlich und gepflegt aus. Die Holztürchen der Seitengebäude und das Scheunentor waren im gleichen dunklen Grünton gestrichen. Die Farbe wirkte relativ frisch. Eine Treppe aus dem gleichen roten Sandstein, wie er die Fenster einrahmte, führte hinauf zur Haustür aus Alu und Ornamentglas. Die Treppe war überdacht. Das Gestänge, auf dem das kleine Wellblechdach ruhte, war auch dunkelgrün gestrichen. Er spürte deutlich den fester werdenden Herzschlag in seiner Brust, als er die Stufen hinauf zur Haustür nahm. Er drückte die Klinke nach unten. Auch die war zu. Er tastete nach dem Schlüssel in seiner Hosentasche. Der passte auch hier. Er musste tief durchatmen. Der Blick auf seine rechte Hand mit dem Schlüssel verriet ihm, dass die Anspannung zugenommen hatte. Sie zitterte deutlich. Mehr noch als vorhin. Das Hämmern seines Herzens unterstrich diesen Eindruck. Was musste er auch hier herumschnüffeln? Draußen sollte er stehen. Vor dem Kühlwagen mit der Leiche und abwarten, bis der Wolf das alles übernehmen würde. *Wir halten Sie auf dem Laufenden, Herr Kollege.* Damit hatte er sich noch nie abfinden können, warum dann also ausgerechnet jetzt? Er schüttelte den Kopf. Der Wolf konnte sich um den ganzen Rest des Falles kümmern. Aber er wollte zumindest wissen, was da drinnen passiert war und warum der Täter den Warmen Schorsch im Kühlwagen aufgebahrt hatte. Im Schlafanzug, bei minus zwei Grad. Viel Zeit würde im dafür nicht bleiben. Er musste sich also beeilen, um rechtzeitig wieder draußen zu sein, bevor der Wolf mit dem großen Aufgebot vor dem Tor stand.

Vorsichtig drückte er die Haustür auf. Der verbrauchte Atem eines alten Hauses schlug ihm entgegen. Sein Herz kämpfte hämmernd dagegen an. Er schnaufte laut. In dem dunklen Flur roch es nach Gebratenem. Kühle Luft, die den Geruch konservierte, ihn langsam vermischte mit den gesammelten Gerüchen der Jahrzehnte. Der Geruch alter Menschen in ihren alten Häusern. Die modrige Feuchtigkeit der betagten Gemäuer. Der frische Geruch von scharf angebratenem Fleisch. Oder einer Wurst.

Der Flur wirkte nach der Helligkeit draußen düster. Seine Augen gewöhnten sich langsam daran. Über den schwarz-weiß gesprenkelten Terrazzoboden tastete er sich vorsichtig voran. Kleine Schritte, die er leise setzte, während sein Blick herumirrte. Vor sich über den Boden, den Weg kontrollierend, damit er nicht über irgendetwas fiel, etwas zertrat, eine Spur zerstörte. Immer wieder rissen sich seine Augen los, vom schwarzweißen Durcheinander, über das seine Füße schlichen. Sein Blick vermaß die Wände, den schmalen Flur. Verblichene, große Muster in Ockergelb. Eine Tapete aus den Achtzigern, die sich an einigen Stellen schon gelöst hatte. Oben im Übergang zur Decke und unten an den grauen Sockelleisten. Ein paar Haken links an der Wand markierten eine Garderobe. Eine grüne, abgewetzte Arbeitsjacke hing da und ein brauner Mantel. Rechts führte eine dunkle Holztreppe nach oben. Das Geländer ruhte auf dünnen, schwarzen Eisenstäben. Ein gleichmäßiges Gitter bildete es rechts neben ihm.

Drei Türen gingen vom Hausflur ab. Gleich links nach der Garderobe die erste. Sie stand offen. Die beiden anderen, eine geradeaus, die zweite rechts am Fuß der Treppe, waren verschlossen.

Weiter in kleinen tastenden Schrittchen schob er sich vorwärts. Seine Hände blieben eisig kalt. Sein Körper schien sie von der Versorgung endgültig abgetrennt zu haben. Andere hatten es nötiger, das frische Blut. Sein Kopf, sein Magen auch. Ein Geräusch hatte sich in seine Ohren verirrt. Er verharrte abrupt in der Bewegung. Das ganze Gewicht auf dem linken Fuß, den rechten leicht angehoben. Starr stand er so da, im dusteren Flur. Seinen eigenen Atem konnte er hören. Das Pochen seines Herzens. Er versuchte die Luft anzuhalten. Für einen kurzen Moment nur, um besser hören zu können. Da war jemand! Ganz sicher. Kein wirklicher Laut. Der Hauch einer leisen Bewegung. Gleich hier, ganz nahe, um die Ecke, die offene Tür links.

17.

Sie war heute ganz besonders früh schon aus dem Haus gegangen, um die notwendigen Einkäufe für das Wochenende zu tätigen. Viel brauchte sie ja nicht für sich alleine. Ein halbes kleines Brot, Butter, Käse und ein Pfund Kaffee. Aber auch das musste erst erledigt werden. Bis zum Supermarkt am Ortsausgang war es ein gutes Stück zu Fuß. Wach war sie meistens ab fünf. Eine halbe Nacht in leichtem Schlaf reichte ihr völlig aus. In ihrem Alter brauchte man nachts nicht mehr so viel Ruhe, wenn schon der ganze Tag ruhig war. Um Punkt acht war sie auf die Straße getreten.

Das Kopftuch unter dem Kinn verknotet, im hellen dünnen Sommermantel. Trotz ihres Alters kam sie noch gut voran, weil sie nicht wie die anderen mit jedem Lebensjahrzehnt auch ihr Gewicht verdoppelt hatte. Immer noch schmal und sehnig war sie, wie vor sechzig Jahren als junge Frau. Ihren schwarzen Wagen mit den zwei großen Rollen zog sie hinter sich her den Berg hinauf. Schnelle Schritte, eilig gesetzt. Vor ein paar Jahren hatten sie die anderen belächelt wegen ihres Gefährts. *Die Gehhilfe zum Ziehen brauchst du doch noch nicht.* Mittlerweile hatten die meisten so ein Wägelchen. Es war allemal praktischer als ein schwerer Korb, der einem den Arm in die Länge zog.

Nach eineinhalb Stunden war sie zurück gewesen. Fast genau um 9.30 Uhr. Seither saß sie am Fenster hinter den dichten Gardinen und beobachtete den Gehweg vor ihrem Haus. Der Stuhl stand dafür am Samstag bereit und wurde den Rest der Woche über nicht von seinem angestammten Platz entfernt. Den idealen Standort hatte sie über die Jahre gefunden. Jetzt wusste sie schon nicht mehr, wie lange der Stuhl bereits an ein und demselben Platz stand. Sie bewegte ihn selbst dann nicht, wenn sie freitags die Wohnung für das Wochenende putzte. Sie führte den Staubsauger vorsichtig um diesen Stuhl herum, während sie die anderen, soweit das möglich war, zur Seite schob, um den Teppichboden im Wohnzimmer ordentlich abzusaugen. Alles schon mit dem zarten Gefühl wohliger Vorfreude in der Magengegend, das sie den ganzen Freitag über begleitete, um sich im Laufe des Samstags stetig zu steigern.

Nahe am Fenster saß sie jetzt. Den Blick nach unten auf die Straße gerichtet und auf den Gehweg neben dem Hauseingang. Ohne dass sie zu dicht an die Gardine heran musste und dadurch von unten gesehen werden konnte, entging ihren wachen Augen nichts mehr. Sie sah die, die jetzt am frühen Abend zum Schlachtfest unterwegs waren. Allzu viele davon kamen aber nicht durch ihre Straße hindurch. Deswegen saß sie ja auch nicht hier. Nicht über so viele Stunden, gebannt den Blick nach unten gerichtet. Jeden Samstag, seit so vielen Jahren schon. Manchmal nur ganz kurz und manchmal eben länger, so wie heute. Sie wusste gar nicht so genau zu sagen, was besser war. Der schnelle Erfolg oder das bange, ausgedehnte Warten. Die sich stündlich steigernde Anspannung, die sie ganz gefangen nahm. Die sie unfähig machte, auch nur für einen kurzen Moment den Platz am Fenster zu verlassen. Sie hielt es hier auch zehn Stunden aus. Nicht einmal zur Toilette brauchte sie in dieser Zeit. Ihr Körper hatte sich ganz darauf eingestellt. Auf das Warten, das Schauen und die zweifelnde Ungewissheit. Auch in diesem Moment kam sie wieder in ihr auf. Sollte es gerade heute anders sein als in den vielen Jahren zuvor? Gerade heute? Sie spürte, dass ihr dieser Gedanke Schmerzen bereitete. Ein zarter Stich in der Magengegend. Eine spitze Nadel, die ihr da hineinfuhr. Sie seufzte laut, blinzelte aber nur kurz, um die wenigen Meter Gehweg direkt unter ihr weiter fest im Blick zu behalten.

Das bekannte Geräusch ließ ihr Herz schlagen. Das dumpfe Poltern unten zauberte ein Lächeln auf ihr Gesicht. Immer am Samstag, manchmal vormittags, manchmal nachmittags und selten so spät wie heute.

18.

Kendzierski versuchte leise einzuatmen. Die Luft, die sein Körper gierig verlangte. Ausgezehrt. Ganz langsam schob er sein rechtes Bein nach vorne und versuchte es geräuschlos abzusetzen. Seinen Oberkörper ließ er folgen, in Zeitlupe. Zentimeter für Zentimeter. Nur noch ein kleines Stück. Dann musste es reichen, um einen vorsichtigen Blick in den Raum werfen zu können. Der andere lauschte auch. Reglos gespannte Stille. Der Täter, der sich hier drinnen eingeschlossen hatte! Kaum. Jemand, der suchte. Still und leise. Das schon eher. Solange hier noch keine Polizei war. Also hatte er doch mal wieder richtig gelegen. Sein Gefühl, bloß nicht auf den Wolf zu warten. Der hier drinnen wäre ihnen ansonsten durch die Lappen gegangen. Abgehauen durch den Hinterausgang, die Scheune vielleicht. Jetzt saß er in der Falle! Hämmernd schlug sein Herz von innen gegen seinen Brustkorb. Sein Oberkörper bebte unter den gleichmäßigen Erschütterungen. Vorsichtig hob er beide Hände in die Höhe, schützend vor seine Brust. Um ihn abzuwehren, falls er auf ihn losgehen würde.

Die hellbraunen Fliesen und das Holzfurnier der Schränke in einem nur wenig dunkleren Farbton verrieten, dass es die Küche war, in der er sich befand und kramend gesucht hatte. Er war jetzt erneut zu hören. Gedämpfte Geräusche. Wieder beschäftigt. Kendzierski schob sich weiter. Atem rauschte aus seinem Mund. Viel zu laut, verdammt! Das musste er mitbekommen haben. Ein dunkler Schatten kam direkt auf ihn zugeschossen. So schnell, dass er nur zurückzucken konnte. Zum eigenen Schutz. Er riss sein Gesicht herum. Seine Arme schossen schützend nach vorne. Für einen kurzen Moment wurde es dunkel um ihn. Sein ganzer Körper war auf einen Zusammenprall eingestellt gewesen, alles bereit zur Abwehr in letzter Sekunde. Das Fauchen half seinem Kopf. Er riss die Augen auf und konnte noch erkennen, dass der Schatten an ihm vorbeihuschte. Klein, viel zu klein. Schwarz war die Katze gewesen, die die Treppe nach oben geflüchtet war.

Ein würgendes Husten kam aus ihm. Die Erleichterung musste heraus. Er schnaufte vor sich hin. Wie lächerlich musste das ausgesehen haben? Der große unerschrockene Ermittler, zusammenzuckend vor einer ängstlichen Katze. Er drehte sich nach hinten, um zu kontrollieren, dass ihn auch wirklich niemand gesehen hatte. Wer sollte da schon sein? Er war alleine hier mit seiner Anspannung und der Furcht, die langsam nur von ihm ließ. Er bebte, angetrieben von den hämmernden Schlägen seines rasenden Herzens.

Langsam schob er sich voran. Eine Küchenzeile die gesamte Wand entlang. An einem Wandschrank hing der gebogene Kunststoffgriff zerbrochen herunter. Links ein Esstisch mit zwei Stühlen. Eine farbig blumige Wachsdecke lag darauf. Die gefaltete Zeitung und eine schmale Lesebrille. Zum Tisch gehörte eine Eckbank im gleichen Kunststofffurnier wie die Küchenzeile. Rechts neben der kalkigen Spüle stand ein Teller. Brockig lag das drum herum auf der Anrichte verteilt, was der Katze bei ihrem Raubzug aus dem Maul gefallen war. Hektisch kauend und schlingend mit der Angst im Nacken vor dem, was ihr blühte, wenn er sie erwischt hätte. Eine ordentliche Bratwurst ruhte auf dem hellen Porzellan. Beide Enden ragten weit über den Tellerrand hinaus. Die Katze hatte von der gut gebräunten Oberseite reichlich abgekaut. Die Reste des gestrigen Abendessens. Die Pfanne lag gespült und umgedreht zum Trocknen neben dem Waschbecken. Eine Wurst zu viel, die er zum Auskühlen hier abgestellt hatte. Küchenzeilen hatten doch eigentlich immer die gleiche Anordnung. Er ging zwei Schritte weiter und zog den Kühlschrank auf. In einem durchsichtigen Beutel, den ein Gummiring zusammenhielt, lagen noch mehr rohe

Bratwürste. Es waren die gleichen wie draußen im Kühlwagen. Die eingeschweißten Platten. Er langte nach dem nächsten Griff, tiefer. Im Tiefkühlfach lagen noch zwei weitere Bratwurstplatten. Es wussten anscheinend fast alle, dass der Kühlwagen draußen nur notdürftig verriegelt war. Das Vorhängeschloss zur Tarnung. Oder hatten sie ihm die Bratwurstplatten gegeben? Für den Nachbarn, der ein Auge auf den Kühlwagen hat. Eher unwahrscheinlich. Verteilt wurde hinterher, wenn noch etwas übrig geblieben war. Aber doch nicht schon bevor das Schlachtfest angefangen hatte. Der Georg Fauster musste also draußen gewesen sein, am Abend, und hatte sich die Würste geholt. Ein deftiges Abendessen, der Abwasch und dann ins Bett. Im Schlafanzug lag er da draußen im Kühlwagen. Der Täter hatte ihn in der Nacht aufgesucht. Überrascht und überwältigt im Tiefschlaf.

Es blieb ihm nicht mehr viel Zeit. Er musste sich beeilen, wenn er dem Wolf nicht noch hier drinnen in die Arme laufen wollte. Schnell nahm er die Stufen nach oben. Das alte Holz der Treppe knarrte unter seinem Gewicht und den schnellen Schritten. Er gab sich jetzt keine Mühe mehr, ruhig voranzukommen. Auch hier oben trugen die Wände die gleiche ausgeblichene, gelbe Tapete. Blumige Muster der frühen Achtziger in schmutzigem Ocker und blassem Himmelblau. Die erste Tür links stand offen. Es roch nach Feuchtigkeit und Urin. Kleine helle Fliesen, eine Badewanne und hinten rechts eine Kloschüssel. Der schwarze Deckel stand offen. Drei verschlossene Türen gingen vom Flur ab und die Treppe weiter hinauf auf den Dachboden. Kendzierski drückte die nächste Tür auf. Es war stockfinster, aber trotzdem wusste er, dass er richtig war. Der eigentümliche Geruch alter Schlafzimmer. Der Schweiß der Nacht, der in den Matratzen und Federbetten festhing. Die Rollläden ließen kaum Licht hinein. Er suchte links neben der Tür nach einem Schalter. Mit dem Ellbogen drückte er ihn nach unten. Es brauchte nicht noch mehr Fingerabdrücke von ihm hier in diesem Haus.

An der rechten Wand zog sich ein massiver Kleiderschrank in dunklem Holz entlang. Etliche Türen, die mittlere mit einem großen Spiegel. Aus dem gleichen Holz war das Doppelbett. Schwer stand es mitten im Raum. Der vordere Teil des Bettes war leer. Eine rosa glänzende Decke lag glatt darüber. Zerwühlt war die Bettdecke, die auf dem hinteren Teil lag. Seine Seite. Er ging zwei Schritte weiter, der Boden knarrte unter seinen Füßen. Seine ausgetretenen Pantoffeln standen ordentlich nebeneinander am Fußende, ein Stück unter das Bett geschoben. Es sah nicht nach einem Kampf aus. Niedergerungen, um ihn dann in den Kühlwagen zu schleppen. Das dünne Kreuzworträtselheft und der Kugelschreiber auf dem Nachttisch. Die Tasse. Im Handgemenge wäre das alles sicher durcheinandergeflogen. Die Gardinen an den Fenstern gleich neben dem Bett. Ganz ordentlich hingen sie herunter. Kendzierski kniete nieder und spähte unter das Bett. Nichts außer flusigem Staub. Ein Blatt Papier! Ganz flach lag es unter dem Bett, nur eine Seite, die auch schon zarten Flaum trug. Gut getarnt dadurch. Unter äußerster Anstrengung hielt er sich davon ab, nach dem Zettel zu langen. Keine Spuren! Schwarze Linien waren zu erkennen. Vorsichtig schob er seinen Kopf weiter unter das Bett, schnaufend und schwitzend. Eine unbeholfene Zeichnung, wirre Linien, parallel, die spitz zusammenliefen und sich dadurch fanden. Durch seinen Blickwinkel, den Kopf schräg unter dem Bett, verschob sich das alles unnatürlich, kaum erkennbar. Nur langsam brachte sein überhitztes Gehirn Ordnung in die Linien vor seinen Augen. Drei ähnliche Gebilde hatte er aufs Papier gebracht.

Vielleicht sollten sie gleich aussehen, aber ganz gelungen war es ihm nicht. Schmale, langgezogene Formen, die nach oben hin in einem Bogen zusammenliefen. Wie drei Kirchenfenster sah das aus. Darunter ungleiche Strichmännchen und ein einziges Wort in Großbuchstaben: Abendmahl. Kendzierski zog seinen heißen Kopf wieder unter dem Bett hervor. Das Blatt musste schon länger hier liegen. Seine Zeichnungen zur Müdigkeit, irgendwann mal abends oder in der Nacht aufs Papier gekritzelt. Ein Bild aus dem Gedächtnis eines alten Mannes. Andere lasen oder zählten die Sterne, um einschlafen zu können.

Außer dem verstaubten Zettel sah alles absolut ordentlich und aufgeräumt aus. Das passte nicht zusammen mit dem, was sich sein Kopf zurechtgelegt hatte. Ein Chaos hatte er erwartet. Die Überreste eines Kampfes. Ein alter Mann zwar, aber noch immer stark genug für einen Rest Gegenwehr. Überrumpelt mitten in der Nacht. Ein gezielter Schlag auf den Hinterkopf. Sie hatten den Toten nicht umgedreht. Vielleicht war da eine klaffende Wunde. Mehrere Täter. Einer, der ihn hielt, während ihn der andere in den Tod schickte. Das Kissen aufs Gesicht gedrückt, bis er sich nicht mehr rührte. Aber warum dann in den Kühlwagen, wenn er doch ohnehin schon nicht mehr lebte? Kendzierski schüttelte den Kopf. Das passte nicht zusammen. Und er musste hier jetzt schleunigst raus. So viele Zimmer noch! Alleine hier oben. Vielleicht fand sich schon im nächsten die Lösung. Nur das eine noch. Der Versuch eines Kuhhandels mit der eigenen Angst. Ein Zimmer bloß noch, dann bin ich weg. Es war schon viel zu lange gut gegangen. Er hatte das Gefühl für die Zeit verloren. Wie lange war er schon hier drinnen. Zehn, fünfzehn, zwanzig Minuten? Viel länger brauchte der Wolf nicht bis hier raus. Es blieb keine Zeit mehr.

Die Tasse! Die Tasse gehörte nicht hierher, nicht in ein Schlafzimmer! Auf eine festlich gedeckte Geburtstagstafel schon eher. Zartes Porzellan, cremefarben und mit goldenem Rand, dazu die passende Untertasse, wie bei seiner Großmutter. Keine Tasse, die man abends mit ans Bett nahm. Viel zu kostbar und auch zu klein für den Wasserdurst in der Nacht. Nur dieses eine Detail noch. Er rang kurz mit sich. Alle Einwände rasch beiseite gewischt. Ganz sicher war er dann hier fertig und schnell draußen. Noch konnte er im Gewühl der Straße verschwinden, bevor der Wolf richtig da war. Den ersten ankommenden Beamten das Feld überlassen und sich schleunigst aus dem Staub machen. Schließlich wartete Klara auf ihn. Auf ihre Laune war er schon gespannt. Vorsichtig beugte er sich zur Tasse hinunter. Seine Hände hielt er hinter sich. Eine reine Vorsichtsmaßnahme, damit sie nicht doch unbedacht zulangten und nach der Tasse griffen. Er konnte sie jetzt aus nächster Nähe betrachten, aber bloß nicht anfassen. Sie sah trocken aus, kein Restchen Flüssigkeit mehr in ihr. Es musste Wasser gewesen sein. Alle anderen Getränke hinterließen beim Eintrocknen einen Rand, einen Schimmer Farbe oder sonst eine Spur. Hier sah es so aus, als ob gar nichts in der Tasse gewesen wäre. Bestenfalls Wasser. Langsam senkte er seinen Kopf hinunter. Die Hände hielt er weiter starr nach hinten. Er befürchtete ernsthaft, er könnte in einem unaufmerksamen Moment nach der Tasse greifen und damit seine Fingerabdrücke in die Ermittlungsakten bringen. Konzentriert sog er Luft durch die Nase ein. Es roch nach nichts, wenn es dieses Nichts als Geruch denn gab. Nach Wasser vielleicht oder dem Porzellan der Tasse, nach dem Schlafzimmer hier, dem Bett, nach dem alten Mann, der tot im Kühlwagen lag. Oder war da ein feiner Geruch, der nicht dazu passte?

Ein zarter Zwischenton? Er schloss die Augen und atmete noch einmal tief ein. Ganz konzentriert auf seine Nase und das, was sie vermeldete. Jetzt glaubte er wirklich, etwas riechen zu können. Einen winzigen Duft, der hier nicht hingehörte, der an der Tasse hing. Eine angedeutete Spur nur, die er nicht einordnen konnte. Oder schlichte Einbildung. Er öffnete seine Augen. Der Blick war ehrlicher mit ihm als sein Geruchssinn. Es war nichts zu sehen in der Tasse, gar nichts. Den Geruch bildete er sich ein, weil er etwas riechen wollte. Das Betäubungsmittel, das sie ihm eingeflößt hatten. K.-o.-Tropfen für den alten Mann, um ihn dann im Kühlwagen ablegen zu können. Die Temperatur kräftig nach unten gedreht, damit er erfror. Aber warum dieser Aufwand? Das machte einfach keinen Sinn. Alles viel zu kompliziert und verworren. Die K.-o.-Tropfen vielleicht noch, die ihn außer Gefecht setzten. Dann war er ihnen hilflos ausgeliefert. Sie hätten ihn danach gefahrlos töten können oder sogar einen Unfall inszenieren, damit er sich beim Sturz die Treppen hinunter das Genick brach. Aber warum mit ihm hinaus in den Kühlwagen? Aus dem Tor über den Parkplatz. Da musste nur einer zufällig querlaufen oder -fahren und schon waren sie überführt. Ein übermächtiges Risiko, um einen vielleicht schon toten alten Mann zwischen Bratwürsten und rohen Fleischbrocken aufzubaren. Die Gefahr, entdeckt zu werden. Vielleicht hatte ihn der Täter gar nicht töten wollen? Kendzierski schüttelte den Kopf. Das war ein Punkt, an dem er nicht wirklich weiterkommen konnte. Er hatte genug gesehen. Jetzt musste er schnellstens hier hinaus, bevor es dafür zu spät war.

Mit wenigen Schritten war er durch das Schlafzimmer. Das Licht drückte er mit seinem rechten Ellbogen aus. Umständlich schob er die rechte Hand unter sein T-Shirt, um damit die Türklinke zu greifen. Reichlich ungelenk musste das aussehen. Es gelang ihm aber auf diese Weise die Schlafzimmertür zuzuziehen. Jetzt war alles wieder so, wie er es auch vorgefunden hatte.

„Kendzierski!"

Er zuckte zusammen. Dabei war das doch nur Bachs Stimme gewesen.

„Kendzierski, wo sind Sie?"

„Hier oben." Er machte sich auf den Weg nach unten.

„Kommen Sie. Der Wolf muss jeden Moment da sein."

19.

Sie blieb noch immer auf ihrem Stuhl sitzen. Ganz leise und gleichmäßig ging ihr Atem jetzt. Sie war glücklich. Es war wirklich das, was sie empfand beim Anblick der Straße und des Gehweges vor ihrem Hauseingang. Ein zartes Gefühl des Glücks. Und trotzdem fühlte sie noch immer Anspannung. Sie rutschte unruhig auf ihrem Stuhl herum. Die nächsten Minuten waren die schwersten. Jedes Mal. Sie kam sich vor wie ein Kind, dem man die bunt verpackten Geschenke unter dem Weihnachtsbaum schon gezeigt hatte. *Die sind für dich, schau hin. Aber erst singen wir noch ein Lied zusammen. Und dann noch eins. Und ein Gedicht noch.* Lange, quälende Minuten, die gar nicht vorbeigehen wollten. In gespannter Vorfreude und Nervosität. Aber sie musste noch warten. Noch eine ganze Zeit lang. Sie konnte jetzt noch nicht nach unten eilen. Ihre Schritte waren auf der Treppe zu hören. Das alte Holz gab gefährlich laut knarrende Geräusche von sich. Und auch das blecherne Garagentor war nicht heimlich zu öffnen. Deswegen brauchte es Zeit, die zwischen beiden Handlungen liegen musste. Sie sollten nicht denken, dass sie nur auf diesen Moment gewartet hatte. Hier oben hinter dem Fenster und der dichten Gardine, auf ihrem Stuhl über so viele Stunden. Nach samstäglicher Routine sollte es aussehen und nicht nach Gier.

Wieder rutschte sie unruhig auf ihrem Stuhl herum. Ihr alter, drahtiger Körper bewegte sich ruckartig. Ihr Blick fiel auf den Stoß des letzten Samstags. Einen halben Meter nur war er hoch. Mit dem hatte sie neu angefangen. Ganz ordentlich die Kanten aufeinander. Das war notwendig. Wenn man von unten nicht sauber anfing, kam man nicht in die Höhe. Schwankend schief wurde es dann, bis es unter einem dumpfen Schlag zusammenbrach. Meist in der Nacht riss es sie aus dem Schlaf. Im Nachthemd versuchte sie dann zu retten, was noch zu retten war. Wenn man nicht von unten sauber stapelte, ging zu viel kaputt. Umgefallen war zwar schon lange nichts mehr, aber nur weil sie ordentlich aufbaute. Mit dem heutigen Samstag würde sie bis auf die Höhe ihrer Brust kommen. Ein wenig drunter vielleicht.

Die Haustür riss sie aus ihren Gedanken. Sie war ins Schloss gefallen. Das erkannte sie am Klang, ohne dass sie hinschauen musste. Sie standen beide unten vor der Tür. Die Mieter aus dem Erdgeschoss ihres Hauses. Sie wohnten schon seit fast fünfzehn Jahren hier. Er hatte im letzten Winter seinen 55. Geburtstag gefeiert. Keine Kinder. Dafür wäre die Wohnung auch zu klein, weil ja unten auch noch die Garage im Haus war. Direkt links im Hausflur ging es durch eine stabile Stahltür. Früher stand dort ihr gemeinsames Auto. Der Opel Ascona, auf den ihr Mann so stolz gewesen war. Rechts im Hausflur kam man zur Wohnungstür der Mieter und zur Treppe, die nach oben zu ihr führte. Ihr

Mann hatte das Haus so umgebaut, als ihre Tochter ausgezogen war. *Unsere Altersversorgung, die Wohnung im Erdgeschoss.* Nicht lange danach war er gestorben und sie froh, nicht alleine in dem Haus wohnen zu müssen. Damals war ihre Tochter noch ab und zu vorbeigekommen. Jetzt nicht mehr. Ein Anruf zu Weihnachten. Kein Kontakt weiter, schon seit vielen Jahren. Aber sie klagte nicht darüber. Sie hatte ihr eigenes Leben, war zufrieden damit. Und sie hatte ihre Samstage.

Ein wenig richtete sie sich jetzt auf und schob ihr Gesicht doch näher an die Gardine heran. Sie wollte sehen, in welche Richtung sie gingen. Wenn sie weg waren, konnte sie auch sofort nach unten. Ihr Herz vollführte Sprünge vor Freude und ihr rechtes Bein wippte nervös im Takt dazu. Bogen sie nach links ab, dann wollten sie zu ihren Freunden, die zwei Straßen weiter wohnten. Ein spontaner Blitzbesuch um diese Uhrzeit aus einer Laune heraus. Dann konnten sie auch nach einer Viertelstunde schon wieder da sein. Das kam öfter vor, wenn die gar nicht zu Hause waren. Rechts herum war besser. Dann wollten sie zum Schlachtfest, das mittlerweile im Gang war. Sie nahmen jede Feier im Dorf mit. Ausgiebig und mit schweren Schritten, manchmal ausgelassen kichernd, wenn sie zurückkamen und unten im Hausflur nach dem Schlüssel kramten. Dann hatte sie mehr als genug Zeit. Den ganzen Abend und auch noch die halbe Nacht.

Sie schob ihr Gesicht ganz nahe an die Gardine. Ihr Atem versetzte sie in leichte Bewegung. Die Spannung im ganzen Oberkörper konnte sie deutlich spüren. Sie hielt die Luft jetzt an. Falls sich ein Blick der beiden nach hier oben verirrte, würden sie sie erkennen. Die Bewegung hinter dem Vorhang, der sachte mitschwang. Für neugierig hielten sie

sie dann und das war sie nicht. Sie interessierte sich nicht für das, was sie taten. Es war ihr vollkommen egal. Wirklich. Ob sie sich nach links oder rechts vom Haus entfernten, spielte im Grunde genommen keine ernsthafte Rolle. Es bedeutete nur ein unterschiedliches Maß an Zeit. Es hing davon nur ab, ob sie mehr oder weniger bekam. Deshalb hielt sie weiter die Luft an, ganz dicht hinter der Gardine.

Sie entfernten sich nach rechts. Er auf der ruhigen Straße und sie neben ihm auf dem schmalen Gehweg, der nur Platz für einen bot. Sie hatten sich jetzt an den Händen gefasst. Es musste noch warm sein, dort draußen. Sie hatten beide bloße Arme, aber jeweils einen Pullover über den Schultern hängen. Die Ausstattung für einen langen Abend. Ausgelassen bis in die Nacht hinein auf dem Schlachtfest.

Sie lehnte sich auf ihrem Stuhl zurück, schloss die Augen und zählte in der Dunkelheit von zehn rückwärts. Dann schob sie sich langsam in die Höhe. Auf die Stuhllehne gestützt blieb sie einen Moment tief einatmend stehen. Sie hatte jetzt so lange sitzen müssen, dass sich ihr Kreislauf erst einmal an die neue Position gewöhnen musste. Sie spürte das leichte Wanken ihres Körpers. Sachter Seegang, während sie schon weiter war. Durch das Wohnzimmer in ihren schmalen Flur. An der Garderobe langte sie nach den drei Stoffbeuteln, die gebügelt und zusammengefaltet für ihren Samstag bereitlagen. Im Spiegel an der Garderobe hielt sie kurz inne, um den Sitz ihrer Frisur zu kontrollieren. Das tat sie immer, bevor sie das Haus oder ihre Wohnung verließ. Die silbergrauen Haare um ihr schmales, langes Gesicht, die ihr der Friseur jeden Donnerstag zurechtföhnte. Es passte alles. Sie lächelte ihr hageres Gegenüber an. Zufrieden sah sie aus. Leise schloss sie die Wohnungstür hinter sich. Das Gewicht des schweren Schlüsselbundes in der rechten Tasche ihrer Kittelschürze konnte sie spüren. Sie musste also nicht zur Kontrolle danach tasten. Schon heute Morgen, als sie sich auf den Stuhl am Fenster gesetzt hatte, war der bei ihr gewesen. Wie immer, weil sie keine Zeit verlieren wollte, wenn es endlich so weit war. Und außerdem hatte sie Angst, in der Aufregung das Wichtigste zu vergessen. Ohne den Schlüssel kam sie ja nicht weiter und auch nicht zurück in ihre Wohnung. Gefangen im Hausflur für die halbe Nacht. Das fehlte gerade noch.

Es wurde kühler mit jedem Schritt, den sie auf der knarrenden Treppe setzte. Im Erdgeschoss war es an warmen Tagen immer ein paar Grad kälter. Sie spürte den Unterschied ganz deutlich. Eine zarte Gänsehaut auf ihren Unterarmen. Die feinen Härchen richteten sich auf. Ihr Herz stimmte den Takt dazu an. Die letzte Stufe der hölzernen Treppe. Die gab nie ein Geräusch von sich, weil sie schon stabil auf dem festen Untergrund ruhte, den weißen kleinen Fliesen. Die Luft, die sie einsog, ließ ihren Brustkorb anschwellen. Einmal noch durchatmen für die Entscheidung, die sie jetzt zu treffen hatte. Ihr Blick wanderte zuerst nach links durch den hellen Hausflur. Er suchte die graue Stahltür, für die sie den Schlüssel an ihrem Bund bei sich trug. Sie war immer verschlossen, die Tür zur Garage. Es ging niemanden etwas an, was sich dahinter verbarg. Über die Tür, die nach hinten in den kleinen Hof führte, fand ihr Blick den Weg zurück. Er zog weiter, während sie noch immer fest stand auf der letzten hölzernen Stufe ihrer Treppe. Die gehörte noch zu ihrer Wohnung, ihrem Reich. Einen Schritt tiefer war sie schon auf neutralem Territorium. Und das betrat sie erst dann, wenn sie wusste, wohin sie wollte. Ihre Augen gaben die Richtung vor, nicht nach links zur Garage, sondern nach rechts drängten sie. Sie atmete noch einmal schnaufend ein und aus, während ihre Hand schon nach dem schweren Schlüsselbund in ihrer Schürze langte. Nur ein paar Minuten würde sie sich gönnen, in ihren Pantoffeln auf leisen Sohlen.

Ihr Heinrich hatte damit angefangen, schon gleich bei den ersten, die unter ihnen einzogen. *Ich muss doch wissen, was die mit meiner Wohnung anstellen!* Sie war ihm damals aus Neugier gefolgt und hatte die Besuche auch nach seinem Tod beibehalten. Sie gehörten dazu. Nicht jeden Samstag, nur wenn sie wirklich ganz sicher sein konnte, nicht entdeckt zu werden. Die Schlüssel gaben metallisch klimpernde Geräusche von sich. Ihr war die Wohnung egal. Sie suchte bei ihrem Rundgang durch alle Räume nicht die Macken im Parkett wie ihr verstorbener Mann. *Schon wieder in die Fliesen gebohrt. Hab ich's doch richtig gehört vorgestern!* Sie atmete den Geruch ein, die Farben, die Wärme ihrer Welt, zu der sie doch auch dazugehörte. Sie wusste fast alles über sie, obwohl sie kaum mehr als ein paar freundliche Sätze im Flur wechselten. Sie hörte ihre Schritte unter sich und erkannte am Klang, in welchem Raum sie sich befanden. Wie es dort aussah und roch. Und sie wusste noch so viel mehr über sie. Viel mehr vielleicht sogar, als beide übereinander wissen konnten.

Vorsichtig führte sie den Schlüssel in das Schlüsselloch und drehte ihn zweimal herum.

20.

Er hatte keine Lust, ihnen zuzusehen. Heute nicht und ganz sicher auch in Zukunft nicht. Die Freude daran war ihm vergangen. Er rieb sich die schmerzenden Augen.

Wieder und wieder mit seinen rauen Händen. Gezeichnet waren sie von der Arbeit. Nach Öl rochen sie außerdem heute noch, weil er am Morgen den fälligen Ölwechsel an seinem großen Schlepper gemacht hatte. Da war seine Frau noch unterwegs gewesen in der Nachbarschaft mit der brandheißen Neuigkeit, die ihr alle so gierig abnahmen. Der Halbarm-Gerd erwürgt vom Steinkamp. Vorausgeahnt haben wollten es sogar einige, dass es mal so weit kommt wegen der Äcker. Weil sie doch alle um die frei werdenden Flächen buhlten. Die Bauern aus dem Dorf, die aus den Nachbargemeinden und die Alternativen mit ihrer Genossenschaft. Und insbesondere seit klar war, dass der Fauster wirklich nach dem Herbst aufhören würde. Ein kapitaler Bock, so hatte er ihn selbst genannt gestern Abend. Einen, den er zur Strecke bringen würde. Vor seinem Hoftor aber hatte er vergebens gestanden. Er war nicht zu Hause gewesen und damit hatte sich doch das ganze Unheil schon angekündigt. Jetzt war ein ganzer Tag vorbei und alles war auf den Kopf gestellt. Deswegen saß er hier. Weil er die Stille brauchte, um selbst zur Ruhe zu kommen und weil er den Vorwurf in ihrem Blick nicht mehr ertragen konnte. *Was willst du denn da gesehen haben? Hast du dir einen gezwitschert auf dem Hochsitz? Oder haben dir die engen kurzen Hosen der Läuferinnen den Sinn vernebelt und den Blick noch dazu?* Sie hatte ihn böse angefaucht dabei und ihn dann stehen gelassen. Mittagessen hatte sie ihm keines gemacht. *Koch dir deinen kapitalen Bock doch selber.* Ihr böses Grinsen dazu sah so aus, als ob sie ihm diese Niederlage gönnen würde und sich selbst daran erfreute. Nur, dass er sie da mit hineingezogen hatte, das gefiel ihr ganz und gar nicht. Seinetwegen nämlich konnte sie sich jetzt nicht mal mehr auf die Straße trauen. Die lachten doch alle über sie.

Seine Augen tränten. Jetzt würde er die beiden Alten in ihrem motorisierten Liebesnest durch das Fernglas ohnehin nicht erkennen können. Selbst dann nicht, wenn seine Stimmung besser gewesen wäre. Mit der flachen Hand schlug er mehrmals gegen den Bretterverschlag seines Hochsitzes. Dumpfe Hiebe, die gut taten. Er schlug noch einmal gegen das Holz, fester jetzt. Der Ballen seiner rechten Hand schmerzte, spitze Stiche, die ihm zeigten, dass doch noch ein wenig Kraft in ihm war. Er hatte um alles kämpfen müssen in seinem Leben. Nicht so wie die anderen. Sein Vater hatte ihm nur ein paar Fetzen Land mit auf den Weg gegeben, keinen stattlichen Hof, riesige Äcker und ordentliche Weinberge. Das, was er heute hatte, war von ihm ganz alleine erschaffen worden. Das saubere Gehöft und der solide landwirtschaftliche Betrieb. Für jede Parzelle, mit der er ihn in den letzten knapp dreißig Jahren erweitert hatte, konnte er jetzt und hier sofort erzählen, wie er an sie gekommen war. Kleine Anekdoten und abendfüllende Geschichten um jedes Stück mehr, das er unter seinen Pflug nehmen durfte. Viel war auf diese Weise zusammengekommen und um die meisten Äcker hatte er kämpfen müssen.

Nur heute war der Kampf schmutziger geworden. Zu viele rangen und brauchten immer mehr. Es wurden zwar jedes Jahr weniger, aber die Übrigen hatten einen kaum zu stillenden Hunger. Vor allem, seit sie nicht mehr mit den gleichen Waffen gegeneinander antraten. Noch vor zehn Jahren war klar gewesen, wie hoch man bei der Pacht gehen konnte. Es war eine ganz einfache Rechnung. Jeder wusste, wie viel auf einem Hektar an Getreide oder Rüben zu ernten war. Die eigenen Kosten abgezogen blieb ein Höchstbetrag für die Pacht übrig, den keiner überbieten würde. Es sei denn, er war nicht ganz klar im Kopf. Davon hatte es aber damals keinen gegeben. Man musste ja auch für seine Arbeit noch einen Lohn bekommen. Wovon sollte die Familie denn sonst leben? Der Steinkamp und seine Kohlköpfe hatten das kaputt gemacht mit ihren astronomischen Angeboten. Und jetzt noch die Biogas-Anlage. Er schlug noch einmal fest gegen die Bretter. Die schmale Klappe im Holz direkt vor ihm wippte dadurch auf. Wenn die Anlage stand, würden sie hier auf der großen Weite gar nicht mehr zum Zug kommen. Er und die anderen Bauern, die nur Getreide und Rüben anbauten. Es war jetzt vielleicht die letzte große Chance für Jahre. Und so leicht, wie sie sich das vorstellten, würde er die Waffen nicht strecken. Da musste schon mehr kommen als der eine anonyme Anruf von vorhin. Das feige Schwein! *Du sollst die Äcker vom Fauster nicht kriegen! Hab dich gestern vor seinem Hoftor herumlungern gesehen. Der Fauster erfährt es von mir, dass du dem Gerd nicht helfen wolltest. Still zugesehen hast du auf deinem Hochsitz, wie ihm der Steinkamp an die Gurgel gesprungen ist. Zum Glück für dich, dass er es überlebt hat, sonst hätte ich dich gleich angezeigt. Jetzt warte ich noch damit. Wirst dich brav zurückhalten und kein Gebot abgeben. Lass deine Finger davon, dann bleib ich schön still und leise.* Dumpf hatte die Stimme geklungen vorhin. Verstellt und den Hörer dick umwickelt. Das bellende Lachen hatte er noch jetzt im Ohr.

Der Lärm auf dem Betonweg riss ihn aus seinen Gedanken. Um diese Uhrzeit an einem Samstag, wenn im Dorf alle zum Schlachtfest strömten. Vorsichtig drückte er die Klappe nach außen. Auf den hätte er jetzt nicht getippt. Obwohl, so abwegig war es doch wieder nicht. Der August Meierbach fand nie ein Ende. Abends nicht, und auch an vielen Sonntagen fuhr er mit irgendeinem Gerät umher. Er war jetzt vorbei. Der Meierbach lachte bellend, manchmal überschlug sich das Ganze und klang dann wie ein Husten. Das Lachen hatte ihn verraten. Er stieß sein Jagdgewehr durch die Luke und suchte ihn durch sein Zielfernrohr. Die Heckklappe seiner Kabine stand offen. Jetzt hatte er seinen Hinterkopf genau im Fadenkreuz. So schnell war es zu Ende. Wie sicher und zufrieden der sich wohl auf seinem gepolsterten Sitz fühlte? Den einen Gegner schon aus dem Weg geräumt mit nur einem kurzen Anruf. Wahrscheinlich pfiff er sich gerade ein kleines triumphierendes Liedchen dazu und fuhr in Gedanken die Flächen schon einmal ab. Die vielen schönen Äcker vom Fauster, auf denen er die neue Einsaat besorgen wollte.

Er spürte ein leichtes Zucken in seinem rechten Finger, der den Abzug schon sachte berührte. Er würde gar nicht mehr viel spüren. Eine Überraschung vielleicht für den Bruchteil einer Sekunde, kaum Schmerz. Dafür ging das zu schnell. Sein Traktor würde sicher noch ein Stück weiterfahren, auch ohne sein Dazutun. Vielleicht sogar die fast 500 Meter bis zur nächsten Wegekreuzung. Bis dahin war er längst schon tot.

Er drückte die Augen einmal fest zu und riss sie sofort wieder auf. Vom Meierbach würde er sich nicht einschüchtern lassen. Er bewegte den Lauf seines Jagdgewehres ein kleines Stück, um ihm durch das Zielfernrohr weiter folgen zu können. Dann drückte er ab. Schnell zog er sein Gewehr zurück und schloss die Klappe. Bis zur Kreuzung würde er ganz sicher noch kommen. Dann spätestens war sein rechter Hinterreifen platt. Den Schuss hatte er ganz sicher nicht gehört, dazu war sein alter Traktor viel zu laut. Aber spätestens beim Flicken des Reifens würde er merken, was passiert war. Eine ernsthafte Warnung, die der ganz sicher verstand. Wer sich mit ihm anlegte, der zog den Kürzeren.

21.

„Jetzt haben wir unseren Toten, den wir gestern schon einmal für ein paar Stunden hatten."

Kendzierski blickte in Bachs Gesicht. Sie hatten den Tatort hinter sich gelassen und waren zusammen auf dem Weg durch die Menge. Die ersten beiden Wagen der Kripo waren eingetroffen, kurz nachdem sie das Haus vom Fauster verlassen hatten. Unauffällige Zivilfahrzeuge, wie sie sie angefordert hatten. Der Wolf war noch nicht dabei gewesen. Er kam von zu Hause und etwas später nach. Kendzierski hatte den Beamten kurz Bericht erstattet und dann die Möglichkeit genutzt, sich dem Bach anzuschließen, der zurück zu einem der Wurstkessel musste, an dem er seine Helfer-Schicht fortzusetzen hatte. Sobald der Wolf sie brauchte, würden die Beamten sich melden.

In der Nähe von Bachs Kessel wartete auch Klara auf ihn, wahrscheinlich die Zornesröte im Gesicht. Er hatte eben versucht, sie über das Handy zu erreichen, das er wieder von der glänzenden Daunenweste zurückbekommen hatte. Schon nach dem ersten Klingeln war ihre Mailbox dran gegangen. Mit ihren Einstellungen stimmte ganz sicher alles. Sie hatte ihn einfach weggedrückt.

„Gestern war es der Gerd Nachtmann. Ein Kollege von hier. Es wurde rumerzählt, er sei erwürgt worden auf seinem Feld. Das Schlachtfest sollte deswegen schon abgesagt werden. Dann hieß es, er sei noch am Leben, alles halb so schlimm." Der Bach hatte geflüstert und sich immer wieder umgesehen, während er redete.

„Wer soll ihn erwürgt haben?" Das war zu laut gewesen. Rechts neben Kendzierski drehte sich eine junge Frau nach ihnen um. Große, offene Augen, ein erstaunter Blick, der sich zu einem amüsierten Grinsen verzog. „Wer?" Das war jetzt ganz leise aus ihm gekommen. Deutlich besser.

„Ach, Kendzierski. Hier drehen sie langsam alle durch." Bach winkte ab und schüttelte unterstützend den Kopf dazu. Ein Stück gingen sie schweigend nebeneinander.

„Sie können doch jetzt nicht so anfangen und mich dann verhungern lassen. Und schon gar nicht, wenn da einer tot im Kühlwagen gefunden wird!"

Er sah den Bach weiter an, während sie sich in kleinen Schrittchen voranschoben. Bachs Gesichtsausdruck verriet seine Anspannung. Der rang mit sich. Spätestens nachher, wenn der Wolf sie zurückbeordern würde, musste er ohnehin heraus mit allem. Er schnaufte neben ihm. Das war trotz des lärmenden Getümmels deutlich zu hören gewesen.

„Der Fauster wollte seinen Betrieb aufgeben." Er hielt schon wieder inne. „Keine Kinder. Er alleine. Da waren alle scharf drauf. Ein gutes halbes Dutzend Jäger, die alle dem gleichen Hasen nachstellten. Das konnte nicht gut gehen." Der Bach schüttelte wieder den Kopf. Dann sah er ihn direkt an. „Alle hatten sie Angst, dass er die Äcker und Weinberge einem anderen gibt. Das war eine Panik, ein Belauern, eine Anspannung die letzten Wochen. Und gestern ist es eskaliert. Der Steinkamp soll dem Nachtmann an die Gurgel gegangen sein. Erwürgt zwar nicht, aber doch nicht weit davon entfernt. Der Steinkamp und seine Alternativen bauen Gemüse für den Eigenverbrauch und ihren kleinen Handel an. Das läuft anscheinend so gut, dass sie wahnwitzige Pachtzinsen anbieten, um sich vergrößern zu können. Die dreißig Hektar vom Fauster sind eine Nummer zu groß für sie, aber allen machen sie doch Angst damit." Der Bach stockte. Er sah sich wieder um und kontrollierte, ob ihnen einer zuhörte. Ein bekanntes Gesicht neben oder hinter ihnen? Nichts. Dann fuhr er fort. Flüsternd, sodass es kaum zu verstehen war, im Lärm der murmelnden Masse. „Ich habe den Fauster auch angerufen, Anfang der Woche. Er hat ein paar schöne Weinberge, gute Lagen für die ich mein Interesse signalisiert habe. Da hat er getönt, was der Steinkamp ihm für die Äcker zahlen will. Das kann sonst keiner und er macht den Preis kaputt, wenn er damit durchkommt. Für weniger als die Summe, die er aufruft, wird in Zukunft keiner mehr ein Stück Ackerland verpachten wollen." Der Bach sah sich noch einmal schnell um. „Und im nächsten Jahr soll auch noch eine Biogas-Anlage auf dem Oberfeld gebaut werden. Die haben einen riesigen Bedarf an Flächen. Mais für die Stromproduktion. Wo solche Anlagen entstehen, schießen die Pachtpreise in die Höhe. Der Steinkamp und seine Hobby-Bauern sind da ein Witz dagegen."

Jetzt standen sie. Es wurde immer enger. Keinen Schritt mehr ging es voran. Dicht gedrängt. Und es war noch ein gutes Stück.

„Kommen Sie, wir schieben uns nach rechts durch. Wenn wir da die Straße runtergehen, kommen wir von hinten vielleicht schneller heran. Zumindest sind wir aus dem Getümmel raus. Mir ist das zu eng hier." Der Bach gab die Richtung vor. Sie drückten sich mühsam voran, gegen Widerstand. Kendzierski atmete durch, als der Druck nachließ. Er fühlte die Nässe auf seinem Rücken ganz deutlich, wo sie nun der Enge endlich entronnen waren. Ihr Vowärtskommen ähnelte jetzt einem Slalomlauf. Zu dicht gesteckt standen die lebenden Stangen. Ihre Bewegungen erschwerten das Fortkommen zusätzlich. Schon nach weiteren hundert Metern konnten sie wieder nebeneinander laufen.

„Meinen Sie, dass ihn jemand deswegen umgebracht haben könnte?"

Der Bach blieb stehen und sah ihn an.

„Bis gestern hätte ich sofort und entschieden Nein gesagt." Er zuckte mit den Schultern. „Aber bis gestern habe ich auch geglaubt, dass man sich wegen ein paar Hektar Ackerland nicht an die Kehle geht." Bach machte keine Anstalten, weiterzulaufen. Sie standen mitten auf der Straße. Die nach oben strömenden Menschen wichen ihnen aus. Ein hoch aufgeschossener Jugendlicher mit spiegelnder Sonnenbrille rempelte Kendzierski an. Herausfordernd grinste er dabei aus einem pickeligen Gesicht. *Komm doch, wenn du was willst!*

„Ich kann es mir trotzdem nicht vorstellen."

Schweigend liefen sie ein Stück weiter und bogen dann nach links ab.

„Durch das nächste schmale Gässchen kommen wir fast genau am Kessel an." Der Bach warf einen Blick auf seine Uhr und schnaufte. „Zwei Stunden geht meine Schicht noch, dann kommt hoffentlich pünktlich die Ablösung. Ich habe noch mehr als genug im Keller zu tun." Er seufzte hörbar. „Es ist die denkbar schlechteste Zeit für ein solches Dorffest. Früher war es eine ganz schöne Abwechslung, Anfang Oktober, eine Verschnaufpause nach der ersten Phase der Weinlese. Noch mal zusammensitzen, bevor es dann so richtig losging draußen im Weinberg. Mittlerweile ist das Schlachtfest der drei Metzger und der Ortsvereine so riesig, dass man zum Durchatmen kaum noch kommt. Aus dem ganzen Rhein-Main-Gebiet reisen sie hierher auf die Fressmeile. Weil es so schön urig hier ist. So dörflich rustikal und deftig. Und das noch parallel zur Lese. Ich bin froh, wenn ich nachher wieder in meinem Keller bin."

Still trotteten sie nebeneinander weiter. Kendzierski hatte nur halb zugehört, wenn überhaupt. Er war mit seinen Gedanken noch irgendwo zwischen dem Kühlwagen und dem Schlafzimmer des Opfers unterwegs. Auf den Laufwegen des Täters, der den alten Mann mit sich schleifte, um ihn auf dem grauen Gummiboden des Anhängers abzulegen. Ordentlich und gerade aufgebahrt. Sein Werk zum Abschluss betrachtend, um dann die Tür zu schließen. Das Vorhängeschloss, die Temperatur heruntergefahren. Das machte der doch nur, wenn er sein Opfer umbringen wollte? Ansonsten lag darin kein Sinn. Er musste noch gelebt haben, der Georg Fauster, als der ihn in den Wagen verfrachtete. Aber das machte doch noch viel weniger Sinn? Wenn der erwachte und dann laut schrie und brüllte? Zu viel Risiko das alles für einen kühl kalkulierten Mord. Oder eine bewusste Symbolik, die aber nicht einmal der Bach verstanden hatte. Der Warme-Schorsch in eisiger Kälte. Eine ganz persönliche Angelegenheit zwischen dem Täter und seinem Opfer. Das Erfrieren im Kühlwagen. Die Rache für die drei Platten Bratwürste, die er sich aus dem Wagen geholt hatte. Kendzierski schüttelte entschlossen den Kopf. Es drehte sich jetzt alles in seinem Schädel. Sein Gehirn beschleunigte die Bilder. Sie schossen vorüber, immer schneller. Ihm wurde schwindlig bei dem Versuch, Einzelbilder festzuhalten. Sie entwichen, ließen sich nicht fassen. Warum nur konnte er das nicht einfach hinter sich lassen? Eine kalte Schlachtplatte wartete auf ihn, ein warmer Silvaner dazu und die zornige Klara. Das war mehr als genug Ablenkung für den restlichen Abend. Wolf und die Kripo konnten sich um den Rest kümmern. Ihr Fall und ihr Wochenende, das jetzt ruiniert war, nicht seins.

„Ich habe noch zehn Rotweinbottiche zu bearbeiten. Morgen wollen wir die keltern. Sie sollen nicht zu rau werden. Zu viele Gerbstoffe aus den Schalen, wenn sie noch länger stehen.

Achtmal am Tag muss ich die Maische durcharbeiten, damit die aufgeschwemmten Beerenhäute wieder in Kontakt mit dem fast durchgegorenen Rotwein kommen. Der soll noch ein wenig Farbe und Aroma herausholen. Bevor ich hierhin bin, habe ich schon einen Durchgang absolviert. Nachher steht der nächste an." Der Bach sah ihn im Laufen an. „Aber eigentlich müssten Sie das ja noch kennen. So lange ist es noch nicht her." Er stockte und suchte nach den richtigen Worten. „Sie waren damals oft mit im Keller und ich jedes Mal wieder froh, wenn ich Sie los war." Bach grinste. „Ich habe damals geglaubt, Sie hielten mich für den Täter und warteten nur darauf, dass ich einen Fehler mache. Und dann wollten und wollten Sie nicht gehen." Er schüttelte den Kopf. „Ich verbinde den ganzen Weinjahrgang mit Ihnen. Das ist die Erinnerung des Winzers. Von Jahrgang zu Jahrgang. Und im Rückblick ist er gar nicht so schlecht geworden, Ihr Jahrgang. Ich habe noch ein paar Rote von damals im Lager. Wir sollten mal eine Flasche zusammen aufmachen."

Kendzierski nickte ihm zu. Die guten alten Zeiten und zwei knorrige Bekannte in Erinnerungen schwelgend. Es war kaum der richtige Zeitpunkt dafür.

„Wie sieht der denn aus?" Bachs Blick war starr nach vorne gerichtet. Er versuchte ihm zu folgen, konnte aber den Grund für sein Erstaunen nicht ausmachen. Es waren zu viele Menschen auf der Straße unterwegs.

„Dort drüben an der Hauswand." Bachs rechter Zeigefinger wies ihm den Weg. Jetzt erkannte er einen Mann. Der musste gemeint sein. Er lehnte, leicht nach vorne gekrümmt, links am übernächsten Haus. „Das ist der Carsten Kock, einer von Steinkamps Leuten." Bach beschleunigte sein Tempo. Er versuchte, Schritt zu halten, während er den entgegenkommenden Menschen auswich. Nur sie schienen vom Kock Notiz genommen zu haben. Alle anderen beachteten ihn nicht. Sie waren jetzt nicht mehr weit weg von ihm. Zehn Meter vielleicht und kaum noch andere Personen zwischen ihnen. In diesem Moment hob er den Kopf und starrte in die Richtung, aus der sie auf ihn zueilten. Jetzt erst konnte Kendzierski ihn sehen. Er hatte die ganze Zeit den Kopf gesenkt gehalten. Das verschmierte frische Blut ließ seinen Kopf fast leuchten. Hellrot vom Kinn bis hinauf in die Haare, die hinten zu einem Zopf zusammengebunden waren. Sein rechtes Auge war zugeschwollen. Im linken konnte er das Weiß des Augapfels erkennen. Es hob sich deutlich vor dem blutigen Hintergrund ab. Ihr Anblick ließ es noch größer werden. Das Auge weit aufgerissen, richtete er sich aus der gekrümmten Haltung auf und rannte los. Die ersten Schritte ähnelten noch einer gleichmäßig schnellen Schrittfolge, dann verfiel er in ungleiche, hastige Sprünge. Das linke Bein hielt er dabei gestreckt.

22.

Sie war schon bis ins Schlafzimmer vorangekommen. Ein Raum nach dem anderen. Küche, Bad und die dunkle kleine Abstellkammer. Gut zehn Minuten hatte sie sich dafür Zeit genommen. Sie sah immer wieder auf die Uhr an ihrem dünnen, sehnigen Handgelenk. Zur Kontrolle bloß, dass sie das Schicksal nicht unnötig herausforderte. Zwanzig Minuten, vielleicht noch ein paar mehr, aber dann musste Schluss sein. Es ging ja noch in der Garage weiter. Ohne Gefahr, wenn sie es wollte die ganze Nacht, bis ihr die Augen zufielen.

Das hier diente doch nur der Auffrischung. Sie kannte alles. Jedes Möbelstück, jeden Teppich, die Farbe der Tapeten, die Buchrücken im Wohnzimmer. Die Bilder in ihrem Kopf waren alle noch da. Sie hatten nur ein wenig Farbe verloren. Das taten sie immer über die Wochen, die sie nicht hier runter in ihre Wohnung kam. Sie blichen ganz langsam aus. Tag für Tag kam ihnen ein klein wenig ihrer Strahlkraft abhanden. Wahrscheinlich würden sie dann irgendwann als verblichene Schwarz-Weiß-Bilder in ihrem Kopf erhalten bleiben. Vergilbt wie die alten Fotografien in einem geerbten Album. Aber das war nur schwer vorstellbar. Dafür hatte sich das alles zu tief in sie eingeprägt. Fest gespeichert. Die Bilder in Farbe und die Gerüche dazu. Es gab einen Grundgeruch, der ihnen und ihrer Wohnung anhaftete. Wenn die beiden aus der Wohnungstür kamen, brachten sie ihn mit sich heraus. Der verharrte dann auch ohne sie sich selbst überlassen im Flur. Wenn sie selbst gleich darauf in den Hausflur herunterkam, glaubte sie fast bei ihnen in der Wohnung zu stehen. Raum für Raum konnte sie die Bilder abrufen, bis ins Detail.

Aber es war doch nicht das Gleiche. Das merkte sie jetzt. Der Grundgeruch ihrer Wohnung variierte von Zimmer zu Zimmer. Kleine Nuancen, die sie nur dann wahrzunehmen vermochte, wenn sie wirklich hier drinnen stand, im Schlafzimmer oder im Wohnzimmer. So feine Unterschiede, dass sie morgen zwar noch von ihnen wusste, sie aber nicht in sich erhalten konnte. Sie brachte es einfach nicht fertig, die minimalen Variationen in ihrem Gedächtnis zu konservieren. Stets abrufbreit. Auch jetzt nicht, wo sie wieder einmal mit verschlossenen Augen konzentriert Luft in sich hineinsog. Auch das half nichts. Sie hatte es ja schon so oft auf genau diese Weise versucht.

Während sie ausatmete, schlug sie ihre Augen auf. Sie stand an der Schwelle zum Wohnzimmer. Hier hielt sie jedes Mal kurz inne. Ihr Blick suchte sich einen Weg quer durch den Raum. Ein Stück über das glänzende Stäbchenparkett bis zum tiefen, weißen Teppich. Den pflegten sie besonders. Er sah nach drei Jahren immer noch aus wie neu. Zweimal in dieser Zeit hatte sie es an einem Samstag hier unten riechen können, dass er gerade frisch gereinigt worden war. Ihr Blick schlich weiter über den roten Ledersessel. An seiner glatten Rückseite hinauf und an dem vorderen Stück der Lehne weiter, das ihrem Blick zugänglich war. Über der Lehne lag aufgeklappt ein dicker Roman. Ein dunkelbrauner Einband, der in Farbe und Struktur das Leder imitierte, auf dem er ruhte. Das Blut von Magenza. Sie las keine Bücher mehr. Sie brauchte wirkliche Bilder in ihrem Kopf und Gerüche. Feine Details, wie sie nur die Wirklichkeit abbildete. Worte allein waren dazu nicht in der Lage. Nur, wenn sie die Bilder dazu schon in ihrem Kopf hatte, wie hier in dieser Wohnung.

Jetzt hatte ihr Blick schon die beiden Fenster erreicht. Von der hinteren Ecke des Wohnzimmers hatte man beide Straßen im Blick. Die ruhige Seitenstraße, auf die der Hauseingang hinausführte, und die stärker befahrene steile Straße zum Feuerwehrplatz hinauf. Deswegen war sie auch an der Schwelle stehen geblieben. Auf der steilen Straße liefen viele Menschen und es war noch zu hell.

Die Farbe auf den Bildern in ihrem Kopf strahlte. Sie hatte ihnen als kleines Detail die neue Lesebrille hinzugefügt, die am hinteren Rand des niedrigen, gläsernen Couchtisches zusammengeklappt lag. Sie seufzte. Schwermütig, fast ein wenig traurig hatte das eben geklungen. Sie musste über sich selbst lächeln. Es war vorbei, aber doch nur für heute. Es würden noch so viele weitere Samstage kommen. Weitere freudige Tage im gleichförmigen Leben einer alten Frau von gut achtzig. Bis zum nächsten Mal reichten auch die aufgefrischten farbigen Bilder in ihrem Kopf aus.

23.

Sie hetzten ein verletztes Stück Wild. Angeschossen, humpelnd auf der Flucht vor seinen Häschern, die ihm unerbittlich nachstellten. Durch den dichten Wald wogender Tannen, die sich ihm wieder und wieder in den Weg stellten. Ihn zum ungelenken Ausweichen zwangen, Haken schlagend. Er war langsamer, wich ihnen aber immer wieder glücklich aus. Kendzierski hatte das Gefühl, dass sich nur ihnen die Bäume absichtlich in den Weg stellten. Grinsende Gesichter dazu, die daran Gefallen zu haben schienen, wenn er waghalsige Manöver vollführen musste.

Er konnte den spitzen Schrei einer Frau hören. Vor ihnen. Sie war erschrocken zur Seite gesprungen. Aus Angst vor dem blutverschmierten Menschen, der auf sie zugestürmt war. Bach konnte nicht mehr ausweichen und stieß mit ihr zusammen. Der Aufprall schleuderte sie zu Boden. Ein weiterer gellender Schrei kam aus ihrem Mund. Kendzierski hatte die beiden jetzt erreicht. Der Bach stand über ihr. Besänftigende Gesten, eine ausgestreckte Hand, um ihr hoch zu helfen. Sie brüllte ihn weiter an. War nicht bereit, die gebotene Hand anzunehmen. Verletzt schien sie nicht zu sein. Aus eigener Kraft schob sie sich wieder in die Höhe, immer noch Verwünschungen ausstoßend.

Der Kock war weg. Menschen um sie herum. Gedrängt

und gaffend, die anderen in langsam schlendernden Bewegungen voran. Keiner, der humpelte, weiterhetzte, abgehackte, hektische Bewegungen. Alles im gleichmäßigen Fluss und nichts mehr zu sehen. Verdammt!

„Wo ist er hin?"

Der Bach neben ihm, ebenso spähend und außer Atem.

„Ich habe ihn auch aus dem Blick verloren."

Sie trabten im Slalom weiter. Die Straße entlang, die er auch genommen haben musste. Bis zum Ende. Nach links oder nach rechts weiter? Er sah in das fragende Gesicht Bachs. Der zuckte die Schultern „Keine Ahnung! Hier ist viel weniger los. Wir müssten ihn doch eigentlich sehen können." Sie schickten suchende Blicke in beide Richtungen. Erhoben sich dabei auf die Zehenspitzen.

„Der ist wie vom Erdboden verschluckt. So schnell in ein paar Sekunden." Der Bach schüttelte den Kopf.

„Kann er in eines der Häuser sein?"

„Keine Ahnung!" Der Bach ging nach rechts. Ein paar Schritte die Straße hinunter. Er folgte ihm. Ohne Ziel. Nur weil sie doch weitersuchen mussten.

„Wohnt der hier?"

„Hier im Dorf, aber weiter vorne gleich neben dem Rathaus. Ein altes Gehöft mit mehreren Wohngemeinschaften. Studenten und andere junge Leute. Vom Alter gehört er da zwar nicht rein, aber ansonsten passt es."

Noch ein paar Meter gingen sie schnaufend weiter voran. Der Bach blieb dann stehen.

„Das macht keinen Sinn. Der ist weg. Was hatte der für eine Angst!"

„Vor denen, die ihn so böse zugerichtet haben. Ich gehe nachher bei ihm vorbei. Wo soll er sonst hin, um sich zu waschen und die Wunden zu versorgen."

„Wenn das mal nicht die Abfuhr für den Steinkamp war. Der Kock musste herhalten, weil sie den nicht bekommen haben." Der Bach hielt kurz inne und kam noch einen Schritt näher an ihn heran. Jetzt flüsterte er weiter. „Würde mich nicht wundern, wenn der Gerd Nachtmann dabei gewesen war. Rache dafür, dass der Steinkamp ihm an die Gurgel gegangen ist. Der Halbarm-Gerd und ein paar Kollegen, die sich den Kock vorgenommen haben."

Es war in der Drehung, bei der es ihm auffiel. Nur aus den Augenwinkeln, eine farbliche Unstimmigkeit bloß. Dunkel der enge Zwischenraum zwischen zwei dicht beieinander stehenden Häusern. Er wusste mittlerweile, dass diese Zwischenräume von den Einheimischen Reilcher genannt wurden. Es gab sie in fast allen gedrängten Ortskernen der Landgemeinden. Ein halber Meter Raum zwischen den Gehöften, der auffiel, wo die Häuser doch ansonsten immer aneinanderklebten. Die Reilcher dienten dem Feuerschutz, um das Übergreifen von Bränden zu verhindern. Sie stammten aus den Zeiten, als noch alle Scheunen randvoll mit Stroh und Heu lagen. Manchmal wurden sie auch als Abkürzung benutzt, aber nur von denen, die keine panische Platzangst in einer solchen Enge empfanden.

Zusammengesunken kauerte der Kock rechts neben ihnen. Ein paar Meter hatte er sich hineingeschoben in den schmalen Zwischenraum. Reglos harrte er im Halbdunkel aus. Noch wähnte er sich in Sicherheit. Kendzierski ging ein paar Schritte neben Bach weiter die Straße zurück. In die Richtung, aus der sie gekommen waren. Jetzt konnte der Kock sie nicht mehr sehen.

„Er sitzt da im Reilchen." Kendzierski hatte die Worte gehaucht und dabei mit einer knappen Kopfbewegung die Richtung angedeutet.

„Ich gehe hinten herum und mache den Fluchtweg dicht. Warten Sie einen Moment." Der Bach verschwand. Kendzierski behielt die schmale Lücke zwischen den beiden Häusern im Blick. Vorsichtig schob er sich an der Hauswand entlang näher heran. Noch einmal würde der ihm nicht davonlaufen. Den musste eine riesige Angst angetrieben haben. Die Furcht vor allen Bauern im Dorf, die ihm an den Kragen wollten. Deswegen war er vor dem Bach geflüchtet. Gar nicht vor ihm! Warum auch?

Zwei Minuten waren vergangen, das musste reichen. Der Bach war jetzt sicher so weit herum, dass der Fluchtweg nach hinten versperrt war.

„Kommen Sie raus. Wir wollen Ihnen nichts antun."

Der Kock zuckte zusammen und wich zurück. Er schob sich ein Stück weiter in den engen Zwischenraum. Kendzierski blickte zuerst in die Schlucht und dann an sich hinunter. Unter dem T-Shirt zeichnete sich sein Bauch deutlich ab. Er war nicht dick! Ein wenig empört hatte sich die Stimme in ihm zu Wort gemeldet. Kaum ein paar Kilo mehr in den letzten Monaten. Der Bauch war auch davor schon sichtbar gewesen. Angedeutet unter einem so engen Kleidungsstück. Das musste Klara zu heiß gewaschen haben. Ihr Trockner ließ die Klamotten schrumpfen. Die Hitze da drinnen und die Rotation zog das Gewebe zusammen. Das wusste doch jedes Kind. Im Trockner wurde alles eine knappe Nummer kleiner. Also war auch sein T-Shirt ein- und nicht er aufgegangen. Trotzdem würde er sich da nicht hineinzwängen. Diese steinerne Enge zwischen den beiden Häusern und er als Stopfen, der die Lücke dicht verschloss. Der Kock saß auch so in der Falle. Sein hektischer Blick ans andere Ende des Reilchens verschaffte ihm Klarheit. Gefangen, kein Entrinnen. Flucht beendet. Trotzdem schob er sich noch ein Stück weiter von ihm weg.

„Kommen Sie doch raus."

Der Kock schüttelte den Kopf. Kendzierski konnte hinter sich die ersten Schaulustigen hören. *Wenn der do sich do ninn quetscht, müsse wir den aber zusamme wieder rausziehe!* Er schickte einen verächtlichen Blick in zwei grinsende Gesichter. Die dazugehörigen Kerle machten keine Anstalten weiterzugehen. Endlich mal mehr Aufregung als drei Wurstkessel und eine Schlachtplatte mit Schnutchen, Bäckchen und Nierchen.

„Haut ab!"

Er hatte gebrüllt. Noch mehr Gesichter starrten ihn jetzt an. Die beiden Grinsebacken grinsten weiter. In ihrem Blick lag etwas Herausforderndes, das ihm signalisierte, dass sie Gefallen an der Situation gefunden hatten. *Mal schauen, wie weit der noch geht. Wir zu zweit und der alleine.*

Kendzierski wandte sich wieder dem Kock zu. „Kommen Sie schon raus. Sie müssen sich verarzten lassen. Wir wollen Ihnen helfen. Da drinnen können Sie unmöglich bleiben." Er hatte versucht, seiner Stimme einen verständnisvollen Klang mitzugeben. Sanfte Töne der Überredung.

„Wer hat Sie denn so böse zusammengeschlagen?"

„Fragen Sie doch den da." Röchelnd klang das, was aus dem blutigen Mund an Worten herausgefunden hatte. Der Kock deutete mit einer kurzen Kopfbewegung an das andere Ende des Reilchens, wo der Bach stand. „Seine sauberen Kollegen waren das!" Er drehte seinen Kopf wieder hektisch, um sicherzustellen, dass der Bach ihm nicht näher kam. Er spuckte Blut. Ein zäher, roter Faden hing an seinem Kinn herunter. Den bemerkte er gar nicht. „Verschwinden Sie. Ich kann alleine zum Arzt gehen. Dazu brauche ich Sie nicht!" Jetzt rieb er sich mit der Hand über den Mund. „Und auch zur Polizei kann ich alleine. Das werden die mir büßen!"

„Ich bin von der Polizei. Sie können also rauskommen. Ich sorge dafür, dass Ihnen keiner was antut!"

Kock sah ihn verunsichert an. Den Wahrheitsgehalt der Worte abwägend, die er aufgeschnappt hatte. Der da ein Polizist? Zusammen mit einem von denen, die ihn fast totgeschlagen hatten. Die Enge in einer ausweglosen Situation. Vorsichtig schob er sich Kendzierski entgegen. Schwerfällig humpelnd. *Da kommen ja gleich noch ein paar aus dem Reilchen. Ein ganzes Nest ist da drin!* Wieder die Stimmen hinter ihm. Es war egal, was er tat. Verschwinden würden sie sowieso nicht. Und schon gar nicht, wenn der Kock erst einmal draußen war. So viel leuchtend rotes Blut. Kendzierski tat einen Schritt zurück, um den Ausgang aus der Schlucht freizugeben. *Wie sieht der denn aus?* Er konnte die zurückweichenden Bewegungen hinter sich hören. Jetzt hätte er gerne die Gesichter dazu gesehen. Der Schrecken, der in sie fuhr. In ein paar Minuten spätestens waren sie von einer Hundertschaft Schaulustiger umringt. Das, was sie am Kühlwagen so erfolgreich praktiziert hatten, bekamen sie hier nicht hin. Zuschauergedränge um das frische Blut zum Schlachtfest.

Er war jetzt fast heraus. Sein Atem ging schwer. Er räusperte sich geräuschvoll gurgelnd. Wie mussten die auf ihn eingeschlagen haben!

„Haben Sie gesehen, wer es war? Gesichter erkannt?"

Der Kock schüttelte den Kopf.

„Das ging alles so schnell. Sie haben mich überfallen. Nach dem ersten Schlag lag ich schon da. Ich bin erst wieder zu mir gekommen, als sie längst abgehauen waren."

Wieder röchelte er. Sein Gesicht verzog sich schmerzvoll.

„Sie müssen sich helfen lassen. Soll ich Sie zu einem Arzt bringen? In die Klinik nach Mainz?"

Er schüttelte den Kopf. Mit seinen Fingerspitzen tastete er vorsichtig über sein Gesicht. Sein ganzer Körper zuckte unter dem Schmerz. Der nächste Schreck kam sicher dann, wenn er sich im Spiegel sehen konnte. Kein schöner Anblick.

„Ich will erst einmal nach Hause. Bei uns im Haus wohnt ein Arzt. Der kann sich das ansehen."

Er schob Kendzierski mit seiner Linken beiseite. Jetzt erst fiel dem auf, wie groß die Zuschauermenge mittlerweile geworden war. Dicht gedrängt standen Dutzende um sie herum. Die Hinteren schoben sich wippend in die Höhe, um einen Blick erheischen zu können.

„Soll ich Sie begleiten?"

Der blutbeschmierte Kock starrte ihn an.

„Mehr als ganz totschlagen können sie mich nicht."

Er setzte kleine humpelnde Schritte vorwärts.

„Was glotzt ihr so! Habt ihr noch nie einen gesehen, den eure Bauern verhauen haben."

Er spuckte blutig aus. Die Menge wich zurück. Leise wurde getuschelt. Der Kreis, der sich um sie gebildete hatte, riss an einer Stelle auf.

„Du bist selbst schuld, dass du Prügel bezogen hast!"

Irgendwo aus der hinteren Reihe war das gekommen. Es war nicht auszumachen von wem.

„So, wie ihr euch hier aufführt!"

Eine andere Stimme, vielleicht aus derselben Ecke. Kendzierski suchte die Gesichter um ihn herum ab. Weit aufgerissene Augen allesamt. Mehr Schrecken als Genugtuung sprach aus denen. Eine große blonde Frau kam vorsichtig näher.

„Ich bin Ärztin, kann ich helfen?" Sie hielt zwei Schritte Sicherheitsabstand ein. Der Kock und die ganze Situation waren ihr anscheinend nicht geheuer. „Sie müssen unbedingt in eine Klinik. Mit Verletzungen am Auge ist nicht zu spaßen." Sie wollte näher kommen.

„Das weiß ich selber und jetzt lasst mir die Ruhe! Vorhin wollte mir auch keiner helfen. Jetzt brauche ich euren scheinheiligen Beistand nicht mehr!"

Humpelnd suchte er sich seinen Weg. Es machte keinen Sinn, ihn gegen seinen Willen in ein Krankenhaus zu schaffen. Da würde er schon ganz von selbst hingehen, wenn sein Zorn verraucht war. „So weit hat er es nicht. In ein paar Minuten ist er daheim." Der Bach hatte sich zu ihm durchgekämpft.

„Auge um Auge, Zahn um Zahn?" Bach nickte.

„Was wäre passiert, wenn der Steinkamp den Nachtmann umgebracht hätte? Hätten sie dann im Gegenzug den Kock totgeschlagen?"

Der Bach schwieg und blickte ihn an. Die Scharen zogen bereits weiter. Nickend, murmelnd, Kopf schüttelnd. Die ersten halblauten Lacher waren schon zu hören. Jetzt hatten die meisten etwas zu erzählen. Die Neuigkeit zur Schlachtplatte. Seine war jetzt bestimmt eiskalt, der Silvaner warm und Klara schon wutschnaubend nach Hause gefahren. Würde sie das machen? Ohne ihn? Ganz bestimmt nicht! Er bewegte seinen Kopf entschlossen hin und her. Dann tastete er nach seiner rechten Hosentasche. Nichts. Sie hatte den Autoschlüssel und er war sich plötzlich nicht mehr ganz so sicher, ob sie wirklich so lange auf ihn wartete.

Zusammen mit dem Bach trottete er los. Die Straße zurück, die sie ihm hinterhergerannt waren, und durch ein enges Gässchen hinauf zur Festmeile. Es wurde mit jedem Schritt lauter, den sie dem Trubel auf der Hauptstraße näher kamen. Eine stehende Menge Menschen und Lärm. Der dampfende Wurstkessel war jetzt zu erahnen. Der kleine weiße Gartenpavillon daneben. Um den musste er herum.

Der Bach war schon verschwunden dahinter. Er nickte ihm zu. Der kleine kugelige Metzger mit dem schwitzenden Gesicht redete auf ihn ein. Kendzierski konnte die schnellen Bewegungen seiner Lippen erkennen. Die Laute wurden geschluckt vom Restlärm. Er fuchtelte mit dem Messer in der Luft herum. Vielleicht war es ja auch das Schlachtfest, das sie irre machte. Alle miteinander.

Dicht gedrängt standen die Menschen weiterhin um die Essensausgabe, als ob nichts passiert wäre. Er drückte sich voran. Sie ließen ihn nur widerwillig durch. *Was muss denn der jetzt gerade da durch! Kann der nicht außen rum? Der Verdelsbutze hat wohl immer Vorfahrt! Mit uns Kleinen kann man es ja machen.*

Klara! Sie saß noch da. Es war ein mulmiges Gefühl, das sich aus seinem Magen meldete. Nicht der Hunger. Der war ihm vergangen. Den schiefen Onkel Hans hatte sie jedenfalls gefunden. Er hatte seinen rechten Arm um sie gelegt. Rosig leuchtende Wangen, die ihm verrieten, dass das leere Glas vor ihr, nicht der erste ausgetrunkene Silvaner sein konnte. Sie lachte kurz auf, bis sie ihn sah. Die ausgelassene Laune wich schlagartig aus ihrem Gesicht. Sie sah ihn nicht an und strafte ihn auch dann noch mit Missachtung, als er endlich direkt vor ihr stand. Ihr Teller war leer und auch der Teller, der vor Onkel Hans stand, zeigte nur noch ein paar angetrocknete Spuren von Kartoffelbrei.

„Deine Schlachtplatte ist leer und dein Silvaner auch!" Ihre Augen funkelten herausfordernd. „Das hast du davon, wenn du mich hier einfach so sitzen lässt, Paul Kendzierski!"

Er zwängte sich rechts neben sie auf die dicht besetzte Bierbank. Onkel Hans hielt Klara weiter von links selig im Arm. Ganz nahe an ihrem Ohr redete er auf sie ein. Kendzierski verstand kein Wort. Noch bevor er etwas sagen konnte, stand schon ein Teller dampfend vor seiner Nase. Der kugelige Metzger mit dem großen Messer grinste ihn schwitzend an. Aus dem Pavillon winkte ihm der Bach zu. Kendzierski rang sich unter äußerster Anstrengung ein Lächeln ab. Sein Nicken sollte Dank ausdrücken. Der Bach war schon wieder aus seinem Sichtfeld verschwunden und der Metzger auch. Eine rosige Schweineschnauze blickte ihn freundlich an.

24.

Mit beiden Händen, ganz vorsichtig, zog sie die Wohnungstür hinter sich zu. Sie schloss zweimal ab, so wie sie es auch immer taten. Nachdenken musste sie darüber schon lange nicht mehr. Es war Routine, eine schöne noch dazu. Sie richtete sich auf und atmete einmal tief durch. Es war doch jedes Mal trotzdem wieder eine ordentliche Anspannung mit dabei. Und eine wohltuende Erleichterung, wenn alles gut gegangen war. Vor Jahren noch hatte sie sich an dieser Stelle im Hausflur hinterher stets das Versprechen abgerungen, es nie wieder zu wagen. Ein solches Risiko. Mit zitternden Händen hantierte sie damals unbeholfen an ihrem Schlüsselbund herum. Was, wenn sie dich mal erwischen dabei? Das war so gut wie unmöglich, solange sie Vorsicht walten ließ. Man brauchte die Ruhe im Kopf dazu. Feste Regeln und Geduld. Das alles hatte sie und deswegen war auch noch nie eine kritische Situation entstanden. Natürlich konnten sie plötzlich zurückkommen. Die Jacke vergessen, das Portemonnaie. Deswegen wartete sie ja auch immer ein wenig länger als notwendig. Und wenn man so viel über den anderen wusste, fiel es auch gar nicht so schwer, ihn richtig einzuschätzen.

Langsam durchquerte sie den Hausflur. Ihren Schlüsselbund behielt sie in der knochigen Rechten. Sie brauchte ihn gleich, um die Stahltür zur Garage aufzuschließen. Jetzt kam ja erst das, worauf sie sich schon den ganzen Samstag gefreut hatte. Der Besuch in ihrer Wohnung war eine ganz spontane Entscheidung gewesen, der heutigen Situation geschuldet. Und weil es ab und an notwendig war, die Farben aufzufrischen. Nur so ließ sich auch alles andere gut verstehen.

Die schwere Stahltür quietschte beim Aufziehen. Sie öffnete sie nur einen schmalen Spalt, um problemlos hindurchzuschlüpfen. Sie war zwar alt, aber dünn und wendig, deswegen reichte auch eine noch so kleine Lücke für sie aus. Hinter sich drückte sie die Tür sofort wieder zu und verschloss sie noch in absoluter Finsternis. Die Handgriffe liefen automatisch und fast geräuschlos ab. Licht brauchte sie dazu nicht. Erst jetzt ertastete sie den Schalter links neben der Tür. Knackend blitzten die beiden Neonröhren mehrmals auf, bevor sie dauerhafte Helligkeit in den fensterlosen Raum schickten. Es war grelles Arbeitslicht, das sie in ihrem Reich brauchte. Es roch noch immer nach Auto, obwohl schon über fünfzehn Jahre kein Fahrzeug mehr hier drinnen gestanden hatte. Der große leere Tapeziertisch hatte dessen Platz eingenommen. Mitten im Raum, direkt unter den Neonröhren. Zusammen mit den Regalen an der Stirnseite waren das die einzigen Möbelstücke in diesem kahlen, geweißten Raum. Den Stuhl hatte sie vergessen. Den gab es auch noch. Er hatte früher oben am Küchentisch gestanden. Dort brauchte sie ihn nicht mehr und irgendwo musste sie ja schließlich auch hier unten sitzen. So viele Stunden, wie sie hier verbrachte.

Sie wandte sich nach links. Das Garagentor war nicht zu sehen. Sie hatte gut zwei Meter davor den gesamten Raum mit zwei dichten schweren Vorhängen abgetrennt. Es gab hier drinnen keine Heizung. Im Herbst und Winter zog es daher ganz ordentlich durch das blecherne Tor. Durch die Vorhänge war sie ein wenig geschützt vor der Zugluft und den neugierigen Blicken in ihr Reich, wenn sie die Garage öffnete. Das war eigentlich der Hauptgrund für den schwarzen Stoff gewesen. Die Verminderung der Zugluft nur ein ganz positiver Nebeneffekt. Sie wurde ja schließlich nicht jünger.
Sie drückte sich durch die Stelle, wo sich die beiden Vorhänge überlappten. In ihrer rechten Hand hatte sie schon den kleinen Schlüssel blind ertastet, mit dem sie die Verriegelung des Garagentores aufschließen musste. Nur wenig Licht der Neonröhren fand durch die schmalen Ritzen zwischen Stoff und Wand bis hierher in den Zwischenraum. Es war Niemandsland, die Schleuse zwischen draußen und drinnen. Zwischen der Welt vor dem Tor und ihrem Reich in der ausgedienten Garage. Tapeziertisch, Stuhl, Regalwand und unzählige bunte kleine Schuhkartons hinter ihr. Vor ihr das, worauf sie sich so lange gefreut hatte. Sie fühlte sich jetzt wieder wie ein Kind unterm Weihnachtsbaum. Endlich fertig mit der Blockflöte und dem mühsamen Gedicht für beglückte Eltern und selige Großmütter. Bereit, das große Geschenk in die Arme zu nehmen. Taumelnd vor Glück.
Sie atmete mehrmals tief durch. Dabei stand sie aufrecht vor dem Tor. Es war nicht gut, so nach draußen zu treten. Es passte nicht zu dem, was sie tat. Freude, zittrige Anspannung, Herzklopfen. Das gehörte nicht an diese Stelle und zu der Arbeit, die sie vorgab zu verrichten. Also schnaufte sie weiter vor sich hin, reglos verharrend. Ein paar Minuten

noch, dann erst fühlte sie sich bereit. Sie bückte sich langsam nach vorne, drehte den kleinen Schlüssel im Schloss des Garagentores und öffnete die Verriegelung. Blechern klappernd schob sie das Tor nach oben.

Es begann schon zu dämmern. Sie machte zwei kleine Schritte nach vorne und stand nun auf dem Gehweg. In der Ferne war der lärmende Trubel des Schlachtfestes zu hören. Morgen würde sie zum Mittagessen auch dorthin gehen. Sonst hieß es wieder, sie sei schwer krank und könne deshalb nicht mehr aus dem Haus. Solche Gerüchte waren schnell im Umlauf. Dabei war sie fit wie eh und je. Über achtzig und noch gut bei Kräften, ganz klar im Verstand. Beiläufig drehte sie ihren Kopf einmal nach rechts und einmal nach links. Die kleine Seitenstraße mit ihren paar Häusern hatte sie damit kontrolliert. Wer zum Fest wollte, war schon dort und für den Heimweg war es noch zu früh. Ein idealer Zeitpunkt also, weil niemand zu sehen war. Kein zähes Gespräch vor dem Garagentor über Altersgebrechen, Schwindel und Vergesslichkeit.

Noch einmal schickte sie Blicke in beide Richtungen. Dann langte sie nach der Tonne und schob sie hinein in ihre Schleuse. Das Garagentor war nur wenige Sekunden später wieder heruntergezogen und gleich auch fest verschlossen. Jetzt konnte sie niemand mehr stören. Kein dummer Zufall, der einen ungebetenen Gast schickte. Der Stoff gab unter sanftem Druck den Weg frei für sie beide. Die Papiertonne zog sie hinter sich her. Ihr pochendes Herz begleitete sie. Die Vorfreude trieb feuchten Schweiß auf ihre Handflächen. Jetzt hatte sie eine knappe halbe Stunde, ihr selbst bestimmtes Zeitfenster, das sie aber nie ausschöpfte. Alles kam auf den Tapeziertisch in einem ersten Schritt. Dann wieder das umgehend zurück, was sofort als unnütz ins Auge sprang:

die bunten Werbeprospekte in ihren dünnen Plastiktütchen, die kostenlosen Wochenzeitschriften mit den vielen Anzeigen, leere Blätter und Geschenkpapier. Den fehlenden Rest füllte sie zunächst mit dem auf, was nach der genaueren Durchsicht vom vergangenen Samstag übrig geblieben war. Briefe, die an die beiden adressiert gewesen waren, aber sich nach genauerer Lektüre doch nur als massenhaft verschickte Werbung herausgestellt hatten. Bunte Zeitschriften, die es nicht lohnten, sie aufzubewahren. Darüber schichtete sie wieder Werbeprospekte, mit denen sie ihren Einkaufskarren am Ausgang des Supermarktes stets gut füllte. Damit stopfte sie auch die Seiten voll, um einen Blick in tiefere Regionen der Tonne unmöglich zu machen.

Ganz zum Schluss kontrollierte sie noch die Füllhöhe. Die musste ein gutes Stück höher liegen als zuvor. Nur so passte das alles zusammen, seit fast fünfzehn Jahren. Die Tonne, die er aus dem Hinterhof über die Stufen in den Hausflur und dann wieder die kleine Treppe hinunter bis auf die Straße hievte. Es war der kürzere Weg. Schneller getan, als hinten herum durch das Hoftörchen und die Gasse hinauf bis zur Straße. Es war seine Aufgabe, weil er jung und stark war, schon seit die beiden als Mieter in ihrem Haus wohnten. Immer am Samstag damit sie noch ausreichend Zeit hatte, die Tonne in ihrer Garage mit dem eigenen Papiermüll zu füllen, bevor sie dann am Montag in den frühen Morgenstunden geleert wurde. Es war eine gute Begründung, die sie nie hinterfragt hatten, und ein eingespieltes Prozedere, an dessen Ende sie entschied, was in den orangenen Müllwagen wanderte.

Schnaufend schichtete sie die Stapel auf dem Tapeziertisch in die Höhe. Sie hatte sehr ordentliche Mieter. Sie gingen mit allem sorgsam um, auch mit den beiden Tageszeitungen und den abonnierten farbigen Magazinen. Schon beim Ausräumen trennte sie beides voneinander, wenn es nicht zu sehr aufhielt. Auch die Briefpost und die kleineren schmalen Kontoauszüge. Die Häufchen auf dem Tisch wuchsen in ganz unterschiedlichem Tempo an. Eine ungleichmäßige Hügellandschaft. Sie wohnten so nahe beieinander, hörten, sahen und rochen sich. Da war es doch nur normal, dass man auch am Leben des anderen Anteil nahm.

25.

Er war froh, als er das Türchen hinter sich zugedrückt hatte. Er lehnte mit dem Rücken am Hoftor in der dunklen Durchfahrt. Um die Jahreszeit kam kaum noch Licht in den schmalen Hof. Auch tagsüber nicht. Die Gebäude drumherum waren zu hoch. Das Wohnhaus links, in dem er ein Zimmer in einer WG bekommen hatte. Das war gar nicht so einfach gewesen. Hier auf den Dörfern gab es so etwas kaum. Höchstens in der Stadt, wo die meisten Studenten wohnten. Nur wenige verirrten sich aus Mainz hier raus. Dafür war die Busanbindung zu schlecht. Aber er musste hier draußen wohnen, wegen der Äcker und ihrer Genossenschaft. Alles war zu Fuß zu erledigen, kurze Wege. Und er wollte nicht alleine in einer Wohnung sitzen. Das war sinnlose Wohnraumverschwendung. Auswüchse der Wohlstandsgesellschaft, die alles kaputt machte. Küche und Bad für eine einzige Person. Hier waren sie zu dritt und es funktionierte bestens. Ruhe, wann immer er sie brauchte, und ein gutes Gespräch bei Bedarf. Im Sommer saßen sie sogar oft mit allen hier im Hof. Die zwei Mädels aus dem Erdgeschoss, die beiden Pärchen, die in der ausgebauten Scheune wohnten, und seine WG-Bewohner. Grillen und Rotwein, Diskussionen unter dem Sternenhimmel. Es lief hier alles besser als in den meisten Wohngemeinschaften, in denen er in den letzten zwanzig Jahren gewohnt hatte. Auch wenn er wieder der mit Abstand Älteste war. Das würde sich kaum mehr ändern lassen.

Er spuckte röchelnd Blut. Es war erstaunlich, wie wenig das alles schmerzte. Sein Auge war zugeschwollen und blind. Das Atmen fiel ihm schwer, weil sie ihm auch in die Rippen getreten hatten, und das linke Bein konnte er kaum krumm machen. Trotzdem tat es nicht übermäßig weh. Er stand noch unter Schock und sein Körper sorgte dafür, dass er nicht hilflos zusammenbrach. Oben in seinem Zimmer würde es wahrscheinlich so weit sein.

Tiefe Dunkelheit. Also wieder raus auf die Straße, ins Getümmel, um den wattig weichen Schockzustand noch ein wenig aufrecht zu erhalten. Ganz sicher nicht! Der Axel war hoffentlich da. Einer seiner beiden Mitbewohner. Arzt im Klinikpraktikum. Manchmal etwas überdreht, vor allem wenn Frauen in Hörweite waren. Jetzt konnte er mal zeigen, was er wirklich drauf hatte. Hoffentlich musste nichts genäht werden. Ob er ihn da ranließ, hatte er noch nicht endgültig entschieden.

Stöhnend schwerfällig verlagerte er sein Gewicht wieder vollständig auf beide Beine. Mehr auf das intakte rechte. Humpelnd nahm er die paar Meter bis zum Hauseingang links. Die Treppe hoch kam er mühsam, aber doch ohne größere Probleme. Es war erstaunlich ruhig für einen Samstagabend. Auf dem Schlachtfest waren sie sicherlich nicht, die zwei Mädels aus der WG im Erdgeschoss und seine beiden Mitbewohner. Bis auf Axel waren sie sowieso alle Vegetarier. Also eher unpassend, was da draußen ablief. Der Geruch von kochendem Fleisch reichte ihm schon vollkommen aus. Mit diesen Gedanken kam die Übelkeit. Vehement und ohne Vorankündigung. Er musste schlucken, um nicht hier in den Flur zu kotzen. Zumindest die paar Meter noch bis ins Badezimmer sollte er schaffen. Er drückte es hinunter, ohne dass es dort lange blieb. Er stürzte durch die Tür in Richtung Kloschüssel. Einer der beiden Jungs hatte wieder im Stehen gepinkelt. Die Brille war nach oben geklappt. Manchmal hatte er das Gefühl, sie machten das absichtlich. Brüllend fiel er auf die Knie und ließ alles ohne Gegenwehr herausschießen. Blutig rot und klumpig.

Er harrte noch eine Zeit lang auf den Knien aus. Er klappte die Klobrille herunter, um Arm und Kopf notdürftig abzustützen. Das tat gut im Moment. Mehr wollte nicht heraus. Es war Ruhe, Stille und Schlaf, nach denen sein Körper verlangte. Das war zu viel gewesen heute. An alle Einzelheiten des Tages wollte er gar nicht denken. Keine Details mehr, nur noch vergessen in der Waagerechten. Stöhnend schob er sich daher in die Höhe. Die Kraft reichte noch aus, um sich ins weiche Bett zu schleppen und vorher die blutigen Reste aus dem Gesicht zu spülen. Noch war das alles nicht restlos eingetrocknet und krustig hart. Es würde also noch viel leichter und schmerzärmer abzulösen sein als in ein, zwei Stunden, wenn er wieder zu sich kam. Er humpelte über die hellgrünen Fliesen zum Waschbecken. Den Blick hielt er starr nach unten gerichtet. Er wollte sich erst sehen, wenn das Blut abgewaschen war. In seinen Handflächen sammelte er kaltes Wasser, beugte sich leicht nach unten und führte die Hände dann vorsichtig an sein Gesicht. Es kühlte angenehm. Nur ein wenig brannte es an zwei Stellen auf seiner linken Wange. Beim zweiten und dritten Durchgang schickte er das Wasser schon mit etwas größerer Wucht auf sein malträtiertes Gesicht.

Mit der rechten Hand drehte er den Hahn zu und richtete sich langsam auf. Er sah scheiße aus! Anders war das nicht zu beschreiben, was ihn blutig und verklebt aus dem Spiegel ansah. Das rechte Auge dick und zu. Die Lippe aufgeplatzt und bereits im Zustand fortgeschrittener Schwellung. An seiner Nase klebte auch jetzt noch blutiger Rotz fest. Auch sie war viel dicker als sonst. Ein Wunder, wenn sie nicht gebrochen war. Eigentlich sah es so aus, wie er es sich vorgestellt hatte. Nicht mehr, aber auch nicht weniger. Kräftig eins auf die Fresse bekommen. In den nächsten Tagen würde es sich farblich verändern. Regenbogen im Gesicht. Aber eigentlich war er noch ganz gut davongekommen. Wenn jetzt die Rippen nur geprellt und nicht auch noch eine gebrochen war, hatte er sogar noch Glück gehabt in all dem Chaos.

Er drehte sich langsam weg in Richtung Tür. Genug gesehen. Der Anblick ließ ihn zusammenzucken. „Jesko!"

„Wo bist du denn druntergeraten?" Steinkamp grinste ihn an und blieb an den Türrahmen gelehnt stehen.

„Weil du dich verpisst hast!" Er spürte die Wut, die in ihm aufstieg und die Übelkeit zur Seite schob.

„Konnte ja keiner ahnen, dass die dich verdreschen." Steinkamp grinste weiter. Sein Gesicht verzog sich dabei noch mehr. „Wenn ich das gewusst hätte, wäre ich dir natürlich zur Hilfe geeilt." Jetzt war es ein reichlich breites Grinsen. Nahe am Anschlag. Weiter ging es nicht auseinander.

„Was musst du dem auch an die Gurgel gehen!"

Er hätte gerne zornig gebrüllt, aber mit jedem weiteren Wort wirkte das alles wie heiseres Räuspern. Seine Stimme nahe am Versagen. Zu viel zäher, klebrig blutiger Schleim hing da hinten fest.

„Er ist auf mich los. Es war Notwehr. Ohne große Vorwarnung. Da ist der Zorn mit mir durchgegangen." Steinkamp zuckte entschuldigend mit den Schultern. *Sorry, kann ja mal passieren.*

„Du bist bescheuert! Du hättest ihn fast umgebracht. Hier im Dorf haben sie sogar erzählt, dass er tot wäre. Wir sind doch keine Schläger!" Ein gurgelndes Räuspern unterbrach seine geröchelten Worte. Er versuchte seine Stimme beim Reden zu schonen. Ein leises, fast tonloses Flüstern. „Unser Leben ist das friedvolle Miteinander!"

„Wie das ausgeht, kannst du dir ja im Spiegel ansehen!" Steinkamp kam einen Schritt näher und sprach jetzt leiser. „Carsten, du bist ein naiver Träumer! Schon immer gewesen. Werd' endlich wach!" Er hielt kurz inne. „Wie weit man mit Freundlichkeiten und Nachgeben kommt, das hast du ja jetzt zu spüren bekommen." Er kam noch einen Schritt weiter vor und zog die Tür hinter sich zu. „Die verstehen hier nur eine Sprache. Und das ist die einzige Möglichkeit, sich Respekt zu verschaffen. Du wirst schon sehen, dass wir damit am weitesten kommen."

„Nichts werden wir! Ich mach das nicht weiter mit. Nicht auf diese Tour. Dann bleiben wir eben bei unseren Äckern, die wir schon haben. Das reicht doch für alle. Jeder bekommt seinen Anteil. In die Boxen wandert das, was wir zu viel haben. Ich brauche nicht mehr!" Wie ein klägliches Röcheln hatten die letzten Worte geklungen.

„Vergiss es!" Das Grinsen war jetzt endgültig aus seinem Gesicht verschwunden. „Ich habe hier nicht schon so viel Kraft hineingesteckt, um dann einzuknicken, wenn es abgeht." Warmen Atem schnaufte er ihm entgegen. Ganz nahe voreinander. „Der Laden läuft und das weißt du ganz genau. Ende des Jahres erwirtschaften wir zum ersten Mal Gewinn.

Und das schon nach zwei Jahren." Er redete ein paar Worte leiser, fast geflüstert, um dann wieder lauter zu werden. Egal, wer das hörte! „Die Genossenschaft ist eine Goldgrube. Wir ziehen das ganz groß auf. Ein Riesending. Genau das richtige Geschäftsmodell vor den Toren des Rhein-Main-Gebietes. Millionen potentieller Kunden mit genug Geld und der Sehnsucht nach unseren Produkten. Wir können bis Frankfurt liefern. Wenn was fehlt an Gemüse, kaufen wir es halt zu. Es geht darum, die Kunden zu binden, zu halten. Über das ganze Jahr hinweg. Gemüse aus ehrlicher Handarbeit. Das ist es doch auch, was du willst. Und je mehr Menschen das wollen, desto besser ist es. Für sie und auch für uns." Er versuchte dazwischen zu grinsen. Eine komische Grimasse für einen kurzen Moment nur.

„Ich will das nicht! Nicht den Erfolg, den du willst. Du siehst das Geld, sonst nichts mehr. Mein Erfolg ist schon da. Mehr macht doch gar keinen Sinn. Erinnere dich mal, woher wir gekommen sind. Regionale Produktion, Selbstversorgung, von eigener Hand erschaffen, keine abstrakten und nicht mehr nachvollziehbaren Produktions- und Transportprozesse. Wir hier vor Ort für uns und alle, die mithelfen. Urproduktion sonst nichts!"

Er spürte, wie seine Stimme immer mehr an Kraft verlor. Er versuchte sich zu räuspern und spuckte blutigen Schleim neben sich in das Waschbecken. „Hier haben wir zusammengesessen, als sie dich bei der Bank rausgeschmissen haben. Der kollabierende Finanzmarkt, alles im Untergang und wir mit dem Gegenentwurf wie so viele andere Vernünftige auch. Zurück zu unseren Wurzeln als Menschen. Das Wahre von Hand Geschaffene. Das, was uns keiner kaputt machen kann. Und jetzt zerstören wir es selbst. Wieder aus Gier und Größenwahn. Sag dich los davon, Jesko!" Er hatte es schreien wollen, aber es war ihm doch nur flüsternd über die geschwollenen Lippen gekommen.

„Die Chance dürfen wir uns nicht nehmen lassen! Verändern kann man nur im Großen. Nicht in dem Klein-Klein, das dir vorschwebt."

„Du hast das wirklich alles vergessen." Kock schüttelte resigniert den Kopf. Ein spitzer Stich fuhr ihm in die Bewegung. Die Schmerzen wurden immer stärker. „Nie wieder wolltest du groß. Klein, überschaubar, selbst zu schaffen. Deine eigenen Worte. Und hast du nicht die ganzen Bücher über das Urban Gardening, über die Selbstversorger und über alternative Wirtschaftsformen verschlungen? Du wolltest in eine ganz andere Richtung, als du sie jetzt einschlägst. Eine Genossenschaft, Zusammenhalt und Diskussionskultur. Einstimmige Entscheidungen mit allen zusammen. Davon sind wir weit entfernt."

„Weil wir alles zerreden. Nichts kommt dabei raus. Das hast du doch selbst gesagt. Wir beide treiben das hier voran und die anderen kommen schon mit, wenn nur wir es wirklich wollen. Das ist unsere große Chance. Die Zeit ist reif dafür und wir wären bescheuert, wenn wir sie ungenutzt verstreichen ließen. Es ist immer noch unser Modell, unsere Idee. Wir tragen sie nur nach außen. Ein Vorbild für andere. Das ist es doch, was du wolltest. Mir kannst du die Profitgier vorwerfen. Und recht hast du auch damit. Ich will damit verdienen und das klappt, ohne dass wir uns verbiegen müssen. Es geht Hand in Hand mit deinem Ziel. Wir produzieren regional und vertreiben es auch regional. Was ist denn verwerflich daran, auch noch ein bisschen Geld zu verdienen?"

„Du wärst besser bei deiner Bank geblieben!"

„Meine Abteilung gibt es da nicht mehr."

„Dann halt woanders. Das hier hast du nämlich nicht verstanden. Du kapierst nicht, worum es wirklich geht. Wenn du darüber redest, sind das leere Worte, die aus deinem Mund kommen. Du redest über Alternativen und meinst sie doch nicht so. Wenn wir deinen Weg einschlagen, sind wir so wie die vielen anderen. Handel, Profit, Wachstum. Gerade darum geht es nicht!" Wackelig schob er sich ganz nah an sein Gesicht heran. In seinem Kopf raste surrender Schmerz. Er konnte den Jesko kaum noch sehen. „Die anderen wollen das auch nicht." Er stöhnte. Jetzt war es heraus. Also konnte er auch weitermachen, solange er noch Worte über seine Lippen bekam. „Sie wollen nicht die Größe. Keine weiteren Boxen und Transporter, die sie durch die Gegend fahren. Ich habe schon mit ihnen gesprochen. Und ich bin nicht der Einzige, der wissen will, woher das Geld stammt, mit dem du den Fauster geschmiert hast." Er hielt wieder schnaufend inne. Der stechende Schmerz in seinem Kopf war noch da, aber immerhin konnte er Jesko jetzt wieder deutlicher erkennen. Nicht mehr nur einen Schatten, verschwommen. Er sah in große, weite Augen. „Der Fauster wollte mehr, viel mehr. In dem hast du die Gier geweckt. Ein paar Scheine zum Anfüttern. Die haben ihm doch erst so richtig Appetit gemacht. Ein Spielchen hast du angefangen, das dir über den Kopf wächst. Das ist mir klar geworden, als mich der Fauster vorgestern angemacht hat. *Es reicht nicht,* hat er gesagt. *Noch ein paar Scheine, dann können wir reden.*" Er versuchte seine Faust zu ballen. Ob ihm das gelang, wusste er nicht zu sagen. „Du und der Fauster, ihr zwei macht mir das nicht kaputt! Es ist meine Genossenschaft, meine Idee und du hast dich da nur drangehängt, als es dir schlecht ging. Wir waren dein Halt. Es ist alles gut, so wie es bisher war! Versteh das doch!" Es war jetzt nur noch ein wisperndes

Flüstern. Viel mehr würde er nicht mehr herausbekommen. Alles viel zu dicht dort hinten in seinem Hals. Und auch das Räuspern wollte nicht mehr recht funktionieren.

„Hast du den Fauster deswegen umgebracht?" Steinkamps Worte hatten scharf geklungen. Er fuhr dabei die Arme aus und stieß ihn von sich. Kock gelang es nur mit Mühe, das Gleichgewicht zu halten und nicht rückwärts umzufallen. Es wurde schlagartig schwarz vor seinen Augen. Um Luft musste er röchelnd ringen. Ein dicker Klumpen dort drinnen, der die Luftröhre verstopfte. Seine ersten Worte erstickten gurgelnd. Ein weiterer Anlauf war nötig, der sich hustend ankündigte.

„Hör auf damit!" Kock schluckte weiter. Eine schleimig zähe Masse. „Das ist nicht wahr!"

„Doch ist es." Steinkamp stieß ihm noch einmal vor die Brust. „Den Leichenwagen haben sie in einiger Entfernung abgestellt. Wahrscheinlich sind sie durch die Massen nicht hindurchgekommen. Ich wollte zu ihm vorhin. Er war bereit, mit mir zu verhandeln um seine gesamten Grundstücke auch ohne weiteres Geld. Und wenn, dann hätte ich es privat bezahlt, so wie davor auch. Für den großen Erfolg kann man ruhig mal etwas wagen. Ich habe gestern mit ihm telefoniert. Aber das ist jetzt vorbei. Sein Haus und der Platz davor sind weiträumig abgesperrt. Wahrscheinlich hat es einer seiner Kollegen nicht verwunden, dass wir am Drücker waren. Wozu die bereit sind, kann man ja an dir ganz gut ablesen. So wie die dich zugerichtet haben." Das Grinsen war wieder zurück auf Steinkamps Gesicht. „Hast wahrscheinlich Glück gehabt, dass sie dich nicht auch noch umgebracht haben, so wie ihn."

Kock hörte das alles schon nicht mehr. Es war schwarz vor seinen Augen. Rauschende Dunkelheit. Ohrenbetäubend brachte sie ihn zum Wanken. Ein dürrer Baum in heftigem Sturm. Krachend brachen die Zweige, bevor es ihn zur Seite drückte.

Steinkamp fing ihn auf und ließ ihn sacht zu Boden gleiten. Er hatte weiß Gott schon genug abbekommen heute. Es war nicht richtig gewesen, diese Diskussion gerade jetzt mit ihm anzufangen. Er würde das schon noch alles einsehen. Die Vorteile auch für ihn und die anderen. Er hatte noch jeden überzeugt und dabei waren es nie so gute Argumente gewesen wie jetzt.

Der Kock hatte die Augen weiter fest geschlossen. Er zog das Türchen des Spiegelschrankes über dem Waschbecken auf. Vorhin hatte er da schon einmal reingeschaut, als er noch auf ihn wartete. Die Ampullen steckte er in seine Jackentasche. Es war besser, wenn die schleunigst verschwanden.

26.

Es war nicht einfach, Klara aus den Armen des schrägen Onkel Hans zu befreien. Wie ein Großvater mit fast achtzig seine Enkelin, hielt er sie schützend fest. Reichlich angeheitert beide schon. *Bleib doch bei mir Mädche! Der is nix für dich!* Klara lachte ausgelassen dazu und signalisierte Zustimmung. Das war ihre Strafe. Eindeutig. Weil er sie hier hatte warten lassen, so lange, mit dem alten Mann, den Schlachtplatten und den beiden Gläsern Wein. Und vorerst gelang es ihm auch nicht, ihr alles haarklein zu erklären. Es war einfach zu laut. Klaras linkes Ohr nahm weiterhin der Schräge in Beschlag. Und gegenüber am schmalen Biertisch saßen zwei Frauen, die ihn tuschelnd im Blick behielten. Jedes gebrüllte Wort hätten sie mitgehört. Er konnte also kaum mit der Geschichte vom tiefgekühlten Georg Fauster herausrücken.

„Sie müssen das essen, solange es noch heiß ist. Kalt schmecken das Kraut, der Brei und die Leberwürstchen nicht!"

Eine der beiden Frauen gegenüber nickte ihm zu. In ihrer Stimme klang ein reichlich belehrender Grundton an. *Einführung in den Genuss der rheinhessischen Schlachtplatte für Anfänger, erste Unterrichtseinheit.* Beide behielten sie ihn weiter im Blick, jede seiner Bewegungen begutachtend. Nur kurz sahen sie dann von ihm weg, wenn sie an ihren Sektgläsern nippten.

„Schön fruchtig, der Secco vom Alfons." Die Kräftigere der beiden war das gewesen. „Sein Rosé ist ja leider schon alle. Der war erst süffig." Fast verklärt sah das kurze Lächeln aus, mit dem sie ihre Worte unterstrich.

„Wahrscheinlich haben wir beide zu viel davon getrunken, deswegen hat der nichts mehr!" Die Dünnere mit den dunkelroten Haaren seufzte, um dann hinterher zu lachen.

„Alles was gut ist, ist viel zu schnell alle." Beide nickten sie jetzt vor sich hin und richteten ihre Blicke wieder auf ihn. Kendzierski war unwohl in dieser Enge. Heiser drangen die Worte von Onkel Hans bis zu ihm vor. Ein kicherndes Lachen, in das jetzt auch Klara einfiel. Irgendein alter Witz, den der Schräge in ihr Ohr gehustet hatte. Kendzierski schob sich eine gut gefüllte Gabel Kartoffelbrei mit Sauerkraut in den Mund. Während er kaute, sortierte er die übrigen Bestandteile seiner Schlachtplatte. Zwei pralle dicke Würstchen, dem Platzen ganz nahe. Drei ordentliche Scheiben speckiges Fleisch mit reichlich Schwarte. Starr standen noch ein paar einzelne, verirrte Schweineborsten in die Höhe. Der Geruch, der in seine Nase fand, erinnerte ihn an den Kühlwagen. Das Sauerkraut sorgte mit seinem Duft nur unmerklich für Linderung. Mit der Gabel schob er die Schweineschnauze an den Tellerrand. Bachs Grinsen eben unter dem Pavillondach, die beiden rosigen Nasenlöcher vor ihm, ein schlechter Scherz das alles.

Die Dickere hatte ihre Sitznachbarin sachte mit dem Ellbogen angestoßen. Beide starrten sie jetzt wieder auf ihn. Gespannt, wie er weiter vorgehen würde. Womit fängt der wohl an? Die beiden Prüferinnen im Schlachtplattenseminar. *Dann zeigen Sie uns doch mal, was Sie in den letzten Sitzungen gelernt haben. Blutwürstchen vor Leberwürstchen oder doch erst das speckige Fleisch mit der dicken Schwarte?* Kendzierski wäre am liebsten aufgestanden und hätte Klara mit sich fortgezerrt. Wenn er sich ganz sicher gewesen wäre, dass sie auch wirklich mitkäme, hätte er einen Versuch unternommen. War er aber nicht und so blieb er sitzen und stopfte die nächste Gabel Kartoffelbrei mit Sauerkrauthaube in sich hinein.

Mit der frei gemachten Gabel versuchte er dann das Leberwürstchen zu greifen. Die dünne Haut gab elastisch nach und hielt seinen zaghaften Versuchen unversehrt stand. Mit dem reichlich stumpfen Messer in schneidender Schwungbewegung, war ihr auch nicht beizukommen. Das dicke Würstchen drehte sich geübt zur Seite und ließ sich so nicht in brauchbare Happen zerteilen. Kendzierski spürte ganz deutlich den rasend anschwellenden Unmut in sich. Das missbilligende Kopfschütteln der Dickeren, die eben ihren letzten Schluck Secco mit Schwung in den weit aufgerissenen Mund geschüttet hatte, ließ zusätzlich Ungeduld in ihm aufsteigen. Keine gute Mischung, die seinen unbeholfenen Bewegungen vorzeigbare schnelle Erfolge abverlangte. Diese bescheuerte kleine Leberwurst! Jetzt hatte sie ihren letzten Fluchtversuch hinter sich. Zwischen Kartoffelbrei und Sauerkraut eingekeilt, mit dem Messer unter maximalem Druck fixiert stach er mit Schwung in die dünne Gummipelle. Das Zucken der beiden Leiber gegenüber deutete das nahende Unglück schon an. *Durchgefallen*! In den Unterrichtsstunden zuvor einfach nicht aufgepasst. Sonst hätte er doch wissen müssen, dass die Leberwürstchen im Kessel mitgegart worden waren. Ihre Haut war dadurch dehnbar und elastisch. Ihr Inhalt flüssig wie geschmolzenes Kerzenwachs. Unter dem Druck, den sein Messer auf die weiterhin eingeklemmte, gut gekochte Leberwurst unvermindert ausübte, schoss ein Großteil der flüssigen Masse in einem weiten Strahl heraus und auf sein T-Shirt. Die beiden Perlwein-Weiber ihm gegenüber lachten zuckend in sich hinein. Klara war zu sehr mit den alten Geschichten von Onkel Hans beschäftigt, als dass sie von diesem Schauspiel etwas mitbekommen hätte. Mit der dünnen Serviette, in die sein Besteck vorhin eingewickelt gewesen war, rubbelte er sich die brockigen Leberwurstspuren vom Bauch. Ein großer runder Fettfleck blieb zurück, der sich auch trotz all seiner weiteren hektischen Bemühungen nicht verkleinern ließ.

„Salz." Die Dickere deutete auf seinen Bauch. „Auf einem der nächsten Tische muss es stehen."

„Nein, Weißwein." Die Dünnere nickte ihren eigenen Worten zu. „Wenn ich es dir sage! Habe ich mal in einer Zeitschrift gelesen und schon selbst ausprobiert. Allerdings nicht bei Leberwurst." Sie wippte ihren Kopf sachte nachdenklich. Anscheinend wog sie gerade für sich ab, ob es sinnvoll war, ihren letzten Schluck Secco für den Fettfleck auf seinem Bauch zu opfern. Bitte nicht!

Zur Strafe kratzte er auch den letzten Rest flüssiger Leberwurstmasse aus der Pelle heraus und mischte ihn mit dem kooperationsbereiten Kartoffelpüree. Drei schnelle Happen beförderte er auf seiner Gabel in den Mund. Eine richtige Genugtuung durch diesen Akt der Rache wollte aber doch nicht recht in ihm aufkommen.

„Die Blutwürstchen vom Gehacktes-Heine sind die besten auf dem ganzen Schlachtfest."

Die Dünnere nickte zustimmend. Beide behielten sie ihn jetzt fest im Blick. Sie wollten den zweiten Teil seiner Vorführung auf gar keinen Fall verpassen. War der unbekannte Fremde in der Lage die flüssig gekochte Blutwurstmasse unter Umständen noch ein Stück weiter herausschießen zu lassen? Der Blick der Dünneren auf ihr nun geleertes Glas verriet, dass sie sich für den zweifelsohne folgenden nächsten Höhepunkt der Vorstellung gerne noch mit einem weiteren Gläschen Perlwein versorgt hätte. Da aber für sie nicht vorhersehbar war, in welchem Tempo es hier weiterging, stellte sie das Sektglas erst einmal vor sich ab.

Schweigend starrten ihn vier große Augen an. Sie wanderten nur noch zwischen dem Teller und ihm hin und her. Sensationsgierige Blicke. Wahrscheinlich veranstaltete das ganze Dorf dieses Schlachtfest nur, um ausreichend kuriosen Gesprächsstoff für die übrigen Monate des Jahres zu sammeln. *Der unbeholfene Städter im letzten Jahr, wie der die Leberwurst zerlegt hat. Und ausgesehen hat der danach! War sein erstes Schlachtfest, ganz bestimmt.*

Kendzierski brachte die Blutwurst in Position. Wilde Entschlossenheit marodierte in ihm. Ohne Rücksicht auf Verluste! Mit dem Messer drückte er sie an der ihm zugewandten Seite fest auf den Teller. Seine Gabel schnellte in die Höhe. Schwungvoll ließ er sie nach unten fahren. Jetzt erst schienen die beiden vom Perlwein berauschten Eingeborenen ihm gegenüber die Tragweite seines Vorgehens zu erfassen. Kreischend bewegten sie ihre Oberkörper auseinander. Schutz suchend, während seine Gabel auf die pralle Blutwurst traf. Mit weit aufgerissenem Mund zeigte er seine gebleckten weißen Zähne. Nur ein gellender Kampfesschrei wollte nicht recht herauskommen. Zur stimmungsvollen Untermalung der Szenerie hätte er aber doch gut gepasst. Das Ergebnis hingegen war kläglich. Kein Grund, über die Wirkung von Salz oder Weißwein bei Fettflecken nachzudenken.

„Na, du scheinst ja auch deinen Spaß zu haben." Klara drückte ihm einen dicken Kuss auf die Wange und schmiegte sich für einen kurzen Moment an ihn, bevor sie der schräge Onkel Hans wieder entschlossen zu sich zog. *Einen hab ich noch, Mädche!*

Entspannung gewann die Oberhand auf den eben noch reichlich angstverzerrten Gesichtern der beiden Perlwein-Damen. Die Dickere warf ihm einen vorwurfsvollen Augenaufschlag zu und prüfte danach umgehend, ob von seinem Teller weiterhin Gefahr ausging. Dabei blieb ihr Blick an der rosigen Schweineschnauze hängen.

„Haben Sie das Schnudsche vorbestellt?"

Kendzierski kaute kopfschüttelnd auf Kartoffelbrei, Sauerkraut und Blutwurstmasse.

„Eigentlich sind die lange schon alle!" Der Blick der Dickeren verriet, dass sie ihm das Kopfschütteln nicht abgenommen hatte. Warum kriegte der die Schnauze, wenn sie doch keine mehr bekommen hatte?

„Eine Delikatesse ist das!" In ihrem Blick mischte sich für einen kurzen Moment entrückte Schwärmerei mit offensichtlichem Neid.

„Sie können die gerne haben."

Ihre zunächst abwehrenden Bewegungen verloren schnell die anfängliche kraftvolle Entschlossenheit.

„Wirklich? Sie wollen die gar nicht haben?" Jetzt klang das schon hoffnungsvoll. „Aber warum haben Sie sich das dann draufgeben lassen?" Ein zarter Vorwurf, den sie mit ihren weiteren Worten schon beiseite schob. „Also, wenn Sie nicht wollen, würde ich, bevor das verkommt. Eine Schande wäre das doch bei einer solch seltenen Delikatesse. Hat ja jede Sau nur ein Schnudsche!" Sie erhob sich. „Ich hole nur geschwind Teller und Besteck. Es schmeckt ja warm auch am besten." Im Gehen drehte sie sich ihrer Sitzplatznachbarin zu. „Und du könntest uns mal noch zwei Seccochen besorgen. Und für den Herren vielleicht auch?" In ihrem Blick glaubte er fast verschwörerische Züge erkennen zu können. Völkerverständigung beim Schnudsche.

Kendzierski genoss die schlagartig entspannte Situation, als beide weg waren. Reichlich Zeit in Ruhe, um die verbliebenen Reste auf seinem Teller ohne das Gefühl unter kritischer Beobachtung zu stehen, auf die Gabel zu nehmen. Er atmete durch, während er das Fleisch kaute. Jetzt würde ein wenig Salz gut tun. Aber auf seinem Tisch stand nichts davon. Am Nachbartisch wahrscheinlich. Dort hatten sich ein paar Männer schunkelnd untergehakt. Die Musik zu ihren schwankenden Bewegungen produzierten sie schräg aber lautstark selbst. *So ein Tag, so wunderschön wie heute! So ein Tag, der dürfte nie vergehen!*

Kendzierski verspürte wenig Lust, in den Gesang mit einzufallen. Es war kaum vorstellbar, dass die hier aufeinander losgingen, wegen ein paar Äckern und Weinbergen. Zwietracht und Anspannung im Dorf, wie der Bach es beschrieben hatte. Es mussten die Blutwurstreste sein, die ihn wieder an den Kock denken ließen. Es wollte in seinem Kopf nicht zusammenpassen. Die Alternativen einer Selbstversorgergenossenschaft, die selbst eifrig austeilten. Mit dem Steinkamp hatte das alles doch erst so richtig angefangen. Der Tropfen, der das Fass zum Überlaufen brachte, weil er dem Nachtmann an die Gurgel gegangen war. Hauen und Stechen um knapper werdendes Land vor den Toren der Stadt. Die Zahlen, die der Bach vorhin genannt hatte, als sie sich auf dem Weg hierher befanden, waren unvorstellbar. Eine Fläche von fast hundertzwanzig Fußballplätzen täglich, die als Nutzfläche für die Landwirtschaft verloren ging. Zugebaut mit Siedlungen, Industrie und Straßen. Eine riesige Fläche in den letzten zwanzig Jahren. Fruchtbares Land als knapper werdendes Gut, um das der Kampf entbrannte. Alle drängten sie hier raus, getrieben vom noch rasanteren Landverzehr in der Nähe der Stadt. Die Bauern, die dort ihre Äcker verloren, stritten dann noch zusätzlich mit. Straßen, Gewerbeflächen, Wohngebiete. Alleine in den fünf Jahren, die er mittlerweile hier wohnte, war um Nieder-Olm reichlich gebaut worden. Wer mit seinem landwirtschaftlichen Betrieb überleben wollte, musste wachsen, möglichst schnell. Der Krach war vorprogrammiert, besonders wenn das Ganze zusätzlich durch neue Akteure angeheizt wurde. Der Steinkamp und der Kock, die sich nicht an die eingespielten Regeln hielten.

Aber war das Begründung genug für einen Mord? So viel angestaute Wut? Die Anspannung während der Weinlese noch dazu. Die hatte er damals beim Bach auch spüren können. Ganz hart am Limit und schnell drüber, wenn etwas falsch lief. Der Fauster war aus dem Ruder gelaufen! Kendzierskis Kiefer stoppte augenblicklich in der Bewegung. Wenn der sich dafür entschieden hatte, sein Land an den Steinkamp und seine Genossen abzugeben? Die boten gute Preise. Er wollte in den Ruhestand. Was lag da näher, als dem den Zuschlag zu geben, der die höchste Summe aufrief? Das würde doch jeder so machen. Verständnis von den bisherigen Kollegen war dafür aber kaum zu erwarten. Der Fauster, der Verräter, dem sie eins auswischen wollten. Niedergestreckt und in den Kühlwagen gelegt. Soll er doch um Hilfe schreien, damit man ihn wieder befreit. Winselnd betteln, dass ihn einer erhört und herauslässt. So konnte es gewesen sein. Ein kleiner Denkzettel, der tödlich ausgegangen war.

Kendzierski erinnerte sich jetzt wieder an die Reste in seinem Mund. Er kaute weiter. Langsam nur und noch in Gedanken. Aber warum hatten sie nicht wenigstens in der Nähe ausgeharrt? Sollte er doch sterben? Wenn sie ihm wirklich nur einen Schrecken einjagen wollten, dann hätten sie warten müssen. Das vielleicht sogar genüsslich getan. Mal hören, wie laut der schreien kann. Wie er winselt und um Rettung fleht. Ein alter Mann alleine im dunklen Kühlwagen. Wie lange überlebte man das? Bei Temperaturen unter Null im Schlafanzug. Temperaturen, die sie noch zusätzlich deutlich nach unten abgesenkt hatten. Die hatten ihn umbringen wollen! Ganz sicher, eine andere Erklärung gab es nicht dafür. Der Fauster war mit dem Steinkamp vielleicht schon einig gewesen. Der Tod des Alten für den Täter die letzte Möglichkeit.

So ein Tag, so wunderschön wie heute! So ein Tag, der dürfte nie vergehen! In einem mehrstimmigen Finale waren die Schlussakkorde verklungen. Sie schunkelten weiter, auch ohne Musik. Dafür waren die beiden Damen gleichzeitig wieder da. Kichernd, mit Perlwein, Teller und Besteck bewaffnet.

„Na, Sie haben es sich doch nicht noch anders überlegt?"

Der Blick der Dickeren wanderte auf die Schweineschnauze, die alleine noch auf seinem leer geräumten Teller ruhte.

Kendzierski schüttelte den Kopf und versuchte eine einladende Geste zustande zu bringen. *Bitte sehr, bitte gerne!*

„Dann haben Sie sich Ihren Secco aber verdient." Sie kicherten beide im Duett. Zwei alberne Mädchen von gut fünfzig. Die Dünnere stellte ihm eines der mitgebrachten Sektgläser hin. Umständlich kamen sie auf der schmalen Bank wieder zu sitzen. Die Dickere zog sich seinen Teller heran und stach mit ihrer Gabel nach der Schnauze.

„Falls Sie doch noch der Appetit überkommt, ich teile gerne mit Ihnen."

Kendzierski schüttelte heftig den Kopf.

„Man muss sich überwinden, aber es gibt kaum etwas Besseres!" Ihr Blick nahm verklärte Züge an, während sie mit ihrem Messer umständlich herumhantierte. „Zum Gehacktes-Heine, unserem Metzger, müssen Sie ja einen ganz besonderen Draht haben." Sie grinste kurz verschwörerisch auf. „Wenn der Ihnen extra ein Schnudsche zurückhält."

„Klara, bitte!"

Es hatte flehend geklungen und es war laut genug gewesen. Sie sah ihn lächelnd mit wein-rosigen Backen an. Anscheinend endlich bereit, seine Entschuldigung entgegenzunehmen.

27.

Die Tonne war schon längst wieder draußen. Sie hatte nicht einmal zehn Minuten gebraucht. Jetzt saß sie ruhig und glücklich, aber doch auch gespannt auf ihrem

Küchenstuhl in der Garage. In die ungleichmäßige Hügellandschaft hatte sie mittlerweile Ordnung gebracht. Es waren jetzt saubere Einheiten entstanden. Nicht in ihrer Höhe, wohl aber in der Größe. Links außen lagen zuerst die beiden Tageszeitungen. Die Mainzer Zeitung und auf einem zweiten Stoß die etwas großformatigere Frankfurter. Sechs Ausgaben bei der einen reichten nicht einmal halb so hoch wie die sieben der anderen. Vor allem die Ausgabe vom Sonntag war ein echtes Schwergewicht.

Sie hatte sehr ordentliche Mieter. Brave Menschen, die alles pfleglich behandelten. Ihre Wohnung genauso wie ihre Zeitungen und alles, was sie sonst noch in ihrer Papiertonne platzierten. Die Zeitungen waren ordentlich gefaltet und zusammengelegt. Man sah jeder einzelnen an, dass sie sie gelesen hatten. Die Reihenfolge der Lagen innerhalb der Zeitung stimmte nicht immer. Mal war der Sportteil vor der Wirtschaft, dann wieder das Feuilleton gleich vorne. Egal wie sie die Zeitung zusammengelegt hatten, das Deckblatt mit der Titelseite umfasste alles andere. Dadurch fiel es ihr nachher nie besonders schwer, die Zeitungen chronologisch zu sortieren, um sie in den Stoffbeuteln mit nach oben in ihre Wohnung zu nehmen. Tag für Tag hatte sie dann zwei Zeitungen zur Verfügung. Fast frisch und unberührt, kaum gelesen. Wenn man über achtzig war, spielte eine Woche Zeitverschiebung doch wirklich keine Rolle. Deshalb hatte sie schon vor vielen Jahren das Abonnement ihrer Tageszeitung gekündigt. Es war reine Verschwendung gewesen. Zusammen mit dem farbigen Politikmagazin und den beiden Frauenzeitschriften hatte sie jede Woche drei bis vier schwere Stoffbeutel nach oben zu schaffen. Reichlich Zeitvertreib bis zum nächsten Samstag.

An die Stapel für die beiden Tageszeitungen und die bunten Zeitschriften schlossen sich die in ihrer Grundfläche kleineren Häufchen der Postsendungen an. In der Eile des Ausräumens aus der Tonne, warf sie nur einen flüchtigen Blick auf einzelne Schreiben, um sie den beiden Hauptstößen zuordnen zu können. Nicht immer klappte das ganz treffsicher. Sie sah daher beide Sammlungen später noch einmal genauer durch, bevor sie dann mit der Lektüre begann. Links vor ihr lag zuerst die Privatpost. An die schlossen sich die adressierten Werbesendungen an. Die überflog sie aber nur kurz, um sie dabei auf einen Stapel am äußeren rechten Ende des Tapeziertisches umzuschichten. Das war der Stapel, der am kommenden Samstag zuunterst wieder in die Tonne zurückfand. Es war manchmal schon kurios, was erwachsenen Menschen in diesen Briefen angeboten wurde. Manches machte ja durchaus Sinn wie die Werbung des Autohauses, das ein neues Fahrzeug offerierte. Aber wenn man sie kannte, wusste man, wie aussichtslos dieses Schreiben zum jetzigen Zeitpunkt war. Ihre Mieter leasten ihre beiden Autos und tauschten sie nach zwei Jahren gegen neue Modelle aus. Da beide Wagen nicht einmal ein halbes Jahr alt waren, würden sie sich kaum für ein neues Fahrzeug interessieren. In einem guten Jahr vielleicht, aber doch nicht jetzt. Der Brief würde also schnell seinen Weg nach rechts außen finden. Über den letzten Stapel hinweg, den flächenmäßig kleinsten, der an manchen Samstagen auch leer blieb. Es waren die Kontoauszüge ihres gemeinsamen Kontos und manchmal auch die rosafarbigen Ausdrucke, die nur an sie gerichtet waren. Die ruhten meist ziemlich weit unten in der Tonne. Beschwert von etlichen Lagen Werbeprospekten und immer an dem Tag dort deponiert, an dem sie angekommen sein mussten, zweimal im Jahr. Eine kleine Erbschaft hatte sie fest verzinst angelegt, scheinbar so, dass er nichts davon mitbekam. Die rosafarbigen Auszüge informierten über die halbjährlichen Zinszahlungen, die dem Anlagekonto gutgeschrieben wurden. Zu verübeln war ihr das kleine Geheimnis kaum, wo er doch über längere Zeit auch weit unten klein gemachte Fetzen zu verstecken gesucht hatte. Briefmarkengroße Verrissstücke, wertvolles Papier, handbeschrieben mit ausladenden Bögen. Mal Tinte, mal Kugelschreiber. Sie hatte die Puzzleteile trotzdem stets wieder gut zusammenbekommen. Flammende Worte seiner Bekanntschaft. Ein glühender Kopf und Herzrasen hatte sich bei ihr eingestellt, während sie las. Von der einen auf die andere Woche hatte es aufgehört. Kein Brief mehr seit ein paar Jahren schon. Alle, die bis dahin gekommen waren, hatte sie aber noch. Es war der hellbraune Schuhkarton im Regal oben rechts. In ihm ruhten sie. Und in den gut fünfzig weiteren kleinen Kartons all die anderen wichtigen Schriftstücke, Fetzen, Ausdrucke und Kontoauszüge, die sich würdig erwiesen hatten, in ihr persönliches Archiv aufgenommen zu werden.

28.

Kendzierski schwitzte. Fast wie ein Strom floss ihm der Schweiß den Rücken hinunter und ließ sein T-Shirt schwer werden. Es klebte an ihm fest. Zusammen mit Klara schob er sich durch die Massen dieses aus den Fugen geratenen Dorffestes, während sein Magen unter äußerster Anstrengung mit der Verdauung der Würste, des speckigen Fleisches und des Sauerkrautes beschäftigt war. Sein Kopf verdaute irgendwie auch. Aus Mitgefühl vielleicht arbeitete er sich abwechselnd an den Bildern aus dem Kühlwagen und der Dicken mit der Schweineschnauze ab. Beides ein kaum erfreuliches wie auch wenig erfolgreiches Unterfangen. Es trieb nur den Schweißfluss weiter ordentlich an. Auch über die Wangen suchten sich einzelne Tropfen einen Weg nach unten. Kitzelnd, aber nicht erfrischend, brachten sie keine Linderung. Wie auch, bei ständigem Körperkontakt mit wildfremden, ebenso schwitzenden Menschen um ihn herum. Aus den dazugehörigen Gesichtern sprach kaum sichtbare Begeisterung. Zu viele Menschen, wogende Massen, die auf der Hauptstraße in die eine Richtung vorwärtskrochen, während sie in einem schmalen Strom auf der anderen Seite zurückfanden. Ein Kreislauf, in den sie sich eingegliedert hatten, weil er noch nicht nach Hause durfte. Klara war mittlerweile im Bilde, aufgeklärt über die Ereignisse, die ihn so lange festgehalten hatten. Und darüber, dass sie hier eine Zeit lang auszuharren hatten, weil der Wolf sie sicherlich noch sprechen wollte. Schließlich waren der Bach und er die ersten am Tatort gewesen, kurz nach dem mit der glänzenden Daunenweste, der den Fauster gefunden hatte.

Schon zwei Anrufe auf Wolfs Handy waren erfolglos geblieben. Vielleicht brauchte er ihn ja heute gar nicht mehr und es reichte vollkommen aus, wenn er sich morgen bei ihm meldete. Aber solange der nicht an sein Handy ging, war das nicht zu klären. Und spätestens in dem Moment, in dem sie dieses Dorf verließen, würde sein Telefon ganz sicher klingeln. *Kendzierski, wo sind Sie? Wir brauchen Sie hier, Sie waren ja einer der ersten am Tatort, mal wieder! Da können Sie doch nicht einfach abhauen! Also, antreten hier, sofort!*

Klara schien sogar recht erfreut über die Situation. Angeheitert vom Silvaner mit dem schrägen Onkel Hans und gespannt auf den Tatort hatte sie sich bei ihm untergehakt. In freudiger Erwartung, was dieser Tag noch an Überraschungen für sie bereithielt. Sie schien die Enge um sie herum fast zu genießen. Das vielstimmige Gemurmel und die sachten Rempler, mit denen sie vorangetrieben wurden.

„Lass uns doch da vorne am Weinstand noch ein Gläschen trinken."

Ohne seine Antwort abzuwarten, hatte sie schon die Richtung geändert und zog ihn mit sich. Aus dem wogenden Sich-Treiben-lassen im Strom der Massen war jetzt der Kampf durchs dichte Unterholz geworden. Gegen Widerstand schoben sie sich mühsam voran. Ein dichter Urwald aus schwitzenden Leibern, gegen den sie andrückten. *Was müsst ihr denn jetzt hier querlaufen!*

Auf dem kleinen Platz zwischen Rathaus und Kirche stand ein hölzerner Pavillon mit Dach. Ein mehreckiges Gebilde, einem Tresen nicht unähnlich, sodass man sein Glas abstellen und lässig auch den Ellbogen bequem ablegen konnte. Für einige war es die letzte Stütze, die sie noch aufrecht hielt, auf zunehmend wankendem Untergrund.

„Ich hätte Lust auf einen kräftigen Roten." Sie sah ihn fragend an. Auf Absolution wartend? *Ja, du darfst noch ein Glas.* Noch wankte Klara neben ihm nicht, auch wenn sie sich jetzt an dem mit rot glänzender Lackfolie bespannten Tresenstück vor ihr festhielt. Aber das schienen sie alle zu machen, rundherum um den ganzen Weinstand. Aus der Mitte kam eine junge Frau mit lockigen Haaren auf sie zu.

„Was hätten Sie denn gerne?"

„Einen trockenen Rotwein für mich." Klara hatte also nicht wirklich seine Zustimmung für ihre Bestellung gebraucht. „Und du, Paul?" Sein Magen verlangte nach Riesling oder Grauem Burgunder. Verdauungsfördernd und belebend, ein Aufbäumen gegen die satte Müdigkeit, die ihn beherrschte.

„Eine Traubensaftschorle, bitte." Die Entscheidung hatte ihm sein Verstand abgenommen. Klaras Auto stand in irgendeiner Seitenstraße und sie würde es ganz bestimmt nicht mehr heil aus der Parklücke und hinunter nach Nieder-Olm schaffen.

„Was möchten Sie denn für einen Rotwein? Wir haben einen trockenen Portugieser. Eher was Leichtes und leicht gekühlt. Oder lieber den Spätburgunder? Das ist ein wuchtiger Roter. Er hat ein gutes Jahr im Barrique gelegen. Zum größten Teil ältere Fässer, aber eine feine Holznote hat er dennoch. Erinnert ein wenig an Vanille und zarte Röstaromen. Aber so, dass die kirschigen Spätburgundernuancen noch gut zu erkennen sind. Mein Favorit." Sie sah Klara fragend an, abwartend, zu welchem Endergebnis ihre Weinbeschreibung führte. Kendzierski erkannte in den blonden Locken der jungen Frau hinter dem Tresen geschwungenes, goldfarbenes Metall. Bunte Steine schmückten die angedeutete Krone.

„Der Spätburgunder hört sich gut an. Den nehme ich." Klara benickte sich selbst zustimmend. Die richtige Entscheidung für einen lauen Sommerabend. Ein kräftiger Spielkamerad für die beiden leichten Silvaner, die schon gespannt warteten. Klara drückte ihm einen satten Kuss auf die rechte Wange und flüsterte nah an seinem Ohr:s „Das war die Weinprinzessin. Die wohnt hier im Dorf. Vielleicht sollten wir doch lieber hierher ziehen?" Sie grinste. „Ein gekröntes Haupt."

Kendzierski fühlte die Hitze jetzt stärker, obwohl das doch kaum möglich war. Noch mehr Schweiß, den seine Poren freigaben, ohne Linderung zu erzielen. Nur mehr Nässe auf seinem Rücken und auf seinem Kopf. Wenig später waren ihre beiden Getränke da. Sie prosteten sich zu. Er schwieg beharrlich zu dem, was Klara eben gesagt hatte. Sie schien auch nicht weiter darauf eingehen zu wollen. Es war hier kaum der richtige Ort und der richtige Zeitpunkt, um über das Zusammenziehen zu diskutieren. Klara hatte ihre Nase tief ins Weinglas gesenkt.

„Der hat Power." Sie nickte und schnüffelte dabei weiter. Langsam setzte sie den Wein kreisend in Bewegung, um gleich wieder ihre Nase näher heranzuschicken. „Das Barrique riecht man ganz dezent nur. Sie hatte recht!" Klara hob den Kopf und blickte ihn an. „Keine intensive Holznote. Ganz zart und nicht dominant. Sie passt gut zum fruchtigen Duft." Einen vorsichtigen Schluck nahm sie in den Mund und schloss die Augen. Ab dem dritten Glas schien Klara zur Sommelière zu werden. Oder war es schon das vierte? Die Antwort hätte ihm nur Onkel Hans geben können. Ganz einfach: so viele Silvaner, wie der auch.

„Süßkirsche, Röstaromen, Vanille, Wildkräuter, zarte Tanninstruktur."

Klara grinste breit. Mit der linken Hand stützte sie sich auf den Tresen. Ihr Oberkörper war jetzt in leichtes Zucken übergegangen, während sie ihn wieder ansah. Große, weit geöffnete Augen, die sein Gesicht vermaßen.

„Paul, das steht alles da." Sie hob ihre linke Hand und behielt dennoch ihr Gleichgewicht. Ganz sicher stand sie da vor ihm. Grinsend. Mit ihrem Kopf deutete sie die Richtung an. Der gelackt glänzende Tresen, die dort aufgeklebte Weinkarte unter Folie. Grapefruit, Papaya, Sternfrucht, Guave. War das der Silvaner oder der Graue Burgunder? „Du kannst also den Mund wieder ganz entspannt zumachen. Du hättest dich mal sehen müssen."

Klara stellte ihr Glas ab. Kendzierski versuchte durch ein gezwungenes Lächeln anzudeuten, dass es ihm irgendwie gelingen wollte, mit ihrer guten Laune Schritt zu halten. Er mühte sich zumindest redlich. Ganz klappen würde es ja doch nicht.

Während Klara mit den beiden Ellbogen und dem Rücken am Tresen lehnte, um das wogende Treiben zu beobachten, wanderte Kendzierskis Blick über die Gesichter am Weinstand. Rundherum standen sie dicht gedrängt. Die meisten ins Gespräch vertieft. Mundbewegungen, Worte und Laute, die vom gleichmäßig dumpfen Gemurmel geschluckt wurden. Mal ein lauteres Lachen, mehr überlebte nicht als einzelnes Geräusch. Gegenüber auf der anderen Seite lag einer mit Arm und Kopf auf dem Tresen. Ein halbvolles Glas Rosé stand nahe bei ihm. Flauschig weicher Dämmerschlaf. Er war einfach zu nüchtern für das alles hier. Das kleine Gläschen Secco der beiden freundlichen Schnudscher hatte seine Wirkung längst schon verhaucht. Neben dem Schlafenden trafen seine Augen auf einen Blick, der ihn zu suchen schien. Ein Winken und eine ihm zuprostende Bewegung. Sein Kopf brauchte einen Moment für die richtige Zuordnung. Gesicht, Person, Name, jetzt passte alles zusammen. Das hatte ihm gerade noch gefehlt, hier und jetzt! Der Lübgenauer hob ihm noch einmal das Glas lachend über die gesamte Distanz des Weinstandes zu. Er rief auch etwas, aber die gut fünf Meter schafften die Worte nicht. Kendzierski versuchte zurückzulächeln. Er hob sein Glas in die Höhe und deutete auch eine Bewegung an, die einem Zuprosten nahe kam. Alles so dezent und unauffällig, dass es Klara nicht mitbekam, die weiter in die entgegengesetzte Richtung sah. Hieronimus Lübgenauer war das Letzte, was er als Gesprächsthema jetzt und hier gebrauchen konnte. Er kontrollierte noch einmal, ob der sich in Bewegung setzte, um ihnen einen kurzen Besuch abzustatten. *Wollen wir hier gleich anstoßen? Auf gute Nachbarschaft! Nennen Sie mich doch Hieronimus. Meine Freunde sagen Ronni zu mir.*

Bloß nicht! Schulterklopfen, Hände schütteln. Er würde nie wieder aus dieser Sache herauskommen. Aber Lübgenauer blieb vorerst dort, wo er stand. Auf Kendzierskis Rücken bahnte sich eine neue Welle heißen Schweißes einen Weg nach unten. Noch bevor er sich drehen konnte, war Klara schon herum. Sie nahm einen weiteren kleinen Schluck aus ihrem Rotweinglas. Mit leichtem Schmatzen kaute sie genüsslich auf dem Spätburgunder herum.

„Paul, schau mal!" Ein freudiger Ausruf direkt neben ihm. Wie beim Bingo, nur ohne Gewinn.

Er versuchte Überraschung zu spielen. Ob es ihm gelang, vermochte er nicht zu sagen.

„Da drüben steht der Herr Lübgenauer." Klara winkte jetzt auch noch. Zum Glück war der in ein Gespräch vertieft und nahm sie nicht wahr. „Da können wir ihm ja gleich sagen, dass wir die Wohnung nehmen." Erwartungsvoll blickte sie in sein Gesicht. Es gab Tage, auf die er gut verzichten konnte. Dieser hier war gerade dabei in der ewigen Bestenliste ganz nach oben zu klettern. Ein Siegertyp, ehrgeizig ging er sogar über Leichen. Das war unpassend gewesen!

„Klara, ich kann mir einfach nicht vorstellen, bei einem einzuziehen, der meine Mülltonne durchsucht."

„Ach, Paul. Lass ihn doch, wenn es ihm Freude macht. Da ist doch nichts dabei. Zumindest für uns nicht. Wenn, dann ist es für den ekelhaft. Der hängt schließlich in der Tonne!"

Sie griff wieder nach ihrem Rotweinglas. Sie ließ einen winzigen Schluck in ihren Mund gleiten. Wieder kauend und schmatzend. Das hatte sie doch früher nicht gemacht. Oder war es ihm nicht aufgefallen bisher? Was hatte Klara noch an Eigenarten, die sie erst nach einiger Zeit offenbarte? Schnarchen, Damenbart auf der Oberlippe, Käsefüße, Quellmüsli, Räucherstäbchen und sphärische Wasserschalenmusik auf CD? War in der Traubensaftschorle doch Alkohol? Klaras erwartender Blick holte ihn zurück. Die Hitze, der Schweiß, die Enge. Er fühlte sich dem Wahnsinn nahe.

„Meine Mülltonne ist meine Intimsphäre. Das geht doch keinen etwas an, was ich da reinwerfe. Ich will nicht, dass der da kontrolliert, was und wie viel ich esse!"

Kendzierski schüttelte verächtlich den Kopf dazu. Angewidert von dem Gedanken in ihm, der schlecht schmeckte, stank und sich auch ansonsten nicht besonders gut anfühlte. Abstoßend eben, so wie Ronni Lübgenauer.

„Komm schon, Paul, die Wohnung ist supertoll. Den Rest bin ich bereit dafür zu schlucken. Es gibt immer an allen Wohnungen etwas auszusetzen. Oder willst du gar nicht mit mir zusammenziehen?"

Den letzten Satz hatte sie fragend in die Länge gezogen. Ihr Blick hatte jetzt etwas Lauerndes. Sie beobachtete ihn ganz genau. Prüfend, abwartend, sprungbereit. Sag jetzt nichts Falsches, Kendzierski! Klara hatte ihr Glas wieder abgestellt. Ihm kam immer noch kein passendes Wort über die Lippen. *Eigentlich, aber doch nicht jetzt schon. Vielleicht bald einmal. Warten wir noch ein halbes Jahr bloß, nicht länger, oder doch? Vielleicht, ach, ich weiß auch nicht genau! So ein Gefühl. Noch zu früh, wir kennen uns doch erst seit ein paar Jahren, gar nicht so lang. Brauchst doch auch deine Freiheit; mal die Tür hinter sich zuzuziehen, die Ruhe alleine. Gar nicht lange. Manchmal eben. Natürlich immer gerne bei dir, mit dir zusammen. Aber haben wir doch auch jetzt schon. Keine Veranlassung, das alles zu ändern, passt doch so gut. Liebe dich doch auch!*

„Natürlich will ich auch mit dir zusammenziehen!"

Er stockte. Warum kamen aus seinem Mund andere Worte, als sie sein Verstand vorgab? Stille Post. Irgendwo auf dem Weg zwischen Gehirn und Lippen saß einer, der das alles ein wenig veränderte, den Sinn verkehrte.

„Aber das macht mir Angst, einer der mir nachkontrolliert. Kannst du das verstehen?"

„Nein, nicht wirklich. Paul, da ist nichts dabei! Eine dumme Angewohnheit bloß, die ich ihm gerne abgewöhne, wenn wir die Wohnung erst einmal sicher haben."

Sie hatte sich jetzt aufgerichtet und irgendwie hatte das auch reichlich ungeduldig geklungen.

„Ich finde auch, dass sie recht hat."

Kendzierski zuckte zusammen. Die sich annähernde Bewegung links neben ihm hatte er eben schon bemerkt. Aber doch mehr unbewusst. Die dunkle Stimme jetzt noch dazu. Im ersten Moment hatte er an Lübgenauer denken müssen. Heimlich still und leise angeschlichen, um im unpassenden Moment dazwischen zu gehen. *Da bin ich!* Aber er war es zum Glück nicht. Ein Mann von fünfzig, seine Begleiterin scheinbar im gleichen Alter. Beide lächelten sie, amüsiert von der Unterhaltung neben ihnen, die sie aber nun wirklich nichts anging. Freundliches Dauerlächeln der beiden in seine und Klaras Richtung. Die Frau mit den dunklen, auberginefarbenen Locken nickte gleichmäßig zustimmend.

„Entschuldigen Sie, dass ich mich da reinhänge."

Er schien das Sprachrohr der beiden zu sein. Ein leichtes Silbergrau in den Haaren, stoppelige ebenso graue Wangen. Sie war größer als er und auf den zweiten Blick doch wohl ein paar Jahre jünger. Mit dem Nicken hatte sie jetzt aufgehört. Sie beugte sich über seine Schultern vor, damit sie auch etwas von der sich anbahnenden Unterhaltung mitbekam. Wahrscheinlich wollte sie an der richtigen Stelle wieder nickend einfallen.

Kendzierski spürte den heiß aufsteigenden Unmut tief in sich. Ein Zweifrontenkrieg deutete sich an. Klara rechts und die beiden Versteher links. Lübgenauer von vorne. Zu viele Jäger sind des Hasen Tod! Kendzierski sah sich schon erlegt und weidmännisch ausgenommen daliegen. Die Konstellation machte jeglichen Widerstand zwecklos. Er konnte nur verlieren. Flucht war seine letzte Rettung! Bloß weg hier!

„Man kann sich damit gut arrangieren."

Der Graue von links schon wieder. Er ließ einfach nicht locker. Sie nickte. Ihre Lippen bewegten sich mehrmals auf und zu. Aber verstehen konnte er nichts. Der Lärm um ihn. Sie sprach zu leise. Vielleicht war das auch gut so.

„Unsere Vermieterin macht das auch. Schon seit vielen Jahren. Ich habe mich da anfangs aufgeregt. Nicht wahr Schatz?" Ein kurzer Blick hinter sich. Nicken von dort. Für ihn das Zeichen, fortfahren zu dürfen. „Wir wollten ausziehen, augenblicklich. Aber die Wohnung ist zu schön. Eine solche finden wir nie wieder." Er hielt kurz inne. Jetzt nickte Klara mit. Fast im Takt mit der lockigen Aubergine. Eingekesselt. Chancenlos. Den Silberkopf feuerte das zusätzlich an. Mach weiter! „Sie kontrolliert unsere Altpapiertonne."

Eine stimmungsvolle Pause, gezielt gesetzt, um die Spannung zu steigern. Der Tusch der Drei-Mann-Kapelle fehlte noch. Ein sachter Trommelwirbel dann. Das Kurorchester in Kendzierskis Kopf war in Hochform. Alle hatten sich anscheinend heute gegen ihn verschworen. Zur Jagd geblasen auf ihn. Wahrscheinlich war dieses ganze Schlachtfest ein geschickt inszeniertes Arrangement Klaras, um ihn zu einem deutlich hörbaren JA zu zwingen. *JA, DIESE WOHNUNG UND KEINE ANDERE: JETZT SOFORT!*

„Jeden Samstag holt sie sich die Papiertonne in ihre Garage."

Wieder hielt er kurz inne. Salamitaktik. Ein Scheibchen mehr mit jedem Satz. Künstliche Spannung, die Kendzierski rasend machte.

„Die Zeitungen sind ihr Ziel und die Zeitschriften. Heimlich und reichlich umständlich schafft sie die in Stoffbeuteln hinauf in ihre Wohnung. Im festen Glauben, dass wir das nicht merken würden. Seit Jahren schon. Ein ganz privates Altpapierlager direkt über uns, für schlechte Zeiten. Damit könnte man einer Papierfabrik über einen ernsten Rohstoffengpass hinweghelfen." Wieder eine Pause. Er hatte ja auch erstaunlich lange schon am Stück geredet. Die Aubergine lachte und zeigte ihre weißen Zähne dazu. Klara neben ihm zuckte auch. Ach, was verstanden sie sich alle gut. Die Mieter-Selbsthilfegruppe. Vereint im gleichen Schicksal. Ronni, unser Vermieter klettert in die gelbe Tonne und sammelt die Joghurtbecher. Damit will er ins Guinness-Buch der Rekorde.

„Mit zusammengeklaubten Werbeprospekten füllt sie dann die Tonne wieder auf, damit es keiner merkt. Wir können da heute nur noch drüber lachen. Sie hat ihre Beschäftigung und es sind doch nur Zeitungen und Zeitschriften. Wir legen sie sogar ordentlich zusammen. Irgendwann wollten wir ihr mal einen freundlichen Gruß mitschicken, aber Ellen will das nicht. Sie hat Angst, dass sich unsere Vermieterin erschrickt oder böse ist. Wir haben ein so gutes Verhältnis zueinander. Wir haben es wirklich gut mit ihr getroffen."

Jetzt schien er zum Ende gekommen zu sein. Die Aubergine nickte heftig. Klara lachte noch immer und langte nach ihrem Glas, um mit den beiden Leidensgenossen anzustoßen.

Kendzierski sah abwechselnd fassungslos nach rechts und links. Er war sich nicht sicher, was ihn mehr ängstigte, die beiden Zeitungsfalter oder Klaras kritikloses Einverständnis.

Sollten sie doch alle mit ihren Mülltonnenkontrolleuren unter einem Dach wohnen. Er nicht! Das alles hier machte ihn entschlossener denn je. Nicht mit ihm! Keine Lübgenauers in seiner Gelben Tonne. Egal, was sie dort drinnen trieben.

Das Vibrieren seines Handys holte ihn zurück. Er hatte bis jetzt nicht ein Wort herausbekommen. Blankes Entsetzen, mehr nicht. Es war der Wolf! Die Erlösung, so nahe.

„Klara, wir müssen los!"

„Wo es hier so schön ist."

Sie nahm den letzten Schluck Spätburgunder noch schnell in sich auf. Schüttelte den beiden Leidensgenossen, die sie so brav unterstützt hatten, die Hände. Bedauerndes Murmeln, das er nicht mehr hörte. Der Silberbart und seine Aubergine riefen ihnen noch irgendetwas Unverständliches hinterher.

29.

Der Schmerz in seinem Kopf drückte ihm die Augen sofort wieder zu. Nur kurz hatte er sie aufgeschlagen und dann sofort beschlossen, es nie wieder zu tun. Dunkelheit tat gut, gerne auch für die nächsten Stunden und Tage. Kein Licht, das in seinen Schädel fuhr. Er würde hier so liegen bleiben, bis alles vorbei war. Vielleicht erlöste ihn ja der eigene Tod von all den Qualen. Eine innere Verletzung, die sie ihm zugefügt hatten, durch die Tritte und Schläge. Er verblutete gerade ganz langsam, matter werdend, kraftlos am Ende in leichtem Schlaf. Unter einem dünnen, zarten Schleier weggeführt. Nichts mehr spürend, fühlend, ausgelöscht die wirren Gedanken in seinem Kopf, die die Ursache für den Schmerz sein mussten. Sie hatten ihn auch aus dem Schlaf gerissen. Zurückgeholt hierher auf seine dünne Matratze, die ihm schon seit Jahren als Bett diente. Flach auf dem Boden ruhte sie, mitten im Zimmer. Durchgelegen, sodass er die alten knarrenden Holzdielen in seinem Rücken spüren konnte. Sie gaben bei jeder Drehung knackend nach.

Der Schlaf hatte die Erinnerung nicht zu schlucken vermocht. Nicht ein Fetzen war verloren gegangen, alles so wach wie er auch. Der Schmerz in seinem dröhnenden Schädel, die pochende Schwellung in seinem Gesicht, ein einziger wild verzerrter, blutiger Klumpen, und die aufblitzenden Bilder in seinem Kopf. Trotz der Dunkelheit, die er hergestellt hatte, leuchteten sie ohne Vorankündigung immer wieder grell auf. Oder vielleicht gerade wegen der Finsternis dort oben. Überbelichtete Bilder in schmerzendem Weiß. Der Jesko, wie er dem Nachtmann an die Gurgel geht. Ihn würgt, bis er leblos einknickt. Der Bruchstein der Hauswand, der sich in seinem Kopf eingebrannt hatte, als ihn der erste Schlag gerade getroffen hatte. Detailgetreu dort oben festgehalten, wie auf einem Foto. Belichtet durch den Schmerz. Das breite Grinsen vom Fauster. Sein verzerrter Gesichtsausdruck in diesem Moment. *Ein wenig mehr sollte es schon sein. Vorab, bevor wir reden können. Ein kleiner Nachschlag.* Ganz anders sein Blick dann später. Erstaunt vielleicht. Gar nicht so voller Angst, wie er es erwartet hatte.

Er riss die Augen auf. Schluss damit, sofort! Er wollte das alles nicht schon wieder sehen müssen. Zusammengebrochen war er vorhin. Der Jesko musste ihn ins Bett geschafft haben. Aus dem Badezimmer. Keine Ahnung, wie lange das schon her war. Gut möglich, dass er mehrere Tage geschlafen hatte. Es war fast dunkel in seinem Zimmer. Dämmerzustand. Der Abend oder der Morgen? Er lauschte und hielt dabei sogar die Luft für einen kurzen Moment an. Das vielstimmige Murmeln ließ seinen Kopf wieder schmerzen. Zu viel Betrieb da draußen auf der Straße noch. Wohl eher Abenddämmerung als der nächste Morgen schon. Er hatte also gar nicht lange hier gelegen. Das fahle Licht fand nur durch sein linkes Auge herein. Das rechte war fast ganz zu. Er schloss das linke wieder. Bestandsaufnahme der Schrammen fürs Schadensprotokoll. Eine Vollkasko für seinen Schädel gab es ja doch nicht. Scheinbar hielten die verklebten Wimpern sein rechtes Auge zu. Unter Stöhnen wälzte er sich auf den Bauch herum und drückte seinen geschundenen Körper in die Höhe. Ein heftiger Schmerz fuhr zwischen seinen Rippen hindurch tief in die Brust. Er drückte entschlossen dagegen an, um nicht wieder zusammenzusinken. So kam er auf die Knie und nach einigen Sekunden des kontrollierenden Innehaltens sogar auf seine Füße.

Der Jesko hatte sich nicht die Mühe gemacht, ihn auszuziehen. Die Schuhe lagen vor seiner Schlafstätte, ohne dass die Schnürsenkel aufgeknotet waren. Ansonsten verriet der Blick an ihm hinunter, dass er noch in den gleichen Klamotten steckte wie schon den ganzen Tag über. Das blutverschmierte blaue T-Shirt und die abgewetzte Jeans, die sich aber ganz gut gehalten hatte. Über dem linken Knie war sie leicht eingerissen. Fast modische Absicht, denn Resultat eines Sturzes nach heftiger Gewalteinwirkung auf Kopf und Rücken.

Vorsichtig wankend tat er die ersten zaghaften Schritte vorwärts und von der weichen Matratze herunter. Auf den Holzdielen fühlte er sich schon sicherer. Ein wirkliches Ziel hatte sich in seinem Schädel noch nicht herauskristallisiert. Er schlug daher mehr aus Gewohnheit den Weg in Richtung Badezimmer ein. Auf dem Flur lauschte er wieder kurz. Sie waren noch immer weg. Vielleicht doch auf dem Fest unterwegs, bei Grünkernbratling mit Kartoffelbrei und Sauerkraut. Wohl kaum! Eher schon mit den Mädels von unten drunter nach Mainz geflüchtet. Semesterauftaktparty auf dem Campus. Die Neuen begutachten. Frischfleisch für die beiden Jungs. Im Laufe des Semesters würde Axel dann einen Gutteil hier anschleppen. Bewundernde Blicke der Erstis für den Arzt im Praktikum. Und wenn man ihn als Mediziner nötig brauchte, war er nicht da! Vielleicht war es auch besser so. Auf langwierige Nachfragen hatte er weiß Gott keine Lust.

Die Stromsparlampe im Bad schickte diffuse Halbhelligkeit. Ausreichend Licht für die zweite Begutachtung. Er ließ währenddessen warmes Wasser laufen und benetzte damit sein zugeschwollenes Auge. Er sah noch immer zum Fürchten aus, aber es war Stillstand eingetreten. Keine Fortentwicklung der Schwellungen. Ein beruhigendes Maximum schien erreicht zu sein. Um das rechte Auge sah es schon nach leichter Besserung aus. Jetzt, wo sich die blutige Klebekruste in seinen Wimpern gelöst hatte, ging das Auge sogar ein Stück weiter auf. Nur verschwommen sah er, aber er sah zumindest etwas. Keine bleibenden Schäden.

Ein neuer Schmerz in seiner linken Schädelhälfte ließ seinen rechten Arm zucken. Sein leicht getrübter Blick fiel auf das halb geöffnete Türchen des Spiegelschrankes über dem Waschbecken. Seine Gesichtskontrolle hatte er über das andere Türchen bewerkstelligt, daher fiel ihm erst jetzt auf, dass der zweite Flügel einen Spalt weit offen stand. Es war sowieso Axels Seite. Er wollte sie eigentlich jetzt in diesem Moment zudrücken. Seine rechte Hand verweigerte aber den Gehorsam und öffnete das Türchen. Die Hausapotheke des Jungmediziners. Die Grundausstattung aus der Klinik, in der er arbeitete. Ein paar Verbände und ein paar Fläschchen. Das untere Fach war leergeräumt! Er zuckte unter dem spitzen Stich zusammen, der ihm in den Schädel fuhr. Die Ampullen waren weg, mit denen sich der Axel gebrüstet hatte. *Nicht leicht, die in der Klinik mitgehen zu lassen! Geiles Zeug! Können sich danach an nichts mehr erinnern, die Mädels. Im Eigenversuch getestet. Retrograde Amnesie.* Heute früh hatten sie noch da drinnen gelegen! Sein Herz hämmerte. Das Pochen übertrug sich auf die Schwellungen in seinem Gesicht. Vor allem das rechte Auge nahm den Takt auf. Der Jesko musste sie eingesteckt haben, vorhin. Ihr Streit, der jetzt wieder in seinen Kopf zurückdrängte. Der Fauster war tot! Und der Jesko hatte das Dormicum mitgenommen. Sein ganzer Körper zitterte jetzt unter den vibrierenden Schlägen seines Herzens. Ein wiederkehrendes Donnern in seiner Brust, das sich von dort aus selbst in die entlegensten Regionen ausbreitete. Es hielt ihn für einen Moment noch in völliger Starre fest. Schlagartig errang er wieder die Herrschaft über seinen Körper. Er drückte das Glastürchen zu und steuerte in sein Zimmer zurück. Der Rucksack lag noch da. Gepackt heute, vor seinem ersten Fluchtversuch, der unter ihren Schlägen geendet hatte. Mit dem Schmerz, der einzog, waren die klaren Gedanken auf Tauchstation gegangen. Ansonsten hätte er sich doch gar nicht hier hingelegt und so viel Zeit sinnlos verschwendet. Zeit, die er dringend brauchte. Hektisch zerrte er an den Enden seiner Schnürsenkel, die sich aus reiner Boshaftigkeit natürlich jetzt ineinander verknoten mussten. Er riss an ihnen und zog damit doch nur alles noch fester zusammen. Bleib ruhig, verdammt! So wird das alles nichts! Er atmete bemüht konzentriert in sich hinein. Donnernde Einschläge drinnen in seinem Schädel. Der dröhnende Nachhall war fast noch unangenehmer. Die

Schuhe hatte er jetzt immerhin an und auch irgendwie zugeschnürt. Mit der Rechten langte er unter das ausgeblichene blaue Betttuch. Straff aufgespannt gab es dennoch nach. Er tastete suchend nach allen Richtungen. Da war sie! Er zerrte die schwarze Sturmhaube hervor und steckte sie in den Rucksack zu den restlichen Klamotten.

Der Schmerz im Kopf zwang ihn nach dem Aufrichten zu einem kurzen Moment des Innehaltens. Was, wenn der Jesko schon auf dem Weg zu ihnen war? Oder würde er nur versuchen ihn zu erpressen? *Ab jetzt läuft hier aber auch wirklich alles so, wie ich es vorgebe. Ansonsten weißt du schon, was passiert. Also, immer schön das Maul halten. Es ist auch zu deinem Besten!*

Er spürte in diesem Moment die Entschlossenheit, die er schon einmal gefühlt hatte. Es war sowieso schon längst alles in Schutt und Asche, da kam es darauf auch nicht mehr an. Mit dem Rucksack auf dem Rücken verließ er sein Zimmer und zog die Tür hinter sich zu.

30.

Sie hatte sich die handschriftlichen Seiten bis zum Schluss aufgehoben. Ganze Blätter dicht beschrieben in gleichmäßigen Bögen waren heutzutage eine Seltenheit. Die Spannung auf die Zettel hatte sich bis jetzt gehalten. Eine zarte Vorfreude, die in ihr schlummerte und nun erwachte, als sie das erste Blatt in die Hand nahm.

Die Briefpost war bis hierhin ziemlich enttäuschend gewesen. Nur wiederkehrende Werbesendungen, nicht ein einziger richtiger Brief, der sich für die Ablage in einem der Schuhkartons geeignet hätte. Auch der Kontoauszug von ihrem gemeinsamen Konto hatte das nicht auszugleichen vermocht. Er verriet, dass sie nach dem Eingang der beiden Gehälter zum Monatsanfang aus dem Minus in ein knappes Plus gerutscht waren. Es wurde mit jedem Monat ein wenig kläglicher dieses Plus, aber noch gab es keinen Grund zur Beunruhigung. Sie hatten Ersparnisse, aus denen sie halbjährlich den Fehlbetrag ausglichen. So handhabten sie das schon lange. Die schmerzhaften Überziehungszinsen zahlten sie kommentarlos. Sie musste darüber auch heute wieder den Kopf schütteln. Was das kostete im Laufe eines Jahres? Sie würde es demnächst mal zusammenzählen, aus den Quartalsabrechnungen in der grünen Kiste. Sicher eine ganz ordentliche Summe, die sie dafür ausgaben. Vor allem, wenn man es über die Jahre hinweg betrachtete. Wieder bewegte sie den Kopf hin und her. Jetzt hielt sie aber schon das mit blauem Kugelschreiber beschriebene erste Blatt Papier in der Hand, das der missbilligenden Bewegung ein jähes Ende setzte. Handgeschriebenes hatte noch immer für alles andere zu entschädigen vermocht. Sie musste an die Liebesbriefe denken, die sie zerrissen aus den Tiefen der Tonne ans Licht befördert hatte, um ihr Überleben zu sichern. Es würde sich in den nächsten Minuten klären, ob die Briefe im Schuhkarton nun Zuwachs bekamen. Auf den ersten Blick sah es mehr nach einem neuen Karton aus, den sie anzufangen hatte. Die Handschrift war die eines Mannes. Aber nicht seine. Die kannte sie zu gut. In allen Gefühlsausprägungen. Sollte das die Revanche sein? Ihre späte Rache für seinen Seitensprung vor ein paar Jahren. Sie nickte und empfand zartes Verständnis. Auf ihren Fingerspitzen fühlte sie die schweißig feuchte Vorfreude.

Hiermit enterbe ich meine Nichte Claudia Vehling und ih-

ren Mann Roland Vehling. Ihren Pflichtteil sollen sie erhalten, wenn es nicht zu vermeiden ist, aber keinen Cent mehr. All mein Vermögen soll nach meinem Tod in eine Stiftung übergehen, die meinen Namen tragen wird. Die Stiftung wird nach meinen Vorgaben, die mit dem Glaser Heinrich August Löwenstein bereits abgestimmt sind, die drei südwärtigen Kirchenfenster der Essenheimer Kirche mit einer Abendmahlszene neu verglasen.

Alle drei Fenster sollen rechts unten, klein, aber doch im Licht der Sonne gut sichtbar für alle, den Namen meiner Stiftung tragen. Sollte sich die Kirchengemeinde gegen die neuen Fenster aussprechen oder aber ungerechtfertigte Einwände hinsichtlich der Gestaltung der Abendmahlsszene geltend machen, so habe ich den Glaser Löwenstein beauftragt, die Fenster den Nachbargemeinden anzubieten. Szenerie und die dargestellten Personen des Abendmahles sind exakt so abzubilden, wie ich es vorgegeben habe. Nur die Gemeinde, die die Fenster annimmt, weiterhin erhält und pflegt, wird in den Genuss der jährlichen Ausschüttungen meiner Stiftung kommen, über die sie dann nach eigenem Ermessen verfügen kann. Georg Fauster.

Sie schnaubte verächtlich. Das war typisch für den Fauster. Geld hatte er so viel, dass er daran fast zu ersticken drohte. Aber das würde sie ihm heimzahlen! Dem Geizkragen. Sie packte die Zettel zusammen. Das handschriftliche Geschmiere und auch die unbeholfenen Zeichnungen dazu. Wie ein kleines Kind hatte er auf dem Papier herumgekrakelt. Wirre Linien, schmierig und immer wieder durchgestrichen. Ein verhinderter Landschaftsmaler war er nicht. Einfach nur ein Stümper und nicht mehr, dem das Alter den klaren Kopf vernebelte. Wenn ihr das hier eines deutlich machte, dann, dass sie noch ganz gut bei Sinnen war. Im Gegensatz zu dem. Sie zog die Stahltür hinter sich zu und schloss zweimal ab. Der Ärger ließ die Hitze in ihr aufsteigen. Eine Jacke brauchte sie für die kurze Strecke nicht. Sie wusste ganz genau, wo seine Tonne stand! Wenn er zu geizig war, die auch nur alle paar Wochen mal hinauszustellen, dann sollte er aber wenigstens nicht seinen Abfall bei ihr entsorgen. Sie schnaufte weiter wie eine alte Lokomotive unter Dampf. Jetzt sollte er ihr nicht zwischen die Finger kommen, der Fauster.

Der Lärm, der in ihr Ohr drang, als sie die Haustür schon hinter sich zugezogen hatte, holte sie ein Stück weit zurück. Sie sah sich verwirrt um. Links, rechts. Die Menschen hier auf der Straße, Hupen in der Ferne, ein unterschwellig lautstarkes Treiben. Sie stand vor ihrer Haustür in der Querstraße direkt unter dem Feuerwehrplatz, der bei allen großen Dorffesten als Parkmöglichkeit herhalten musste. Beim Fauster vor dem Haus staute sich der ganze Trubel auf dem Weg hinunter zum Dorfmittelpunkt. Sie blickte noch einmal nach rechts und links, während sie tief einatmete. Die laue Luft eines warmen Abends Anfang Oktober. Sie öffnete den Deckel ihrer Papiertonne und warf die Zettel hinein. Er hatte noch mal Glück gehabt, der alte Geizkragen. Beim nächsten Mal, wenn sie ihn sah, würde sie ihm aber gehörig die Meinung sagen. Beim Bäcker in der Schlange am Samstagmorgen. Sodass es alle mithören konnten. Zufriedenheit überkam sie in diesem Moment. Es war ein besseres Ende für einen doch ansonsten gar nicht so schlechten Samstag. Drinnen warteten noch die Zeitungen und Magazine einer ganzen Woche. Sie würde sie alle gleich nach oben schaffen, solange die Luft noch rein war.

31.

Der Bach hatte nur wenige Minuten nach dem Wolf Kendzierskis Handy in sachte Vibration versetzt. Auch der Winzer hatte den Marschbefehl vom Einsatzleiter der Kripo erhalten. *Kommen Sie hier hoch, umgehend! Wir brauchen jetzt Ihre Aussagen!* Scharfe Befehle eines genervten Ermittlers. Auf Anraten Bachs hatten sie sich für einen ausholenden Bogen entschieden, um die völlig verstopfte Hauptstraße weiträumig zu umgehen. Schon das kurze Stück weg vom Weinstand, quer zum natürlichen Fluss der Menschenmenge, war eine Bestätigung für die beschlossene Vorgehensweise gewesen. Nur im Gänsemarsch gegen sie anrempelnde Schlachtfestbesucher waren sie schleichend langsam vorangekommen. In Kendzierski wuchs die Anspannung, obwohl ihm doch klar sein musste, dass es dort oben beim Fauster jetzt kaum schon Ergebnisse geben konnte. Es war daher auch eher das schlechte Gewissen, das seinen ohnehin schon geplagten Magen in zusätzliche Unruhe versetzte. *Kendzierski, waren Sie drinnen bei ihm? Hand zum Schwur und ehrlich heraus! Wir ermitteln es über kurz oder lang sowieso. Jetzt können Sie noch mit Haftmilderung rechnen. Später nicht mehr!* Wolfs Grinsen dazu hatte er jetzt schon deutlich vor Augen. Sein mit Kraut und Leberwurst ringender Magen brummte Zustimmung und Mitgefühl.

„So viel Betrieb hatten wir noch nie beim Schlachtfest. Das dürfte eine neue Rekordmarke sein. Und nächstes Jahr kommen sicher noch mehr. Bei der Presse, die uns in den nächsten Tagen blüht. Tod beim Schlachtfest. Wir werden uns vor Schaulustigen nicht retten können." Der Bach hatte gedämpft neben ihm gesprochen, während sie weiter im Slalom vorandrängten.

„Bisher wirkt es aber so, als ob die meisten noch nichts von dem Toten mitbekommen hätten. Die Ströme orientieren sich eindeutig noch in Richtung Schlachtplatte und Wein." Kendzierski versuchte sich dazu in einem Grinsen. Gerne hätte er die dadurch entstandene Grimasse kontrolliert und für den restlichen Tag als Vorlage gespeichert. Jederzeit abrufbereit für die Situationen, denen er sich in den nächsten Stunden noch zu stellen hatte.

Bach nickte dazu und Klara schwieg weiter eisern. Sie trauerte wahrscheinlich noch den beiden Mülltonnenkontrolleurverstehern nach. *Siehst du Paul, die haben damit auch kein Problem! Ich übrigens auch nicht, aber das habe ich dir ja schon oft gesagt. Lass ihn ruhig suchen, wenn es ihn glücklich macht.* Aus, basta, nein!

Bach führte sie auf wirren Pfaden durch das überfüllte Dorf. Kendzierski hatte längst die Orientierung verloren. Immerhin kamen sie zügig voran. Mit zum Teil mutigen Ausweichmanövern.

„Das fehlte jetzt gerade noch." Der Stoßseufzer stammte von Bach. „Tante Mathilda. Da komme ich ohne ein paar Worte nicht heil vorbei. Wir müssen ja nur noch die Straße hoch, dann sind wir schon da." Bach deutete die Richtung mit einer Kopfbewegung an. „Sie können gerne schon weiter. Ich bin in einer Minute fertig, versprochen."

„Dann können wir auch warten." Kendzierski kam diese kurze Gnadenfrist gar nicht so ungelegen. Ein knapper Moment der Ruhe, der es ihm vielleicht ermöglichte, sich einen klaren Schlachtplan für die Unterhaltung mit Wolf zurechtzulegen. *Ja, ich war drinnen. Ein Geräusch. Der Täter hätte noch vor Ort sein können. Aber die Katze war es leider nur. Ich bin dann sofort wieder raus. Ehrenwort. Und angefasst habe ich auch nichts, ist ja nicht mein erster Tatort. Ich weiß doch längst, worauf es ankommt!* Das war kein schlechter erster Ansatz, auch wenn er sich jetzt schon Wolfs dazu passenden Blick ausmalen konnte. Der verriet ihm, dass er sicher keines seiner gesagten Worte ernsthaft glauben würde. *Verarschen kann ich mich alleine, Kendzierski! Sie wissen, dass ich Ihre Neugier nicht ausstehen kann. Das ist unsere Sache hier und es geht Sie nichts an! Auch wenn Sie zufällig in die ganze Sache hineinstolpern. Es steht Ihnen trotzdem nicht zu, auf eigene Faust herumzuschnüffeln! Aber wozu sage ich das, Sie scheren sich ja doch nicht drum! Irgendwann aber bin auch ich mal am Ende meiner fast grenzenlosen Geduld angekommen und dann jammern Sie bitte nicht, dass es Sie ganz unerwartet trifft. Ich habe Sie schon mehr als einmal gewarnt!*

„Meine Frau hat Tante Mathilda mit in die Ehe gebracht. Das Kleingedruckte der Mitgift."

Bach wieder, während sie durch die Seitenstraße gingen. Ein Stück weiter stand eine ältere Frau mit grauen Haaren auf dem Bürgersteig. Die musste es also sein. „Eine Tante ist sie nicht einmal. Wir nennen sie nur alle so. Weitläufige Verwandtschaft meiner Frau mit reichlich Kalk im Getriebe." Bach versuchte sich an einem Lächeln. Ihm war die Situation sichtlich unangenehm. Wahrscheinlich wusste er sie beide lieber schon auf dem Weg zum Fauster, während er mit der Tante Mathilda seinen Pflichtplausch begann. „Meine Frau lädt sie jedes Jahr zu ihrem Geburtstag ein. Öfter sehen wir uns auch nicht. Sie wohnt mit ihren gut achtzig zwar noch alleine, aber ist manchmal schon ein wenig kurios." Er hatte gegen Ende des Satzes kurz gestockt, um das treffende Wort für die Charakterisierung ihres Zustandes umständlich hervorzukramen. „Eigen eben", schob er hinterher. Immer noch nicht ganz zufrieden mit der Skizze. „Zu jedem Geburtstag meiner Frau bringt sie eine Tageszeitung mit. Vom gleichen

Tag zwar, aber vor etlichen Jahren. Das klingt jetzt sicher komisch, ist aber doch immer eine Überraschung. Was ist denn am 13. Juni 1988 so passiert? Anscheinend sammelt sie seit Jahren die Zeitungen bestimmter Tage. Ich war noch nie in ihrer Wohnung, aber die ist vielleicht bis unter die Decke voller alter Zeitungen der letzten fünfzig Jahre. Schon ein wenig verrückt, aber wenn man in das Alter kommt. Und dann ist sie seit so vielen Jahren schon ganz alleine. Kaum mal auf der Straße unterwegs. Da kommen wahrscheinlich solche Ideen ganz automatisch." Er suchte nach Zustimmung in Kendzierskis Gesicht, dann bei Klara. Die nickte flüchtig. Sie schien angespannt in ihren eigenen Gedanken versunken. Im Kampf mit den Silvanern und dem Spätburgunder oder doch mit seinen ausweichenden Aussagen zur Wohnungssuche.

„Junge, wo kommst du denn her?"

Bach war das jetzt sichtlich unangenehm. Der Bub von gut fünfzig. Jetzt fehlte nur noch das mit Spucke angefeuchtete Taschentuch für die rubbelnde Reinigung der schmutzigen Backen. Und der sich im Klammergriff windende kleine Junge. Zwecklose Versuche, der zupackenden Tante zu entkommen. *Bist du aber groß geworden. Wie du wieder aussiehst! Lass dir wenigstens den Mund sauber machen! So kannst du doch nicht draußen herumlaufen.*

„Wir wollen hoch zum Fauster." Bach biss sich augenblicklich auf die Zunge. Der altersgütige Ausdruck in ihrem von grauen Haaren umrankten Gesicht verschwand sofort. Sie riss zuerst die Augen weit auf und dann den Deckel der Mülltonne direkt neben sich. Ihre Lippen waren noch einen Moment fest zusammengekniffen, dann sprudelte es giftig aus ihr heraus.

„Na dem kannst du einen recht schönen Gruß von mir ausrichten!"

Sie schnaufte ein paarmal geräuschvoll durch die Nase.

„Und nimm ihm doch das gleich mit!"

Nur kurz verschwand sie hinter dem geöffneten Deckel der Mülltonne. Kendzierski spürte, wie ihm seine Gesichtszüge entglitten. Sein Mund stand jetzt ganz sicher richtig weit offen. Schrecken, Überraschung, Grauen. Von allem etwas und zusammen reichlich. Es schien heute der internationale Mülltonnengedenktag zu sein. Scheinbar wussten das alle, bis auf ihn.

„Hier, Karl, nimm ihm das mit und sag ihm, er soll seinen Müll gefälligst in seiner Tonne entsorgen. Dann braucht sich der alte Geizkragen auch nicht mehr in meinen Hinterhof zu schleichen. Er kann Gott danken, dass ich ihn dabei noch nicht erwischt habe."

Tante Mathilda war schon wieder aus ihrer Tonne heraus und hielt dem Bach ein Bündel Zettel unter die Nase. Der griff sofort danach, mit einem Ausdruck peinlicher Gerührtheit, wie sie einem nur von Verwandten oder nächsten Freunden in unpassenden Momenten beigebracht werden konnte. *Bitte lass diesen Moment schnellstens vergehen oder mich augenblicklich im Erdboden versinken.* Bach nickte pflichtschuldig und nuschelte etwas, was entfernt nur an ein „Ja natürlich, Tante Mathilda" zu erinnern vermochte.

„Bitte entschuldige, aber wir haben es eilig."

„Ich hatte auch nicht vor, dich länger aufzuhalten. Ich habe noch reichlich zu tun. Und schließlich bist du bei mir stehen geblieben!" Die resolute Tante hatte die Hände in die Seiten gestemmt und sah ihn herausfordernd an. „Grüß mir deine liebe Frau recht herzlich!"

Noch bevor Bach antworten konnte, hatte sie bereits auf dem Absatz kehrtgemacht und strammen Schrittes die wenigen Meter bis zu ihrer Haustür in Angriff genommen. Bach nickte ihr nach.

„Deswegen haben wir sie auch so gerne."

Er hatte es geflüstert und suchte in Kendzierskis Gesicht nach Zustimmung. Bach kontrollierte kurz, ob sie wirklich verschwunden war, dann hob er den Deckel der Altpapiertonne an, um die Loseblattsammlung erneut darin verschwinden zu lassen. Sie würde schon nicht gleich wieder nachsehen, ob er das auch wirklich mitgenommen hatte. Und dem Fauster konnte er ihre lieben Wünsche kaum mehr übermitteln.

„Halt!"

Der Schrei aus Kendzierskis Mund ließ Bach und Klara zusammenzucken. „Nicht wegwerfen!" Er griff nach den Blättern und zog sie dem Winzer aus der Hand. Der gleiche Stift, die gleichen wirren unbeholfenen Striche auf dem Papier. Das Zittern seiner Hände ließ das Papier raschelnd vibrieren, während er konzentriert las. *Hiermit enterbe ich meine Nichte Claudia Vehling und ihren Mann Roland Vehling.* Die angedeuteten Kirchenfenster, das Abendmahl, die Georg-Fauster-Stiftung. Jetzt ergab das einen Sinn. Die Blätter in seiner Hand und der einzelne Zettel unter dem Bett des Opfers. Hatte der Täter das alles eilig zusammengerafft? Aber warum lag es dann in der Papiertonne der alten Tante? Auf der überstürzten Flucht im Hinterhof und einer fremden Tonne entsorgt. Nachdem er den alten Fauster im Kühlwagen abgelegt hatte. Rache nur, eisig kalt, konnte der Antrieb hinter einem solchen Verhalten sein. Das Risiko entdeckt zu werden. Oder doch der kühl geplante Mord. Zwischen den Bratwürsten hatte er ihn nur platziert, um eine falsche Spur zu legen. Claudia und Roland Vehling. Er war gespannt, ob die beiden sich schon am Tatort eingefunden hatten. Den plötzlichen und so grausamen Tod ihres Onkels zu bedauern.

„Schnell, wir müssen zum Fauster!"

Ohne auf die fragenden Blicke von Klara und Bach einzugehen, rannte Kendzierski los.

32.

„Kommen Sie doch herein, hier sind wir ungestört."
Gerd Wolf stieß die Tür auf und deutete mit einer Geste seines rechten Armes an, dass sie voran durch das Hoftor gehen sollten. Es war besser, hier drinnen zu reden. So waren sie abgeschirmt vor den neugierigen Blicken der zahllosen Menschen, die sich hier vorbeischoben. Immerhin war es ihnen bisher ganz gut gelungen, den Tatort nicht zu offensichtlich als solchen erscheinen zu lassen. Sie waren alle in Zivilfahrzeugen hierhergekommen. Ein Teil der Autos stand ein Stück entfernt in einer Seitenstraße, der Krankenwagen zwar auf dem Feuerwehrplatz, aber am anderen Ende. Der fiel dort genauso wenig auf wie die Sanitäter. Die waren bei großen Volksfesten ohnehin Pflicht. Der Veranstalter hatte sich darum zu kümmern, um die Betrunkenen zu versorgen, die auf ihre krampfhaft festgehaltenen Weingläser und Flaschen fielen. Versagender Kreislauf in Folge übermäßigen Alkoholkonsums sowie Schnittverletzungen an den Händen bildeten zusammen sicher mehr als neunzig Prozent aller Volksfestverletzungen. Da war er sich ganz sicher. Ihr unauffälliges Wirken hatte sich bisher ausgezahlt. Die Flatterbänder vermittelten den Anschein, zur Verkehrsführung absichtlich platziert worden zu sein. Der Parkplatz überfüllt

und daher abgesperrt, zumindest die Feuerwehrzufahrt. Die Ordner ließen nur hinaus und nicht mehr hinein. Später vielleicht wieder. Hinter den Absperrungen hatten sich keine Menschenmengen gesammelt. Selten blieben Einzelne stehen, die aber schnell weiterzogen. Aus Furcht, das letzte Schwein könnte schon im Anschnitt sein, und weil es sowieso nichts weiter zu sehen gab. Die Spurensicherung lief hinter dem verschlossenen Tor Fausters ab und dahin hatte Wolf auch die beiden geführt, um sie vor den gaffenden Blicken zu schützen. Es würde schwer genug für beide werden. Nichts ahnend, wie sie plötzlich mit geweiteten Augen vor ihm gestanden hatten.

„Wir wollten zu meinem Onkel, um ihn zum Schlachtfest abzuholen. Ein später Schoppen zusammen. Er sitzt doch sonst ganz alleine hier herum, wie jeden Abend. Was ist eigentlich los und was machen Sie in seinem Haus?"

Wolf atmete einmal tief durch. Es war trotz aller Routine der vielen Jahre im Kripodienst doch immer wieder keine leichte Situation. Die Todesnachricht, die er zu überbringen hatte. Schonend, aber doch so, dass er die Angehörigen mit der Wahrheit konfrontierte, weil sie ja auch zur Aufklärung beitragen konnten. Obwohl das hier im Fall Georg Fauster kaum noch von entscheidender Bedeutung war. Er straffte sich, während die beiden mit verstörten Blicken dem Werken der Spurensicherer in ihren weißen Einwegoveralls folgten.

„Ihr Onkel ist heute Nachmittag tot aufgefunden worden. Wir gehen von einer Straftat aus." Er hielt kurz inne und sah in die weit geöffneten Augen, fahle Gesichter jetzt, in die der Schrecken gefahren war. Einen Moment noch ruhte sein Blick auf den beiden. Eine Regung, ein Zucken, das nicht zu dieser Situation passte. Zum Schrecken, der Trauer. Nichts.

Sie verhielten sich ganz so, wie er es geahnt hatte. Gefasst, zwischen Schock und Trauer. Nicht dem Zusammenbruch nahe. Der Onkel ist nun mal nicht Vater, Mutter oder das eigene Kind. Er ist schon ein bisschen weiter entfernt und das war immer deutlich zu erkennen.

„Es tut mir sehr leid, Ihnen das so mitteilen zu müssen."

Er gab seinem Gesicht den geübten Zug aufrichtiger Anteilnahme und nickte mit gesenktem Blick mehrmals langsam. „Ich will Sie in Ihrer Trauer nicht noch mehr belasten, aber vielleicht hilft es Ihnen, dass wir den Täter schon in Gewahrsam genommen haben."

Wolf kontrollierte die Reaktion der beiden. Keine nennenswerte Veränderung in den bleichen Gesichtern. Sie hatte wässrige Augen, leicht gerötet schon. Die Tränen schien sie unter äußerster Kraftanstrengung noch zurückzuhalten. „Er hat sich gestellt und schon ein Teilgeständnis abgelegt. Wir prüfen das gerade." Kurz ließ er Stille einkehren, um leiser weiterzureden. „Gehen Sie nach Hause. Uns genügt es, wenn wir wissen, wo wir Sie erreichen können. Mein Kollege nimmt nur schnell Ihre Personalien auf." Wolf deutete mit einer knappen Kopfbewegung an, welche der weiß gekleideten Personen er gemeint hatte. Mit der Rechten gab er ein Zeichen. „Ich wäre Ihnen dankbar, wenn Sie uns im Laufe des morgigen Tages für ein bis zwei Stunden zur Verfügung stehen könnten."

Wolf drückte zuerst ihr und dann ihm die Hand und übergab beide an den Kollegen. Den Ausdruck der Anteilnahme auf seinem Gesicht behielt er noch einen Moment weiter bei, während er schon wieder auf dem Weg nach draußen zum Kühlwagen war.

33.

Hektisch schnappte er nach Luft. Seine Lunge schien nicht genug davon zu bekommen. Und auch sein Kopf nicht. Ein stechender Schmerz meldete sich auf Höhe der rechten Schläfe. Mehr Sauerstoff für den Spurt das steile Stück Straße hinauf. Durch die ständigen Ausweichmanöver hatte er bestimmt die doppelte Wegstrecke zurückzulegen. Verlangsamen, abstoppen und neu beschleunigen. Das kostete zusätzliche Kraft. Ein schwerer Körper beim Versuch maximaler Beschleunigung.

„Links die Treppe hoch." Japsende Worte von Bach nur wenige Schritte hinter ihm.

Kendzierski musste abbremsen. Im Nadelöhr begegneten sich dicht gedrängt zwei Wanderungsströme. Alle Ortskundigen, die auf diese Weise den Stau auf der Hauptstraße zu umgehen suchten. Es waren zum Glück nur ein gutes Dutzend Stufen auf der engen Treppe, oben angekommen verlief sich das alles schnell. Die meisten schienen auf dem Heimweg zu sein. Die Suche nach dem Auto im Parkgewirr. *Wo hatten wir das noch abgestellt vorhin? Zu viele Fahrzeuge, kreuz und quer. Die Park-App müsste man jetzt haben. Hilfreich nach einigen Gläsern Wein. Wo bitte geht es zu meinem Auto? Wenn ich erst einmal drinsitze, bringt es mich schon nach Hause.*

Eine Seite des Parkplatzes, vom Hof Fausters bis hinunter zum Kühlwagen, der nicht weit von der Treppe stand, die sie hochgekommen waren, hatte der Wolf absperren lassen. Unauffällig und ohne uniformierte Polizisten. Ein paar Zivile standen, scheinbar unbeteiligt, zur Absicherung herum. Die vorbeiströmenden Menschen nahmen kaum Kenntnis. Schwer der Magen und auch der Kopf. Auf dem Heimweg.

Kendzierski rang weiter hektisch nach Luft, im Endspurt

am verschlossenen Kühlwagen vorbei und auf das Hoftor zu. Der Wolf kam ihm entgegen. Ein Grinsen zeichnete sich jetzt auf seinem Gesicht ab. Er hatte ihn entdeckt.

„Sie sehen mir ja nach reichlich Schlachtplatte aus."

Kendzierski war noch nicht in der Lage, gegen seine hektische Atmung anzureden. Es blieb ihm also nichts weiter übrig, als heftig schnaufend Wolfs Kommentare über sich ergehen zu lassen. Der Kripobeamte, etwas über sechzig, gesunde Bräune, durchtrainiert und drahtig, besah ihn prüfend von oben nach unten. Das Grinsen auf seinem Gesicht zog sich immer mehr in die Breite. „Bei den Temperaturen hat der Körper mit Sauerkraut und fetten Würsten so seine liebe Mühe." Verständnisvolles Nicken bei weiter breitem Grinsen. Wolf schien auf eine Antwort zu warten, zu der Kendzierski aber noch nicht in der Lage war. Nur Luft, mehr vorerst nicht! Er klopfte ihm freundschaftlich auf die Schulter. „Heute könnten Sie mich mal loben."

Eine stimmungsvolle Pause, in der sich Wolf zusätzlich reckte. Den Kopf leicht nach oben, zufriedener Blick und eine stolz geschwellte Brust. „Sie legen mir eine Leiche vor die Nase. Ich fahre an Loch 18 mit einem Birdie den Sieg ein und serviere Ihnen den Täter, während Sie noch in Ihren Leberwürstchen und den Nierchen herumstochern."

Wieder eine Pause, in der Wolf auf das Erstaunen im Gesicht seines Gegenübers wartete. Er schien zufrieden zu sein mit dem, was er sah. Trotzdem schwieg er noch einen Moment. Den Kopf hielt er weiter starr in die Höhe gereckt. Die Pose des glorreichen Feldherrn, Modell stehend für den Historienmaler, der nach gewonnener Schlacht den heroischen Moment für die Nachwelt auf die Leinwand bannte. Ruhmreiche Taten großer Männer vor glühend rotem Sonnenuntergang.

„Es scheint Ihnen die Sprache verschlagen zu haben, dass wir den Täter schon in Gewahrsam genommen haben." Wolf räusperte sich stimmgewaltig. „Er hat es uns aber auch wirklich leicht gemacht." Die Brust des Kripobeamten schien jetzt zum Bersten prall. Überquellend vor Stolz. Ein paar Stunden nur, die ihm ausgereicht hatten, um den Fall zu lösen.

„Wer war es?"

Zwischen einem tiefen Luftholen und dem heftigen Ausstoßen derselben, hatte Kendzierski die wenigen Worte schnell herausgepresst. Sie zauberten ein väterliches Lächeln auf Wolfs Gesicht. Er stieg aus der Feldherrnpose herab, um ihm geduldig alles erklären zu wollen. *Komm, mein Sohn, und höre mir andächtig zu. Dein Vater hat so viel zu berichten. Bange Stunden, heroischer Kampf, glückliche Wendungen des Kriegsgeschehens.* Verdammt, er hatte keine Zeit für Wolfs eitle Spielchen!

„Wer war es?" Das hatte er brüllen wollen, aber nur ein heiseres Krächzen war daraus geworden. Erstickt fast im Luftsog.

„Er ist geständig, in weiten Teilen jetzt schon. Der Rest wird folgen, in den nächsten Tagen."

Kendzierskis Blick, mit dem er krampfhaft versuchte, Wolf auszuweichen, blieb am anderen Ende des Parkplatzes hängen. Die eitlen Züge um seinen Mund, das Gehabe: Lächerlich aufgeblasen stand er da vor ihm. Sich sonnend, obwohl es doch längst schon dunkel um sie herum war. Fast schon Nacht. Der Krankenwagen! Obwohl sich seine Lunge kaum wirklich erholt hatte, wollten seine Beine schon wieder losrennen. Das metallische Geräusch des Hoftores hielt ihn zurück. Das Türchen war gerade geöffnet und gleich darauf wieder etwas zu fest zugeschoben worden. Mit unsicher tastenden Schritten war ein Pärchen herausgetreten. Sie standen zehn, fünfzehn Meter entfernt davon.

„Wer ist das?"

Der Wolf sah erst ihn an und suchte dann seinem Blick zu folgen. Immer noch mit einem leicht belustigten Zug um seinen Mund. Der abgehetzte Verdelsbutze, überfordert mit einem kleinen Spurt, der Schlachtplatte im Magen und den Zusammenhängen einer recht einfachen Ermittlung. Fast schon spürte Wolf einen Hauch Mitleid in sich aufsteigen. Er sollte diesen Moment nicht noch weiter auskosten und dramaturgisch auf die Spitze treiben. Es war genug jetzt.

„Die einzigen näheren Angehörigen des Opfers. Die Nichte und ihr Mann, Claudia und Roland Vehling. Sie wollten ihrem Onkel während des Festes einen Besuch abstatten. Ihn noch auf ein spätes Glas Wein einladen. Wir werden sie morgen befragen. Das war alles schon ziemlich viel für sie."

„Haltet die fest. Die dürfen nicht weg!"

Kendzierski hatte es geröchelt und dabei abwechselnd Klara und Bach angesehen. Dann rannte er los, quer über den Parkplatz.

„Halt, Kendzierski, halten Sie an! Sie können da nicht hinein!"

Wolf brüllte hinter ihm her. Die Geräusche verrieten, dass er ihm folgte. Kendzierski trieb sich an. Aus den Augenwinkeln erkannte er im rechten Moment das Aufleuchten der weißen Lichter, dann setzte der Wagen schon schwungvoll zurück. Es gelang ihm gerade noch auszuweichen. Ein minimaler Richtungswechsel in vollem Tempo, der zum Glück ohne Folgen blieb. Nur wenige Sekunden später hatte er den Krankenwagen erreicht. Er riss die Tür auf. Etliche Augen, die ihn anstarrten. Groß und geweitet. Zwei Sanitäter, ein Beamter in Zivil, bereit einzugreifen. Das geschwollene, entstellte Gesicht Kocks.

„Haben Sie das Schloss vorgehängt?"

Laute Worte aus Kendzierskis Mund, wie herausgespuckt. Fragende Blicke, keine Reaktion. „Das Schloss am Kühlwagen, haben Sie die Tür zugemacht und das Schloss eingehängt?"

Die Stille zog sich quälend in die Länge. Die Lippen Kocks bewegten sich. Es dauerte dennoch unendlich lang, bis Töne hervorkamen und ihren Weg in Kendzierskis Ohr fanden.

„Es war ein Unfall."

Sein Oberkörper zuckte. Schluchzend zog er seine Nase hoch. „Ich wollte das nicht. Nur einen Schrecken wollte ich ihm einjagen." Wieder das gurgelnde Geräusch zwischen flehenden Worten. „Ich wollte ihn nicht umbringen. Nur betäuben. Er hätte sich an nichts mehr erinnert. Ein paar Tropfen Dormicum für zwanzig Minuten Tiefschlaf. Sonst hätte er uns immer weiter erpresst. Noch mehr Geld und mehr wegen der Äcker, auf die der Jesko gierte. Ich wollte ihm einen ordentlichen Schrecken einjagen. Ein Denkzettel, der ihm klar machte, dass das Maß voll war. Er hätte uns seine Äcker dann ganz sicher nicht mehr gegeben und alles wäre beim Alten geblieben. So haben sie es kaputt gemacht, der Fauster und der Jesko. Beide konnten sie den Hals nicht voll genug kriegen." Er drückte sich die Hände vor sein Gesicht.

Kendzierski spürte den Wolf schnaufend hinter sich im Türchen des Krankenwagens. Der Kock sog wieder röchelnd Luft durch die verklebte Nase.

„Die Tür am Kühlwagen. Versuchen Sie sich zu erinnern!"

Er hätte ihm am liebsten die Hände vom Gesicht gerissen. Die drohende Haltung des Zivilen hielt ihn davon ab. Noch schien auch Wolf nicht eingreifen zu wollen.

„Die Idee mit dem Kühlwagen kam mir erst, als er schon

vor mir lag, schlafend. Dann würde er die Drohung noch besser verstehen. Eine deutliche Sprache. Ansonsten wachte er im Bett auf und erinnerte sich an nichts mehr. Auch nicht daran, dass ihn einer mit vorgehaltener Schreckschusspistole gezwungen hatte, die Tasse Wasser mit dem Schlafmittel zu trinken." Er stöhnte auf. Die Erinnerung bereitete Schmerzen. „Er sollte doch nicht alles vergessen haben, wenn er wieder aufwachte, deswegen der Kühlwagen. Ich wollte nicht, dass er darin stirbt."

„Haben Sie die Tür offen gelassen?" Kendzierski sprach jetzt langsam, ganz leise und in deutlich formulierten Worten. „Nur das will ich wissen. Es ist wichtig."

Kock sah ihn entgeistert an. Er schwieg, scheinbar konzentriert nach einer Antwort suchend. Schicht um Schicht die Ereignisse des heutigen frühen Morgens freilegend.

„Ich habe die Tür offen gelassen." Er nickte dazu. Jetzt schien er die richtige Schicht in seinem Gehirn erreicht zu haben, sie gab Auskunft. „Weit offen natürlich." Wieder eine Pause für das nächste Stückchen. „Das Schloss hatte ich in der Hand. Und ich habe es dann eingehängt. Eine Öse am linken Türflügel. Der war weiter zu." Er schnaufte wieder durch Schleim und Blut in seiner Nase hindurch. „Ich habe geglaubt, dass die offene Tür ausreicht, damit er nicht erfriert. Ganz leise war es, als er da drinnen lag. Ich konnte ihn atmen hören. Das Gebläse der Kühlung hatte aufgehört, weil die Tür doch offen stand. Es bläst nur kalte Luft hinein, wenn die Tür zu ist." Er nickte wieder.

„Er hier war es!"

Kendzierski drehte sich um und hielt Wolf die Zettel direkt vor sein Gesicht. „Der Vehling war es oder vielleicht sogar seine Frau. Der muss kurz nach dem Kock am frühen Morgen vorbeigekommen sein und hat ihn im Kühlwagen liegen gesehen. Er hat die Tür zugemacht und das Schloss davorgehängt. Sie müssen nach Spuren von ihm oder ihr am Kühlwagen suchen. Er hat auch die Temperatur nach unten geregelt. Der Wagen ist sonst auf zwei Grad eingestellt. Vielleicht hat der Fauster zu diesem Zeitpunkt noch gelebt. Dann haben sie jetzt einen zweiten Täter. Zumindest ist der danach ins Haus vom Fauster, um die Zettel hier verschwinden zu lassen, damit man nicht auf ihn kommt. Ohne Testament keine Stiftung und das ganze Erbe für ihn. Wenn das kein ausreichendes Motiv ist."

Kendzierski spürte die glühende Hitze in seinem Kopf. Es war eine trockene Wärme, die keinen Schweiß mit sich brachte. Noch nicht. Er drückte Wolf die Zettel in die Hand und schob sich an ihm vorbei. Unendliche Müdigkeit hatte sich seiner bemächtigt. Er wollte jetzt nur noch schlafen.

Epilog

Erschöpft ließ sich Kendzierski vorsichtig nach hinten sinken. Die Konstruktion schien bereit, sein Gewicht zu tragen. Er atmete tief durch. Fast schwermütig hatte das geklungen, von einem Seufzen gar nicht so weit entfernt. Er schickte gleich noch ein zweites hinterher. Es war alles so schnell gegangen. Bei diesem Tempo sollte es doch erlaubt sein, zumindest für einen Moment innezuhalten, um durchzuatmen! Reichlich trotzig hatte sein Kopf diese Botschaft in den Restkörper ausgesandt. Ein wenig Schwermut, vielleicht auch ein Fetzen Trauer und reichlich Erstaunen über die Rasanz der Entwicklungen in den letzten drei Wochen war durchaus verständlich und in seiner Situation auch angebracht.

Er schickte seinen Blick auf Wanderschaft. Es war die Stille eines Wohngebietes an einem ganz normalen Arbeitstag um kurz vor elf am Morgen. Außer einem Motorengeräusch in einiger Entfernung und dem Zwitschern, das aus einer dichten Hecke zu kommen schien, war nichts zu hören. Ausgestorbene Stille, alle weg am Arbeitsplatz, beim Einkaufen oder in der Schule. Das sich aus seiner Magengegend in die Höhe schiebende zarte Gefühl der Einsamkeit schluckte er entschlossen hinunter. Es war angenehm und er genoss diesen Moment der Ruhe nach der eifrigen Betriebsamkeit der letzten beiden Stunden.

Mit der rechten Hand rieb er sich über sein Gesicht und seinen langsam, aber stetig weiter nach hinten wandernden Haaransatz. Der Schweiß war längst schon getrocknet. Neuer würde in den nächsten Stunden reichlich fließen. Ein klein wenig sank er in sich zusammen. Sein Körper schien schon auf die ihn erwartenden Lasten zu reagieren. Er gab unter dem Druck nach und auch der Karton, auf dem Kendzierski saß. Schnell richtete er sich wieder ein wenig auf und verlagerte einen Teil seines Körpergewichtes auf Beine und Füße. Keine Ahnung, was in dem Karton unter ihm war, aber er musste es nicht unbedingt mit seinen knapp einhundert Kilo Lebendgewicht zerdrücken. 35 große Kartons, der in seine Einzelteile zerlegte mehrflügelige Kleiderschrank, sechs einfache Regale mit den dazugehörigen Böden, das Sofa – ein kleiner Zweisitzer nur – und noch reichlich weiterer Kleinkram (Lampen, kümmerliche Grünpflanzen und ein Fernseher), der sich nicht handlich in Kartons hatte verpacken lassen. Das war kurz und knapp in Zahlen das Resultat von Klaras akribischer Inventur gewesen, die sie gestern Abend noch zwischen all den Umzugskisten in seiner alten Wohnung durchgeführt hatte. Mit Bleistift, Kladde und einem Blatt Papier. Sein Hausstand erfasst in wenigen Minuten, zumindest der Teil davon, der für die Umsiedlung in ihre gemeinsame Wohnung als würdig eingestuft worden war. Der davon säuberlich getrennte Teil, den sie für den Abtransport, und um folgenschwere Verwechslungen auszuschließen, bereits räumlich getrennt, nämlich in seiner ehemaligen Küche, deponiert hatten, nahm deutlich mehr Raum ein. Es war darüber zu keinen ernsthaften Diskussionen gekommen. Klaras Argumente leuchteten ihm bei jedem einzelnen Möbelstück voll ein. Sein Bett hatte er seit dem achtzehnten Lebensjahr und den Küchentisch mit den vier Stühlen hatten seine Eltern vor mehr als zwanzig Jahren aussortiert, um sich neu einzurichten. Mittlerweile war bei ihnen schon diese damals neue Ausstattung längst wieder ersetzt worden. Und auch bei der hell furnierten Schrankwand mit beleuchtbaren Glaselementen hatte er keinen Widerstand geleistet. Sie stammte von seiner Tante, die sie bei sich gerade ausrangiert hatte, als er hierher nach Rheinhessen zog. Klaras Möbel und Einrichtungsgegenstände waren zweifelsohne allesamt neuer und daher zeitgemäßer. Er würde sich aber trotzdem morgen schwertun, all die ausgesonderten Möbelstücke, die ihn so lange und treu begleitet hatten, auf dem Nieder-Olmer Wertstoffhof in einem kalten Container zu entsorgen.

Er schnaufte noch einmal schwermütig. Der Umzug zweier erwachsener Menschen in eine gemeinsame Wohnung bedeutete doch mehr Abschiednehmen, als er geglaubt hatte. Sie hatten hier am Hang über Nieder-Olm deutlich mehr Platz, aber doch keine doppelt so große Wohnungsfläche. Außerdem war es natürlich vollkommen sinnlos, zwei Schrankwände im Wohnzimmer und zwei Doppelbetten im Schlafzimmer aufzubauen. Er hatte es daher natürlich nur allzu gut verstanden, dass ein Teil seiner Einrichtung nicht den Weg in die neue Wohnung finden würde, um dort mit Klaras Hausstand vereinigt zu werden.

Und eigentlich war er schon restlos zufrieden mit dem Umstand, dass sich Klara letztlich hatte überzeugen lassen, nicht bei Hieronimus Lübgenauer einzuziehen. *Ich kann mich nur in einer Wohnung wohlfühlen, in der es auch dir gut geht.* So oder zumindest ganz ähnlich waren ihre Worte gewesen. Und nur eine Woche später hatten sie über eine alte Kindergartenfreundin Klaras die Wohnung in dem neuen Zweifamilienhaus hinter ihm zum ersten Mal besichtigt. Weitere schon anberaumte Termine mit der Glänzeglatze hatten sich dadurch glücklicherweise erledigt. Es gab hier zwar keinen Garten, aber eine große Terrasse, auf der Klara ein paar ordentliche, einheitliche Kübel für die eigene Tomaten- und Kräuterzucht aufzustellen gedachte. Die Anschaffung eines Rasenmähers blieb ihm dadurch erspart und auch das ständige Grübeln darüber, was man ohne Folgen getrost der Gelben Tonne anvertrauen konnte. Das zweistöckige Haus in einer ordentlichen Nieder-Olmer Hanglage mit schönem Blick ins Selztal gehörte der Mutter von Klaras Kindergartenfreundin. Eine ältere Dame, deren graues Haar trotz eines langen Zopfes, den ein dünnes Gummiband zusammenhalten sollte, teilweise wirr in die Höhe stand. Wie aufgeladen unter Strom sah das aus. Auch jetzt wieder. Klara hatte ihm versichert, dass die alte Dame sich den beschwerlichen Weg aus dem alten Ortskern, in dem sie wohnte, hier hinauf nur noch selten aufbürde. Ein Verhalten, wie das Lübgenauers, war also altersbedingt gänzlich auszuschließen. Heute hatte sie sich aber trotzdem hier hoch gequält, um das Umzugstreiben aus sicherer Distanz im Blick zu behalten. Um das ganze Haus herum entfernte sie an den

Rosenstöcken die verblühten Reste. Und notfalls, wenn es die Situation erforderte, auch solche, die noch nicht ganz so weit waren.

Kendzierski sah sich in alle Richtungen um. Sie schien wieder lautlos verschwunden zu sein. Spätestens wenn der Bach mit seinem Traktor und der nächsten Fuhre auftauchte, würde sie sich sicher wieder vor dem Hauseingang zu schaffen machen. Ein Umzug auf dem Dorf war es, den sie hier vollführten. Mit Traktor und offenem Anhänger, ganz traditionell und unter lebhafter Anteilnahme der Bevölkerung vor Ort. Bei der Fahrt von seiner Wohnung hier hoch, hatten sogar einige gewunken und dann schnell die Köpfe zusammengesteckt. *Der Verdelsbutze zieht um! Hoffentlich nicht neben mich.*

Bach selbst hatte ihm seine Hilfe angeboten. *Nach der Weinlese, Ende Oktober, kein Problem. Den Transporter können Sie sich sparen. Für die paar Meter ist das sowieso viel praktischer. Und dafür gehen Sie im Januar zwei Tage beim Rebschnitt mit.* Gegrinst hatte er dazu und sie beide hatten sein Angebot in weinseliger Laune angenommen.

Es war am Abend nach der letzten Vernehmung im Fall Georg Fauster gewesen, bei der sie sich über den Weg gelaufen waren. Zwei Wochen nach dem Schlachtfest. Die Ermittlungen standen damals kurz vor dem Abschluss. Wolf hatte nur wenig von seiner stolz geschwellten Brust eingebüßt. Es sich zumindest nicht anmerken lassen. Spuren vom Vehling konnten sie am Kühlwagen nachweisen. *Die hätten wir auch ohne Ihren dramatischen Auftritt gefunden und dann die notwendigen Schlussfolgerungen gezogen.* Wolfs Retourkutsche. Ein einziger Fingerabdruck war es gewesen, am Drehknopf für die Temperaturregelung. Alle anderen Stellen hatte der Neffe fein säuberlich mit dem Ärmel seiner

Anzugjacke abgewischt. Fettspuren vom Wagen hatten sich an ihr gefunden und Fasern der Jacke waren am Tatort zurückgeblieben.

Zunächst hatte der Vehling noch auf seinem Alibi beharrt. Auf dem Weg zu einem Kunden in Saarbrücken war er am Tattag früh um halb fünf schon von Frankfurt, wo Claudia und Roland Vehling wohnten, losgefahren und erst am späten Nachmittag wieder nach Hause zurückgekehrt. Das Treffen mit dem Kunden wurde bestätigt. Um halb acht war er pünktlich vor Ort in Saarbrücken gewesen. Bei schneller Fahrt und dazu noch an einem Samstag ergab sich in seinem Alibi eine Lücke von einer guten Stunde, die für den Umweg über Essenheim und einen Besuch beim Fauster ausreichte. Damit konfrontiert und mit den ausgewerteten Spuren am Tatort, war der Vehling letztlich eingeknickt.

Er hatte am Tag des Schlachtfestes früh morgens noch einmal mit dem Fauster alleine reden wollen. Die Zeit drängte. Seine Frau Claudia wollte am Abend mit ihm und ihrem Onkel aufs Schlachtfest. Spätestens dann würde ihr der Fauster berichten, dass er ihn um Geld gebeten hatte. Der Fauster war immer früh schon auf den Beinen. Er musste ihn überzeugen, trotz der harten Worte, die schon gefallen waren. Die Vehlings steckten in ernsthaften Geldnöten. Ein zu großes Haus, für das die Bank, bei der er noch bis vor drei Jahren gearbeitet hatte, ordentliche Zinsen verlangte. Als freier Finanzdienstleister hatte er seine liebe Not, die monatliche Summe aufzubringen. Die Zwangsversteigerung des Familienbungalows in einem Frankfurter Vorort war zweimal schon in letzter Minute abgebogen worden. Ein weiteres Mal hätte das nach Lage der Konten nicht funktioniert.

Vehling hatte daher in der Woche vor dem Schlachtfest

schon einmal beim vermögenden Onkel seiner Frau vorgefühlt. Der erschien in dieser Situation als letzte Rettung, zumal sie in der Erbfolge ohnehin die einzigen und damit natürlich auch die nächsten Angehörigen waren. Der alte Fauster war jedoch nicht wirklich zugänglich gewesen. Den Bittsteller hatte er mit scharfen Worten vor die Tür befördert. Jedoch nicht ohne ihm noch höhnisch lachend die fixe Idee mit der Stiftung und der Abendmahlsszene unter die Nase zu reiben. *Alles aufgeschrieben, mein letzter Wille. Ganz ohne euch. Claudia hätte vielleicht noch etwas von mir bekommen. Aber du Nichtsnutz ganz sicher nicht! Deine Anlageempfehlungen haben mich schon genug Geld gekostet. Ganz sichere Zertifikate auf den DAX, ordentliche Rendite. Als das Geld zu zwei Dritteln verbrannt war, wolltest du davon nichts mehr wissen. Deine Entscheidung, ich habe dich über die Risiken informiert. Du hast das sogar unterschrieben. Kann ich dir in den Unterlagen alles zeigen. Kein Cent für dich aus diesem Grund! Kannst ruhig auch mal erleben, wie es sich anfühlt, richtig viel zu verlieren. Vielleicht ist das ganz heilsam für dich. Und wenn du nicht verschwindest, mache ich dich zum Judas. Dann kannst du dich hier bei uns in der Kirche bewundern. Dein Gesicht! Jeden Sonntag!*

In einer der weiteren Vernehmungen hatte Vehling dann noch eingeräumt, dass er am betreffenden Morgen den Kock sogar beobachtet hatte. Am Kühlwagen, wie er den betäubten Fauster hineinlegte. An alles, was danach passierte, wollte er sich nicht mehr erinnern können. Ein Blackout, Dunkelheit um ihn und über seinem Handeln. Das war aber aus den Spuren ausreichend zu rekonstruieren. Er hatte den Kühlwagen fest verschlossen, das Schloss zusätzlich eingehängt und die Temperatur danach in den Minusbereich heruntergeregelt. Mit allerletzter Sicherheit hatte der Pathologe nicht sagen können, ob Fauster noch am Leben war, als Kock den Tatort verließ und der Vehling ans Werk ging. Dass der ihn aber in diesem Moment umbringen wollte, stand außer Zweifel. Und dafür bekamen sie ihn dran. Es würde also nicht der Kock alleine zur Rechenschaft gezogen für den Tod Georg Fausters. Die Aussicht auf ein dadurch abgemildertes Strafmaß hatte den Kock dazu bewogen seine Anzeige gegen Unbekannt zurückzuziehen. Er wollte sich nicht mehr daran erinnern können, wer ihn am Nachmittag des Schlachtfestes so übel zugerichtet hatte. Und auch die Nachforschungen Kendzierskis über Bach hatten keine Aufklärung gebracht. Trotz der Menschenmassen, die auf den Straßen unterwegs gewesen waren, gab es keinen einzigen Zeugen, der beobachtet hatte, wie der Kock zusammengeschlagen worden war.

Kendzierski erhob sich von der Umzugskiste, die ihm als Ruhebank gedient hatte. In der Ferne konnte er ganz leise das Lärmen des nahenden Traktors erahnen. Auch ihre neue Vermieterin hatte sich wieder vor dem Haus eingefunden, um konzentriert nach verbliebenen Rosenknospen zu fahnden, die sich schon so weit geöffnet hatten, dass sie als verblüht akzeptiert werden konnten.

Kendzierski langte nach einem der Umzugskartons. Es musste der schwerste sein, den er sich treffsicher für den ersten Gang herausgepickt hatte. Für einen kurzen Moment überlegte er, ihn gegen einen leichteren mit der Aufschrift Küche auszutauschen. Aber nach oben in den ersten Stock mussten sie ja ohnehin. Die Vermieterin lächelte ihn freundlich an, während er die ersten Stufen zur Haustür in Angriff nahm.

„Ich wäre Ihnen dankbar, wenn Sie später die Umzugskartons zusammenfalten und bündeln könnten. In der Papiertonne haben wir dafür keinen Platz. Die ist kurz vor der Leerung immer bis zum Anschlag voll. Manchmal sogar drüber, wenn die Stockbauers aus dem Erdgeschoss ihre Pizzakartons wieder nicht platt gedrückt haben. Das muss ich dann immer machen."

Kendzierski brachte unter dem Gewicht des schweren Kartons stöhnend ein Nicken zustande.

Andreas Wagner, Jg. 1974, ist als Winzer Quereinsteiger: Der promovierte Historiker führt das von den Eltern übernommene Weingut in Essenheim seit 2002 zusammen mit seinen beiden Brüdern. Er ist verheiratet und hat drei Kinder. Mehr zum Autor unter www.wagner-wein.de

Pressestimmen:

Ein Winzer, der schreiben kann? Ja, das gibt es, und wie! (Simone Hoffmann, Slow & Food, 02/2009)

Gute Weine soll man bekanntlich liegen lassen. Bei guten Weinkrimis ist das anders: Sofort lesen, lautet der Tipp der Redaktion. (Eva Fauth, AZ Mainz, 22. November 2008)

Wagner erzählt kurzweilig und spannend. Der lakonische Held wächst einem so schnell ans Herz, wie sich dieser vom Bier- zum Weinfreund wandelt. (wein-post.de am 19. Oktober 2007)

Im Leinpfad Verlag sind von Andreas Wagner erschienen:

HERBSTBLUT. EIN WEINKRIMI (2007, im Leinpfad Verlag vergriffen; jetzt als Piper Taschenbuch)

ABGEFÜLLT. EIN WEINKRIMI (2008, im Leinpfad Verlag vergriffen; jetzt als Piper Taschenbuch)

GEBRANNT. EIN WEINKRIMI AUS RHEINHESSEN (2009)
Der Seniorchef des Essenheimer Weinguts Baumann wird nachts in der Scheune erstochen aufgefunden. Schnell gerät der Sohn, Jochen Baumann, erfolgreicher Juniorchef im elterlichen Weingut, unter Mordverdacht: Mündet hier die Betriebsnachfolge in einen Vater-Sohn-Konflikt mit tödlichem Ausgang?
ISBN 978-3-937782-85-0, 232 S., Broschur, 10,90 €

LETZTER ABSTICH. EIN WEINKRIMI (2010)
Kendzierskis Chef bekommt eine vergiftete Weinflasche mit einer Drohung. Bürgermeister Erbes ist fassungslos: ein dummer Streich? Oder ein Racheakt?
ISBN 978-3-942291-08-8, 208 S., Broschur, 9,90 €

AUSLESE FEINHERB. VIER KURZKRIMIS RUND UM DEN WEIN (2010)

HOCHZEITSWEIN. EIN KRIMI (2011)
Als auf einer ländlichen Hochzeit die Braut entführt wird, verschwindet ein weiterer Hochzeitsgast und bleibt auch in den Tagen darauf unauffindbar. Kendzierski, der Selztal-Schimanski, ermittelt schnell wieder auf eigene Faust.
ISBN 978-3-942291-21-7, 220 S., Broschur, 9,90 €

**Leinpfad Verlag –
der kleine Verlag mit dem großen regionalen Programm!**
Leinpfad Verlag, Leinpfad 5, 55218 Ingelheim, Tel. 06132/8369, Fax: 896951
www.leinpfadverlag.com, info@leinpfadverlag.de
Wir schicken Ihnen gerne unser Programm!

Lieben Sie Krimis? Wir haben noch mehr!
Vera Bleibtreu: Schneezeit
ISBN 978-3942291-20-0, 172 Seiten, Broschur, 9,90 €

Franziska Franke: Der Tod des Jucundus.
Ein Kriminalroman aus dem römischen Mainz
ISBN 978-3942291-18-7, 292 Seiten, Broschur, 11,90 €

Antje Fries: Knielings Garten
ISBN 978-3-937782-69-0, Broschur, 240 Seiten, 10,90 €

Antje Fries: Kleine Schwestern
ISBN 978-3-937782-81-2, Broschur, 188 Seiten, 9,90 €

Antje Fries: Nibelungen-Tod
ISBN 978-3-937782-97-3, Broschur, 256 Seiten, 10,90 €

Friederike Harig: Sieger-Typen
ISBN 978-3942291-34-7, 272 Seiten, Broschur, 10,90 €

Clara Herborn: Schwarzer Rhein
ISBN 978-3942291-23-1, 230 Seiten, Broschur, 9,90 €

Jürgen Heimbach: Chagalls Rache
ISBN 978-3942291-19-4, 324 Seiten, Broschur, 11,90 €

Peter Jackob: Narren-Mord. Ein Mainzer Fastnachts-Krimi
ISBN 978-3-937782-87-4, Broschur, 200 Seiten, 9,90 €

Peter Jackob: Das Leben ist kein Tanzlokal. Krimi
ISBN 978-3-942291-29-3, 224 Seiten, Broschur, 9,90 €

Richard Lifka/Christian Pfarr: Hilfe! 10 Beatles-Krimis
ISBN 978-3-942291-24-8, 160 Seiten, Klappenbroschur, 11,90 €

Peter Metzdorf /Marion Schadek: Weinkönigin und
Rheinhessen-Cop. Ein Krimi
ISBN 978-3-942291-30-9, Broschur, 144 Seiten, 9,90

Christian Pfarr: Zaubernuss
ISBN 978-3-937782-78-2, Broschur, 206 Seiten, 9,90 €

Christian Pfarr: Königsweg oder: Der steinerne Zeuge
ISBN 978-3-937782-84-3, Hardcover, 80 Seiten, 9,90 €

Claudia Platz: Das Blut von Magenza
ISBN 978-3-942291-09-5, 620 Seiten, Broschur, 14,90 €